JN187138

俳句とスペインの詩人たち

—マチャード、ヒメネス、ロルカとカタルーニャの詩人—

田澤 佳子

思文閣出版

MINISTERIO
DE EDUCACIÓN, CULTURA
Y DEPORTE

SECRETARÍA
DE ESTADO
DE CULTURA

Esta obra ha recibido una ayuda a la edición del Ministerio de Educación, Cultura y Deport. Ha sido objeto de ayuda a través de Programa Hispanex.

まえがき

本書の目的は、どのような形で俳句がスペイン語圏に伝播し、スペイン語詩にいかなる影響を及ぼしたかを明らかにすることである。

そのような目的を設定するに至った動機についてまず述べておきたい。

一八九九年にアストンが初めて英語圏に紹介したとされる俳句が[1]、フランスで流行し始めたのは一九〇六年のことである。ところがスペイン語の詩に俳句が導入されるのは、それからかなり後の一九一九年だという説が、専門家の間にさえかなり広く流布している。一方、筆者はスペインの北東部にあるカタルーニャ地方と縁が深く、滞在の度を重ねるうちに、フランスとスペインの距離的、言語的な近さを肌で実感していた。スペイン側からピレネーの山を登ればフランスへは歩いて行けるし、その辺りの村で多少教養のある人はほとんどフランス語を難なく理解するのである。したがって、フランスで始まったある文学の潮流がスペイン人の耳に入るのに一〇年以上もかかるはずがないと考えた。それに、スペイン人の好奇心の強さと、ネットワークの緊密さからしても、これは奇妙なことである。彼らは話好きで、日ごと馴染みのバルなどに集まり、さまざまなことについて喋る。二十世紀の初め頃、新しい文学を求めていたスペインの詩人たちが、たった一七音節からなる詩の存在を知ったら、それを他の人々に伝えないはずはない。

二十世紀初頭、スペイン詩人が俳句を知っていた証拠を見つけたい——これが出発点である。それを探るにはどのような手段があるだろうか？　思いついたのが手紙と雑誌である。詩人たちの会話を直接聞くことができない以上、彼らの間のコミュニケーションについて調べようと思えば、この二つが一番有効なのは明らかであろう。

さらには時代背景、詩人たちの人生、そして社会状況なども考慮しなければネットワーク研究は不十分なものとなるだろう。また、実際に彼らの作品を鑑賞し、俳句がどのような形で影響を及ぼしたかを検証することも本書の重要な課題となるだろう。

（1）内田園生は、一八七二年にW・Gアストンが刊行した『日本語文語文法』*The Grammar of Japanese Written Language* の第二版（一八七七年）でHokku〔発句〕が取り上げられていることを紹介している（内田園生『世界に広がる俳句』角川書店、二〇〇五年、一三〜一四頁）。筆者が入手できたのは、その第三版（一九〇四年）であるが、内田が言うように、一頁を割いて発句（haikwai uta〔俳諧歌〕と書かれている箇所もある）について説明がなされている。また、次の三句が例として挙げられている。「霧の海何処へ富士は沈みぬる」「人にこそ年はよりぬれ春の草」「夕立や田を見めぐりの神ならば」したがって英語で俳句が初めて紹介されたのは、厳密に言うと一八七七年である。しかし、この本はあまり注目されなかったようで、英語圏の俳句受容史の中で言及されることはほとんどない。本格的な俳句の紹介は、アストンの『日本文学史』（一八九九年）を待つこととなった。

目次

第二章　スペインの三大詩人と俳句――マチャード、ヒメネス、ロルカ――……52

俳句とスペインの詩人たち

——マチャード、ヒメネス、ロルカとカタルーニャの詩人——

本書で触れるスペインとフランスの主要都市

序章　パスの功罪

スペイン語圏に俳句を初めて導入したのはメキシコの詩人ホセ・フアン・タブラーダだと、ごく最近まで広く信じられてきた。いや、今でもなお、日本内外のスペイン文学研究者の中にはそう思っている人たちが、少なからず存在する。

そうした誤解のもっとも大きな原因は、この説を唱えたのが、メキシコが誇るノーベル賞詩人オクタビオ・パスだったことである。パスの圧倒的な存在感が、その言説に有無を言わせぬ権威を与えてしまったようだ。

実はパスがそう言い出す以前には、スペイン語圏で、俳句の導入などという周辺的な問題に眼を向ける文学者はほとんどいなかった。英語圏やフランス語圏での俳句の受容に比べれば、そうした研究は皆無に等しく、まさにパス自身が嘆くように、スペイン語圏のいつもながらの文学研究の貧困をそこに見ることができる。(1) その空白に一石を投じたパスの功績は、たしかに大きいと言わざるを得ない。

図1　ホセ・フアン・タブラーダ

一九四五年、タブラーダが他界したとき、この詩人が国際的にはほとんど無名であったにもかかわらず、パスはニューヨークで「ホセ・フアン・タブラーダの航跡」(2) と題する追悼スピーチを行った。故国の詩人の再評価を国際的なレベルで試みたのである。この中でパスは、一九一九年の『ある日……』(3) *Un día...* と、一九二二年の『花瓶』*El jarro de flores* の二冊の詩集によって、「タブラーダはスペイン語に日本のハイクを導入[4]」したと述べた。この断定が、「スペイン語の俳句の先駆者＝タブラーダ」という図式を多くの人々の頭の中に刻みつけることになった[5]。

パスによれば、タブラーダの詩は日本の俳句と同様、短いながらも単独で一つの世界をなしているという。その例として挙げられている作品の一つに、「柳」Un saúz がある。

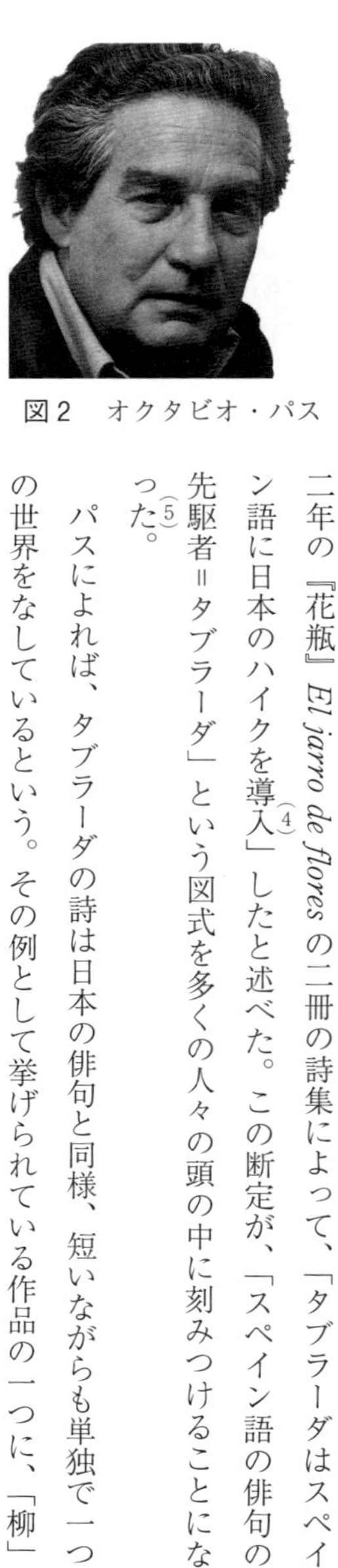

図２　オクタビオ・パス

Tierno saúz
casi oro, casi ámbar,
casi luz...

しなやかな柳
まるで金、まるで琥珀
まるで光[6]……

パスに言わせれば、この詩は表現したいことすべてを言わずに「暗示」する「ハイク」であり、日本の墨絵のごとく、「ドアを開け、そこを通るように我々を誘」うだけで、「すべてを言い終えているわけではない[7]」。風に揺れる、柔らかな薄緑色の細い柳の枝に、太陽の光があたってきらきらと輝いている。その様は、さながら「緑色の液状の景色[8]」である。枝は「金」色から「琥珀」色、「光」の色と徐々に透明に近づく。枝の素材も硬い鉱物から、樹脂の化石、そして触れることのできない「光」へと、非物質化していく。casi（まるで）という単語を繰り返すことで、次々と認識が更新される時間の感覚が表現されている。たしかに美しい詩である。パスはよほどこの「ハイク」が気に入っていたようで、後の「俳句の伝統[9]」というエッセイでもこれを再び取り上げ、

「そのもっとも幸福な瞬間には、タブラーダの客観性は彼の目が見出すすべてに「出現」[10]という宗教的な性格をあたえる」と、コメントを添えているほどである。

だがパスは、このようにタブラーダの詩を高く評価する反面、物足りなさも感じていた。英語圏に俳句を広めた鈴木大拙やR・H・ブライスと同様、パスもまた俳句を禅とを結びつけて考えていたからである。その後長きにわたってスペイン語圏で受け継がれることになるこの見方は、「日本文学の三つの時代」[11]の中で詳述されている。パスは、目新しいものに次から次へと目移りするタブラーダを「詩のドン・ファン」[12]と呼んだ。その詩には芭蕉の句に見られるような、禁欲的な禅の影響はみられず、基本的に深みに乏しい「言語的発明」[13]にすぎないと見たのである。

それではパスはなぜ、そのようなタブラーダの詩を、追悼のスピーチはともかく、その後何度も取り上げて、その功績を強調し続けたのだろうか。

一つの可能性として、おそらくパスは、英語圏やフランス語圏で脚光を浴びる俳句をスペイン語圏に導入したのが、パスの祖国メキシコの詩人であると、文学史に刻みつけたかったのではないだろうか。実際、パスのその後の文章を見ていくと、ちょうど前述の「俳句の伝統」あたりから、タブラーダ先駆者説の歯切れが悪くなっていくのがわかる。実はタブラーダ以前に、ファン・ラモン・ヒメネスやアントニオ・マチャードらスペインの詩人たちが、すでに俳句的な短詩を書いていることに、彼があとで気づいたからであろう。しかし、それでもなお、パスはその事実があからさまにならぬように苦心していたようだ。

たとえば「俳句の伝統」の中でパスは、「タブラーダの影響はたちまち現われ、スペイン語全体に広がった」[14]と述べる。すなわち「一九二〇年から一九二五年にかけて、多くのラテンアメリカの詩人の若い頃の作品には、タブラーダが手本となっていることが見て取れる」。そして「ファン・ラモン・ヒメネスには日本的な時期があり、アントニオ・マチャードにもそのような時期があった」と書く。こう並べられると、フアン・ラモン・ヒメネスとアントニオ・マチャードが、中南米の詩人たちよりも後にタブラーダの影響を受けて俳句を書いたかのような印象を受ける。しかし実は、ヒメネスやマチャードは、一九二〇年以前に俳句を彷彿させる詩をいくつも書いているので、二人の詩とラテンアメリカの詩人の詩の間には、パスの言うような前後関係は存在しない。そしてパスは、まるで念を押すかのように、「彼ら〔ヒメネスとマチャード〕はタブラーダの詩を読んでいたのだろうか？　知らなかったとは考えにくい[16]」と述べる。このあいまいな言い方は、意図的かどうかは別として、読者に誤解を与えかねない[17]。

いずれにせよ、それまでないがしろにされていたスペイン語圏のハイクに、研究者や詩人や一般読者の注意を向けさせたのは、パスの大きな貢献である。また、ハイクと禅を結びつける考え方も、ハイク研究の一つの流れとなっているが、その是非は別として、これもパスの論文に起源を持つものである。

パス以後、スペイン語圏のハイクについて、さまざまな研究がなされた。その中には、タブラーダに関するパスの説をはっきりと否定するものも含まれている。以下に、本書と関連の深い主要な先行文献を紹介しよう。

一九五八年のエンマ・スサナ・スペラッティ・ピニェロの「バリェ゠インクランと芭蕉の「俳句」[18]」では、スペインの「九八年世代」を代表する作家の一人ラモン・デル・バリェ゠インクランの作品『純潔な女王の笑劇と放縦』*Farsa y licencia de la Reina Castiza*（一九二〇）に芭蕉の「古池や蛙飛び込む水の音」の句からインスピレーションを得た一節が含まれていることが指摘されている。まず、この論文の発表が、パスが「古池や……」に触れた「松尾芭蕉の詩[19]」という論考の翌年であることと、スペラッティが同句の訳にパスの訳を用いていることから、パスの影響力の強さがうかがわれる。また、一九二〇年の戯曲にまで俳句の痕跡が見られるということは、俳句が当時すでにかなりスペイン文学界に浸透していたことを示すと言えよう。スペラッティの論文は短いものだがその意味でも大変興味深い。

一九六八年、ゲイリー・L・ブラウアーは「スペイン語圏の詩における日本の俳句についての短い解説[20]」で、中南米とスペインのハイクを紹介した。いずれも一七音節の俳句の形式に倣って作られた三行詩である。ブラウアーによると、タブラーダによって導入されたハイクが、中南米のみならず、「スペインへ広がり[21]」、主にモデルニスモやウルトライスモの詩人たちがこの形式を用いて詩を書いたという。ブラウアーにとってハイクとは、あくまで日本の俳句の形式にあてはめて書かれた詩であった。

フェルナンド・ロドリゲス゠イスキエルドの『日本の俳句[22]』（一九七二）は、スペイン語圏における俳句研究の基本文献とみなしうる大著である。バジル・H・チェンバレン、R・H・ブライス、ポール゠ルイ・クーシューなど、それまでの英語やフランス語の俳句研究が網羅的に紹介されている。また、岩波書店の『日本古典文学大系』など信頼のおける文献に基づいて、江戸時代から現代にいたるまでの句の訳を数多く収めている。スペイン語圏への俳句の伝播については、タブラーダが導入者だと断定することは避けつつも、パスの論説の主旨をほぼそのまま踏襲している。

一九七三年、ルイス・アントニオ・デ・ビリェナは、「「俳句」、その魅力と三人のスペイン語詩人[23]」を発表する。彼はマチャード、ヒメネス、ロルカ、および「グレゲリア」という短詩を「発明」したゴメス・デ・ラ・セルナら、スペイン詩人に対する俳句の影響を論じて、従来の研究を大きく発展させた。彼は形式よりもむしろ、俳句からのインスピレーションに着目したのである。それは結果として、スペイン語圏への俳句導入者がタブラーダであるというパスの説を完全に覆すことにもなった。

一九七五年のバーバラ・ダイアン・カンテラ・コンズの博士論文『モダニズムから前衛へ――スペイン語圏の詩における俳句の美学――[24]』は、一九〇〇年ごろから一九三〇年ごろまでのスペインとメキシコの詩、新聞や雑誌の記事や論説を対象として、スペイン語詩人がどのようにハイクをとらえているかを考察し、彼らの「美学」を探っている。ここではもはやパスの「タブラーダ＝パイオニア」説への疑問は、ほとんど何の抵抗もなく提示されている。

一九八〇年にヨン＝テ・ミンが発表した「ロルカ、東洋の詩人」[25]は、一九一九年以降のスペイン語の雑誌や新聞などの記事を渉猟して、スペインへの俳句の導入と普及の歴史を明らかにし、ロルカの詩への俳句の影響をみごとに説明している。ミンは、一九二〇年代前半という早い時期にスペインで俳句が大流行したということを突き止めている。

一九八五年に出版されたペドロ・アウリョン・デ・アロの『スペインにおける俳句』[26]および二〇〇二年に出されたその増補版[27]は、スペインの俳句実作者や研究者の間で広く読まれているが、少なからぬ問題点を含んでいる。カバーしている時代の長さと詩人の数では群を抜いているが、その論は先行研究の不完全な援用が多く、自説の部分は根拠のない印象論に終始している。パスの「タブラーダ＝先駆者」説を攻撃するが、その拠り所が示されておらず、説得力に乏しい。

一九八七年、ヘスス・ルビオ・ヒメネスが「俳句の普及――ディエス＝カネドと雑誌『エスパーニャ』――」[28]を発表した。ディエス＝カネドと『エスパーニャ』誌がスペインでの俳句の普及に大きな影響を与えたことを明らかにした労作である。

リカルド・デ・ラ・フエンテによる一九九〇年の論説、「アントニオ・マチャードにおけるハイク」[29]と、一九九二年に出されたスペイン語への翻訳句集『ハイジン』[30] *Haijin* の前書きは、短いながらも、この時期までの俳句研究が要領よくまとめられている。特に前者にはマチャードと俳句との出会いに関する考察があり、本書執筆の上で非常に参考になった。

二〇〇四年のジョルディ・マス・ロペスによる『ジュゼップ・マリア・ジュノイとジュアン・サルバット＝パパサイット――俳句への二つのアプローチ――』[31]は、二人のカタルーニャ語[32]詩人の作品における俳句の受容についての研究である。さらに、ジョルディ・マス・ロペスとマルセル・オルティンが二〇〇九年に『アルス・マルジャス』誌上で発表した「カタルーニャ文学における最初の俳句の受容[33]」は、カタルーニャにおける俳句の伝播についての研究である。同論文もスペインへの俳句の導入を考える上で、カタルーニャ語の詩が果たした役割を重視しており、その意味で参考になる点が多かった。

（1）Octavio Paz, "La Tradición del Haikú", *Sendas de Oku*, Tokio: Shinto Tsushin, 1992, pp. 9-22. この論説が最初に発表されたのは一九七〇年である。

（2）Octavio Paz, "Estela de José Juan Tablada", *Las Peras del Olmo*, Barcelona: Editorial Seix Barral, 1990.

（3）この詩集のタイトル・ページには、「カラカスにて、女流詩人シヨ〔加賀の千代を指す〕と詩人芭蕉によって愛された日陰で」と書かれているが、ハイクという文字はどこにもない。また、この詩集の副題は "poemas sintéticos" であるが、スペイン語のハイクを論じる上で重要な表現なので、これが何を指し、これをどう訳すべきかは第二章第二節7で論じる。なお本書では原則として、日本の俳句を意識して書かれた外国語の短詩をハイクと表記する。ただし、外国の詩人、著者が haikai, haikai などを使っている場合にはそれを尊重しハイカイとする。haiku, haikú, jaiku, jaikú などのバリエーションは原語の発音にかかわらずハイクに含める。haïkaï, haikai, haï-kaï, haï-kai, haï kaï, hai kai についても同様である。

（4）Paz (1990), *op. cit.*, p. 62.

（5）一九〇二年、タブラーダがスペイン語のハイクを試みたという説がある。しかし、その作品が収められた『中国の船』*Nao de China* はおそらく出版されておらず、原稿自体も焼失したという。Jeffrey Johnson, *Haiku Poetics in Twentieth-Century Avant-Garde Poetry*, Lanham, Maryland/Plymouth, England: Lexington /Rowman & Littlefield Publishing Group, 2011, p. 157. この説は、根拠が希薄であるため本書では採用しない。

（6）筆者訳。以下、翻訳者名が明記されていない場合は、筆者訳。

（7）Paz (1990), *op. cit.*, p. 63.

（8）*Ibid.*, p. 63.

（9）一九五七年、パスは林屋永吉とともに『奥の細道』のスペイン語訳を上梓した。「俳句の伝統」は、一九七〇年にそれが再版されたときに添えられた論説である。

（10）*aparición*（出現）という語はイタリックで書かれているので、パスはこの語に特別な意味を持たせたかったに違いない。西洋の文学や絵画においては、「出現」とは超自然的なものが現れることを指す場合が多い。たとえばギュスターヴ・モロー（Gustave Moreau）の水彩画「出現」*L'apparition* には、ユダヤ王ヘロデの義理の娘サロメの前に、洗礼者ヨハネの首が現れる様子が描かれている。この絵には不気味さが漂うものの、多くの場合、「出現」は川本皓嗣が述べるように「不吉なものどころか、神々しいまでに美しく輝かしいものの出現」である（川本『アメリカの詩を読む』岩波書店、一九九八年、二〇六〜二〇七頁）。パスも、タブラーダのハイクにもそのような性質の「出現」があると示唆しているのである。

（11）Octavio Paz, "Tres momentos de la literatura japonesa", *Las Peras del Olmo*, Barcelona: Editorial Seix Barral, 1990.

（12）*Ibid.*, p. 62.

（13）Paz (1992), *op. cit.*, p. 12.

（14）*Ibid.*, p. 19.

（15）以下、単に「マチャード」と書いた場合はアントニオ・マチャードを指す。

（16）Paz (1992), *op. cit.*, p. 20. 以下、引用文中の〔 〕は筆者による補注である。

（17）この部分は「タブラーダを読んでいたのだろうか?」（¿Habían leído los poemas de Tablada?）過去完了時制（habían leído）を用いて書かれており、文章の流れからいくとヒメネスとマチャードが俳句的な詩を書く前に読んでいただろうか? ということになるが、はっきりとそうは断言せず何の前だったのかを曖昧なままにしている。

（18）Emma Susana Speratti Piñero, "Valle-Inclán y un Hai-ku de Basho", *Nueva Revista de Filología Hispanica*, XII-1 (enero-marzo), 1958.

（19）「松尾芭蕉の詩」"La poesía de Matsuo Basho" は、一九五七年、パスが林屋永吉と共にスペイン語に訳した『奥の細道』を上梓したときに寄せた論考である。

（20）Gary L Brower, "Brief Note: The Japanese Haiku in Hispanic Poetry", *Monumenta Nipponica* XXIII, Numbers 1-2, Tokyo: Sophia University, 1968.

ブラウアーは、論文中でパスの名前は挙げていないが、この論文の発表された一九六八年以前のパスの論文「ホセ・フアン・タブラーダの航跡」を参考にしていると考えられる。その理由の一つ目は、タブラーダを「有名で、多才な」メキシコ詩人だと形容していることである。ブラウアーがこの論文を書いた頃、タブラーダは決して有名ではなかったし、詩人としての評価も高くなかった。にもかかわらず、ブラウアーがそのようにみなしているのは、パスの高評価の受け売りだろうと考えられる。さらに、タブラーダの佳作の一つとしてブラウアーが挙げている作品が、パスの論文中に含まれている。

（21）Brower, *op. cit.*, p. 188. ブラウアーによると、タブラーダが一八九九年に出した『詞華集』*El Florilegio* においてもハイクが含まれているというが、これは誤りである。タブラーダ研究者である太田靖子によると、「タブラーダが最初に俳句について言及し、俳句の紹介をするのは、一九一四年に出版した『広重』（*Hiroshigué*）においてである」（太田靖子『俳句とジャポニスム』思文閣出版、二〇〇八年、三二頁）。

（22）Fernando Rodríguez-Izquierdo, *El Haiku Japonés*, Madrid: Edición Hiperión, 1994.（初版は一九七二年）

（23）Luis Antonio de Villena, "De 'haiku', sus seducciones y tres poetas de lengua española", *Prohemio*, IV 1-2, 1973, pp. 143-174.

（24）Barbara Dianne Cantella Konz, *From Modernism to Vanguard: The Aesthetics of Haiku in Hispanic Poetry*, Austin: The Universtiy of Texas, 1975. Ph. D. dissertation.

（25）Yong-Tae Min, "Lorca, poeta oriental", *Cuadernos Hispanoamericanos*, 358, 1980, pp. 129-144.

（26）Pedro Aullón de Haro, *El Jaiku en España*, Madrid: Editorial playor, 1985.

（27）Pedro Aullón de Haro, *El Jaiku en España*, Madrid: Ediciones Hiperión, 1985, 2002.

（28）Jesús Rubio Jiménez, "La difusión del haiku : Díez-Canedo y la revista *España*", *Revista de Investigación Filológica*, XII-

XIII, 1987, pp. 83-100.

(29) Ricardo de la Fuente, "El haiku en Antonio Machado", *Antonio Machado hoy*, vol. II, Sevilla: Alfar, 1990, pp. 393-403.

(30) Ricardo de la Fuente, Traducción, introducción y notas, *Haijin: Antología del jaiku*, Madrid: Poesía Hiperión, 1992.

(31) Jordi Mas López, *Josep Maria Junoy i Joan Salvat-Papasseit: dues aproximacions a l'haiku*, Barcelona: Publicacions de l'Abadia de Montserrat, 2004.

(32) カタルーニャ語というのはスペイン語同様、ロマンス諸語のひとつで、バルセロナを中心とするスペインのカタルーニャ地方などで用いられており、スペイン語とはきわめて近い関係にある。詳しくは、第五章第一節を参照。

(33) Jordi Mas López i Marcel Ortín, "La primera recepció de l'haiku en la literatura catalana", *Els Marges*, núm. 88, 2009, pp. 57-82.

第一章　俳句受容の玄関口——パリとロンドン——

フランスでの俳句の受容については、我が国でも早くから研究の積み重ねがあり、めざましい成果があげられている。[1] それに対して、スペイン語圏——スペインをはじめ、メキシコや中南米——への俳句の受け入れは、世の関心を引くことがずっと少なく、研究業績もはるかに乏しい。

すでに見たようにパスの説の影響もあり、一九一九年以前のスペイン語詩と俳句の関係はあまり知られていない。しかし、チェンバレンやアストンなどの日本文化研究者が、十九世紀の終わりから二十世紀の始めにかけて、西洋に俳句を紹介してからほぼ二〇年もの間、スペイン詩が俳句と接触しなかったかといえば、事実はそれどころではない。「ピレネー山脈から南はアフリカ」などといわれることもあるが、むろんそれはいわれのない偏見で、スペインは地理的にも文化的にもフランスやイギリスと密接な関係にある。

多くの論者は日本からスペイン語圏へという「直輸入」にばかり目を奪われてきたが、それでは実際の流れや広がりをとらえることができない。現実の、二十世紀初頭の「俳句ブーム」には、パリとロンドンという放射の中心があった。そしてスペイン語の詩人たちは、パリやロンドンと強く結びついていた。そこに住み、そこで詩集を出版していた詩人たちがいる。スペインからパリやロンドンの雑誌に寄稿したり、それらを講読していた詩人もいる。そこで出版された本の情報がスペイン国内の雑誌に出たし、スペイン内外の詩人たちが書簡によって詩についての情報を交換し合っていた。またそうした情報は、内外のサロンやカフェで広がってもいく。[2] このようにして、俳句は徐々にスペイン国内に浸透していったのである。ここでは、これまで無視されがちだった、こうした情報ルート、あるいは情報圏に注目してみたい。

一　パリのスペイン詩人たち

二十世紀の始め[3]、スペインではモデルニスモの詩がにわかに衰退するとともに、一九〇七年には現代抒情詩の最初の大きな波が押し寄せた。アントニオ・マチャードの『孤独、回廊、その他の詩』*Soledades, Galerías y otros poemas,* フアン・ラモン・ヒメネスの『春のバラード』*Baladas de primavera,* ミゲル・デ・ウナムノの『詩集』*Poesías,* マヌエル・マチャードの『魂と博物館』*Alma y Museo* など、新しい傾向の作品が出版された[4]。これは当時の詩人がそれまでとは異なった作品を求めてきた結果だが、もちろん、そうなる前には精力的な模索の日々があった。彼らはその間、スペイン国内だけではなく、海外の詩の潮流をも吸収しようと、諸方にアンテナを張りめぐらせていた。

当時のスペインの文学者、知識人は頻繁にパリを訪れるだけではなく、そこに住みついた者も多かった。彼らはそこで最新の文学の気運に触れ、それを受容するとともに、その知識をスペイン国内に発信した。一方、スペイン国内の文学者たちはパリからの情報を待ち兼ねていた。こうしてスペインの文学が変化を遂げていったのである。俳句をスペイン語詩に導入した先駆者たちも、やはりパリと深い絆を持っていた。その先駆者とは、フアン・ラモン・ヒメネス、エンリケ・ディエス＝カネド、アントニオ・マチャード、ジュゼップ・カルネー、アウジェニ・ドルス、そしてグアテマラ人ではあるが、ゴメス・カリージョらである。

1　雑誌『メルキュール・ド・フランス』とファン・ラモン・ヒメネス

フランスに俳句が伝わり、それが広まっていく過程では、雑誌が大きな役目を担った。中でも『メルキュール・ド・フランス』誌 *Mercure de France*（以降『メルキュール』誌）と『ヌーヴェル・ルヴュー・フランセーズ』誌 *La Nouvelle Revue Française*（以降ＮＲＦ誌）が重要である。

俳句はことに第一次世界大戦後、フランスの知識人・文化人の間に浸透した。そのことを如実に表すのが一九二〇年、ＮＲＦ誌が九月号で組んだ「ハイカイ」特集である。(5)近代フランスの美術と文学に対する日本と中国の影響を論じるＷ・Ｌ・シュワルツの『近代フランス文学にあらわれた日本と中国』(6)は、ヨーロッパへの俳句の影響を考える上で重要な書物だが、同書にも『メルキュール』誌とＮＲＦ誌が頻繁に引用されている。

スペインへの俳句の導入で大きな役割を果たしたファン・ラモン・ヒメネスは、この『メルキュール』誌の熱心な読者であった。彼は遅くとも一九〇〇年までには同誌を講読し始め、(7)亡くなる四年前にも手元にそのコレクションを持っていた。(8)ただし、当初から講読していた『メルキュール』誌そのものを、一九五四年まで持ち続けていたということではない。一九三六年、スペイン内戦が勃発すると、ヒメネスは「数枚の服と薬、そして結婚指輪の詰まったトランク一つ(9)」だけを持って、フランス経由でニューヨークへ向かったため、晩年に所蔵していたのは、後に手に入れたものに違いない。

ヒメネスは、生涯に多くの手紙を書いている。一九〇〇年一一月に書いた手紙(10)の一つで、彼は自分が高く評価する仲間の詩人に、(11)作品を『メルキュール』誌へ送るように勧めている。三ヶ月に一度、スペイン語の本の書評が同誌に掲載されることを知っていたからである。(12)後述するように、こののちヒメネスは、同時代のスペイン語詩人に大きな影響を与えていくようになるが、この場合のように、詩の発表の仕方などについてしばしば助言を与えたりもした。

この手紙に先立って出版された同年一一月号の『メルキュール』誌で、ヒメネスの作品が次のように論評された。

フアン・ラモン・ヒメネスの二冊の詩集がマドリードで出版された。『スミレの魂』*Âmes de violette* と『睡蓮』*Nénuphars* であり、あらゆる点で優れた作品である。特にルベン・ダリオのソネットを冒頭にすえた『睡蓮』には、リズムのゆるやかさと形式の柔軟さがあり、その心地よいモダニズム的テンポが注目に値する。(13)

ヒメネスはこの書評に満足だったようで、先の手紙にも、「褒められた」という記述がある。

ヒメネスにとって『メルキュール』誌は、新しい詩を知る情報源であると同時に、自分の詩を世間に知らしめる発表の場でもあった。(14) 先の手紙でも、「『メルキュール』誌はとりわけモデルニスモ的な雑誌であり、パリで話題になっていることは全ヨーロッパに響き渡るのだ(15)」とあり、この雑誌の影響力を十分に意識していたようだ。

実は『メルキュール』誌に注目していたのはヒメネスだけではなかった。彼の仲間たちも書簡の中でしばしば同誌を話題にしている。(16) このように、この雑誌はフランスで出版されていながら、それを感じさせないほど、彼らにとって身近なものであった。

では、『メルキュール』誌で得られる情報とはどのようなものだったのだろうか。「俳句ブーム」の只中にあったパリの文芸雑誌であった以上、かなりの量の俳句に関する消息が含まれていたと考えられよう。

たとえば、一九〇八年四月一六日号には、ピエール・キヤールがアルベール・ヌービルの『俳諧と短歌』*Haïkaïs et Tankas* について書いた書評が掲載されている。(17) そこではヌービルが、エピグラムを革新しようと、日本の短詩にインスピレーションを受け、「気のきいた四行詩」を書いたという説明とともに、次の作品が一篇引用されている。

Il pleut. Dans le tonneau
Au tambourinement de l'eau
Dansent et s'élèvent les piques
Des cavaliers aquatiques.

雨が降る。樽のなかで
水の太鼓にあわせて、
踊る、並び立つ
水上騎兵の槍の穂先が。
（北原道彦訳[18]）

さらに同誌の一九一二年九月一日号[19]には、ジルベール・ド・ヴォワザンの「同一主題による二五の四行詩」が掲載されている。「月」を主題とした連作で、シュワルツによれば「クロード・モネや日本の画家を連想させるような手法[20]」が用いられ、山崎宗鑑の「月に柄をさしたらばよき団扇かな[21]」を髣髴とさせる作品も含まれている。

Ajustez à la lune un bâtonnet d'ivoire
Maniez-le très lentement, d'un geste las—
Pour caresser vos yeux dans l'ombre chaude et noire
Quel éventail prestigieux vous aurez là.

月に象牙の柄をつけて
ゆるゆると、けだるく柄を動かしなさい、すると、
熱く黒い闇の中であなたの目を楽しませる
素敵な団扇が手に入るでしょう。

この宗鑑の句にインスピレーションを得たと考えられる詩の発想は、その後もスペイン詩人の間で頻繁に現れることになる[22]。

一九一四年三月一日に、やはりヴォワザンの「日本趣味の五〇の四行詩」が『メルキュール』誌に掲載された。[23]そこには、「詩人芭蕉」le poète Bashô に触れた詩があり、作者不詳の「口あいてはらわた見ゆる蛙かな」からヒントを得たに違いない詩もまた含まれている。[24]

一九一四年七月一六日号にも、ジョルジュ・デュアメルが書いた書評において、俳句にインスピレーションを得たといわれるポール・フォールの四行詩が引用されている。[25]

一九一六年七月一日号には、ジュリアン・ヴォカンスの「戦争百詩」[26]が紹介されている。これは、同年五月に『ラ・グランド・ルヴュー』誌 *La Grande Revue* に発表されたものから一五篇が選ばれて掲載されたものである。これらの詩は、フランスでの「ハイカイ」の流行に拍車をかけたと考えられる画期的な作品である。[27]最初の二篇を以下に掲げる。

Deux levées de terre
Deux réseaux de fil de fer:
Deux civilisations.

二つの陣堤
二つの鉄条網。
二つの文明。
（北原道彦訳）

La Mort a creusé sans doute
Ces gigantesques sillons
Dont les graines sont des hommes.

死がえぐったのだろう
あれら巨大な畝溝
撒かれた種は、人間。
（北原道彦訳）

さて、ここまでに取り上げてきたヌービル、ヴォワザン、ヴォカンスらの詩は、『メルキュール』誌上で見ることができた、俳句と関係のある詩のほんの一部にすぎない。一九〇八年から一九一六年までに同誌上に掲載されたこれらの詩は、先に触れたシュワルツの『近代フランス文学にあらわれた日本と中国』でもかなりの紙面を割いて紹介されている。このように『メルキュール』誌一つをとっても、ヒメネスその他のスペイン詩人たちが俳句について情報を得る機会はふんだんにあった。

しかし、彼らの情報源はフランスの雑誌だけではなかった。意外なところに別のルートがあったのである。

2　カタルーニャの先駆者ジュゼップ・カルネーとアウジェニ・ドルス

ヒメネスらスペイン詩人が「ハイカイ」に関する知識を、国内で得る手だてがもう一つあった。それは、バルセロナで発行されていたカタルーニャ語の新聞『カタルーニャの声』である。

フランスでハイカイが流行するきっかけとなったのはポール＝ルイ・クーシューの「日本の抒情的エピグラム」であった。この論文は一九〇六年四月から雑誌『レ・レットル』*Les Lettres* 誌上で四回に分けて連載された[28]。その記事の内容をバルセロナ出身の詩人でありジャーナリストでもあったジュゼップ・カルネーが、一九〇六年六月一五日に『カタルーニャの声』で紹介したのである。さらには、このカルネーの記事に触発されて「ハイカイ」に興味を示したのが、同じ新聞の特派員としてパリに暮らしていた、アウジェニ・ドルスであった。彼はすぐに同紙上で「ハイカイ」に関する記事を発表する[29]。この新聞はカタルーニャ語ではあったが、スペインの知識人にとって、カタルーニャ語を読むことは造作もないことで[30]、同紙もまた、ヒメネスらスペイン詩人が「ハイカイ」の知識を得る手立てとなった。タブラーダの『ある日……』が出版されて注目を集めたのは、それから一三年も後のことである。

ジュゼップ・カルネーの「ハイカイ」Els Haïkaï と題する記事は次のように始まっている。

フランス人の作家P・L・クーシューが近頃、パリの雑誌『レ・レットル』で、日本の「ハイカイ」について語った。[31]それは、きわめて独特な詩のジャンルである。気まぐれな小さな骨董品。繊細で極端なまでに素朴、まるで現代の好みに合わせて作られたかのようだ。[32]

この後、カルネーは俳句の形式的な特徴について説明し、クーシューが取り上げた荒木田守武らの俳句四句を翻訳紹介している。

詩人でジャーナリストでもあったジュゼップ・カルネーは当時、カタルーニャのみならずスペインをも代表する一流の知識人であった。ヒメネスもカルネーの詩を愛読していた。二人の交流は、ヒメネスが中心となって出版していた『エリオス』誌 *Helios* 時代にさかのぼる。一九〇三年から一九〇四年にかけて出されていた雑誌で、そこにカルネーも記事を書いた。その頃カルネーがヒメネスに献辞をつけて贈った処女詩集『詩人たちの本』*Llibre dels poetes* は、現在、ヒメネスの故郷モゲールの記念館・図書館に収蔵されている。[33]

ヒメネスは一九〇七年から一九一〇年にかけて書かれた四通の手紙の中で、[34]カルネーに触れている。一九〇七年四月と一九〇八年九月のグレゴリオ・マルティネス・シエラへ宛てた手紙では、[35]編纂中の詩選集にカルネーの作品も入れるようにと指示を出し、やはりグレゴリオ宛の一九〇九年の書簡では、「三つ頼みたいことがある。ルシニョルとマラガイ、そしてカルネーがどうしているか教えてくれないか」[36]とカルネーを含めた三人のカタルーニャ詩人の近況を尋ねている。さらに、一九一〇年、カタルーニャのノウサンティズマ（一九〇〇年主義）[37]の代表的詩人で、カルネーの弟子であるホセ・マリア・ロペス＝ピコーへ手紙を書いている。[38]その文面から、ヒメネスが、ロペス＝ピコーと著書をプレゼントしあい、カルネーへも著書を送ろうとしていることが分かる。この書簡の中でヒメネスはロペス＝ピコーの詩集『トゥルメン・フルメン』*Turment-froment* を絶賛し、詩を文中に書き写してさえいる。

カルネーの記事が出たわずか八日後、これに呼応するように[39]、バルセロナ出身の文学者アウジェニ・ドルスが、自作のハイク風の詩（「一種のハイカイ」と自分でも書いている）を含むコラムを『カタルーニャの声』紙上で発表した。当時ドルスは同紙の特派員としてパリに住み、「語彙集」Glosariというコラムを連載していた。「ハイカイ」に関する一文は一九〇六年六月二三日に掲載されている。

そのコラムは「ロケット花火讃歌、聖ヨハネ祭の夜に[40]」Elogi del coet per a dir en la nit de Sant Joanという題であった。

この中でドルスは「ハイカイ」を聖ヨハネ祭の夜のロケット花火にたとえる。「ハイカイ」は西洋のソネットとは異なる美的基準に基づいて作られる魅力的な短詩であると、その魅力をたたえ、さらには自作の「一種のハイカイ」まで載せたのである。

このコラムと「ハイカイ」については第五章で詳しく見ることにするが、それがスペインへの俳句の伝播に与えた影響の大きさには計り知れないものがある。なぜならば、彼のコラム「語彙集」はカタルーニャのみならず、スペインの知識人に愛読されていたからである。

たとえば、後にドルスと同じく自由学院[41]の奨学生となるマヌエル・ダ・モントリウは、毎日の散歩のひと時を、バルセロナの街灯の下で、ある日は興奮し、また別の日にはいやな気分になりながら、「語彙集」を読んで過ごすのが楽しみだったと回想している[42]。さらに、現代スペイン最大の哲学者であるホセ・オルテガ・イ・ガセットは、「語彙集」を「文化のために日々射られる矢[43]」cotidianos lanzazos en pro de la culturaと評価していた。それは、ドルスの研究家のカチョ・ビウが述べているように、「常々「語彙集」のあるべき姿だとドルスが考えていた通りに、パリという眩いばかりの「舞台」に向かって「窓を一杯に開き」、あらゆる種類のことについて思い浮かぶことをバルセロナに大量に休むことなく送った」[44]からであろう。

俳句にとって幸運だったことに、「ロケット花火讃歌、聖ヨハネ祭の夜に」は新聞に掲載された翌年の一九〇七年に出版された『語彙集』[45]の選集に収められ、長くこのコラムが読まれることになった。

スペイン人たちにとって、パリは「光の都」であった。そのパリで今まさに起こっていることをテーマにした「語彙集」を、彼らは貪るように読んだ。そこで得られた情報は、バルセロナ以外の地域の人々にも口から口へと、あるいは手紙によって伝わったにちがいない。

ジュゼップ・カルネーがまず俳句を紹介し、そしてアウジェニ・ドルスが人気の高いコラムで俳句を取り上げて論ずる[46]――カタルーニャを代表するこれら二人の知識人が「ハイカイ」を、スペインの詩人や知識人のネットワークに投げ込んだのである。このネットワークがいかに広く張りめぐらされ、かつ有効なものであったかは、本書で徐々に明らかになるだろう――そして、この翌年の一九〇七年には、このネットワークに「ハイカイ」についての情報がさらに大量に付け加えられることになる。それを次に見ていこう。

3　ディエス＝カネドと荒木田守武の句

一九〇〇年代、二十代の頃からパリを頻繁に訪問し、ジュディット・ゴーティエのサロンを始め、パリの知識人のサークルに出入りしていたスペイン語詩人がいる。翻訳家・批評家としても活躍したエンリケ・ディエス＝カネド[47]である。

一九〇七年、彼が発表した翻訳詩のアンソロジー『隣の芝生』[48] *Del Cercado ajeno* に、俳句一句と和歌四首の翻訳が含まれている。俳句は明らかに荒木田守武の「落花枝に帰ると見れば胡蝶かな」[49]である。俳句と違って四首の和歌は、ジュディット・ゴーティエの『蜻蛉集』を参考にして訳されているようである[50]。ここでは俳句の翻訳を見ていこう。

De Arakida Moritaké　　　　　　　　　アラキダ・モリタケより

¿Otra vez en el tallo se posa　　　　　　また茎にとまったのだろうか、
la flor desprendida? ¡Virtud milagrosa!　散った花が？　奇蹟的な能力！
Pero no es una flor: es una mariposa.　　しかし、花ではない。一匹の蝶々だ。

それでは、日本語ができなかったディエス＝カネドは、この俳句を翻訳するために、どんな文献を参考にしたのだろうか。それこそが、もっとも早くスペイン語に訳された俳句の一つの原典ということになるだろう。この文献を特定するために、一九〇七年以前に西洋で発表されたこの句の訳を比較検討した。

まず、カネドにとってもっとも身近であった言語、フランス語の訳から見てみよう。この訳の前年に発表されたクーシューの訳(51)である。

Une pétale tombée　　　　散った一ひらの花びらが
Remonte á sa branche:　　また枝に返っていく、
Ah! c'est un papillon!　　おや！　蝶だ！
　　　　　　　　　　　　　　　　　（金子美都子訳）

ディエス＝カネドの訳では、「また茎にとまったのだろうか、散った花が？」と第一行が疑問形になっている。

また、散るのは花びらではなく、花である。他方、クーシューの訳にはディエス＝カネドの訳にある「奇蹟的」という表現がない。スペイン語とフランス語は非常に近いことばであって、逐語訳が可能であるにもかかわらず、二つの訳にこれほど相違点がある以上、ディエス＝カネドはクーシューの訳から重訳したのではないと判断される。

次に英語訳に目を移し、一八九五年頃のカール・フローレンツによる『東洋からの詩の挨拶――日本詩歌――』[52]に収録された翻訳、一八九九年に出されたW・G・アストンの『日本文学史』[53]に収録されている翻訳、そしてバジル・ホール・チェンバレンの、一九〇二年に出された『日本事物誌』[54]に掲載された訳と、同年の論文「芭蕉と日本の詩的エピグラム」[55]に掲載された訳を検討してみた。

ディエス＝カネドが参考にした翻訳を探す上で着目したのは、「落花」の「花」が「花」と訳されているか否か、花は単数か、複数か、「奇蹟」に相当する語が使われているかどうか、そして一行目が疑問の表現になっているかどうか、という諸点である。しかし、いずれの翻訳の場合も決め手となるような類似点を発見するには至らなかった。ただし、「奇蹟」という語に関して一つ発見があった。チェンバレンの句の翻訳自体にはこの語は出てこないのだが、「芭蕉と日本の詩的エピグラム」の訳に附されたチェンバレン自身の評釈に、「奇蹟」という語が出てくるのである。

For a moment I fancied it to be a fallen petal flying back by some miracle, to its native brach. But lo! it was a butterfly.[56]

私は一瞬、散った花びらが奇蹟的に元の枝に飛び返ったのかと思った。しかし、見よ！ それは蝶々だった。

さらに、ディエス＝カネドの翻訳で疑問形が用いられている部分に、この評釈では疑問形ではないが、I fancied という自問に近い不確定表現が用いられていることも注目に値する。これらの点を考慮すると、ディエス＝カネドが行った俳句のスペイン語への初めての翻訳は、チェンバレンの、句自体の翻訳と評釈を参考にしたものと推測することができよう。(57)

当時パリと関係が深かったディエス＝カネドであるが、翻訳詩選集『隣の芝生』はマドリードで出版された。つまり、一九〇七年にはすでに俳句のスペイン語訳がスペイン国内でも紹介され、スペインの詩人のネットワークにもたらされていたのである。翻訳詩選集『隣の芝生』は詩人の間では評判になったようで、一九〇七年一二月ディエス＝カネドへ宛てた手紙で、ヒメネスがこの作品を話題にしている。(58)

4　エンリケ・ゴメス・カリージョの「詩の心」

俳句のスペイン語訳ばかりではない。パリでは、俳句に関する紹介・解説さえ、この時期スペイン語で書かれていたのである。その筆者は、グアテマラのジャーナリスト、文学者エンリケ・ゴメス・カリージョである。

ゴメス・カリージョは、後に故国グアテマラで「ラテンアメリカのラフカディオ・ハーン」(59)と呼ばれることになる。一八九八年から、一九二七年に亡くなるまで主にパリに住んだ。ヒメネスやマチャードと親交が深かったこともあり、スペインへの俳句の導入を考える上でも重要な存在である。

ゴメス・カリージョは、一九〇五年、日露戦争直後の日本を訪問し、二ヶ月ほど滞在した。(60)この経験をもとに一九〇七年にパリで『日本の魂』をスペイン語で出版した。その中に、「詩の心」El sentimiento poético と題された章があり、俳句についての説明と共に俳句四句のスペイン語訳が含まれている。この著書とその前編『マルセーユから東京へ』はフランスの大新聞や、フランスでの俳句の伝播に貢献した『レ・レットル』誌など有力雑

図3　エンリケ・ゴメス・カリージョ

誌上で絶賛され、彼はフランスとスペインで一躍注目を浴びるようになる。(61)
さらに驚くべきことに、この『日本の魂』は、スペイン語の原著が出版される前年の一九〇六年にフランス語に訳され、ゴメス・カリージョはその功績によって、フランス・アカデミーからモンティヨン賞を与えられているのだ。つまり、『日本の魂』は遅くとも一九〇六年には書かれ、読まれていたことになる。

「詩の心」は、一九〇七年、『エル・ヌエボ・メルクリオ』誌上にも発表された。これはゴメス・カリージョが主宰する雑誌で、バルセロナで印刷され、パリで発行されていた。(62) さらに、一九一二年、マドリードで出版された『誇り高く優雅な国、日本』(63)にも収録されている。フランス語の訳も含めると、「詩の心」は四回にわたって発表されているわけである。このように何度も出版され、注目されたにもかかわらず、これまでそこに含まれている俳句に触れた研究はほとんどない。(64)

それでは「詩の心」(65)ではどのように俳句が扱われているだろうか。まず「ハイカイ」が短歌と比較され、「ハイカイはさらに短く、五、七、五の音節からなっている」(66)と説明された後、俳句が四句取り上げられている。一句目は、ゴメス・カリージョ自身は短歌としているが、実は、例の荒木田守武の句である。

Yo he pensado viendo
Las hojas caídas
Las pobres hojas caídas
Vuelven á sus ramas:

私は見ていて思った。
落ちる葉っぱ
哀れな落ち葉が
また元の枝に戻る、と――

¡Ay, no son sino mariposas!

ああ、蝶々か！

この句の重訳が繰り返されていく過程で、「花」であったものがいつか「落ち葉」に変化したのだろう。俳句にしては長すぎるという見方もあろうが、長い詩に慣れていた西洋人にもことばの断片ではなく詩だと感じられるように、意図的に長めの訳にしたのかもしれない。(67)

次にゴメス・カリージョが「ハイカイ」と呼ぶ二句を見よう。

Para todos los hombres
La esencia de ensueño
Es la luna de Otoño.

すべての人にとって
夢のエキスは
秋の月

アストンの『日本文学史』には松永貞徳の句、「みな人の昼寝の種や秋の月」の英語訳が出ている。

For all men
'Tis the seed of siesta—
The autumn moon.

すべての人にとって
これは昼寝の種――
秋の月

これと比較してみると、中七の「夢のエキスは」と「これは昼寝の種」が異なっているが、上五と下五の訳は同じなので、貞徳の句がもとになっていると考えてよいのではないだろうか。

二句目は以下の通りである。

Oigo que me llaman
¿Es la campana de Uyeno?
¿O la voz de mi amada?

私を呼んでいるのが聞こえる
上野の鐘か？
わが恋人の声か？

この句は松尾芭蕉の「花の雲鐘は上野か浅草か」と必ずしも近いとは言えないが、「上野の鐘」という限定された事物を偶然、ゴメス・カリージョが思いつくとは考えにくく、この句との関連が推測される。なお、ゴメス・カリージョが「詩の心」に収録している四つの句は、すべてアストンの『日本文学史』で取り上げられている句と重なっている。本文中で、同書のアストンの見解[68]を引用していることを考慮しても、ゴメス・カリージョがアストンの著書を参照したと考えるのが自然であろう。

また、ゴメス・カリージョは、十七世紀に入ると、武士や貴族だけではなく、「農民たちまでもがハイカイと呼ばれる、スペイン民謡 cantares とかなり似た種類の一七音節の短い詩を楽しむようになり」、「これらの庶民の小さな花々〔ハイカイ〕は生まれるやいなや、日本中の詩をその無邪気な香りで染め[69]」、その結果として、ことばの技巧に走り過ぎて停滞気味であった短歌が瑞々しさを取り戻したと書いている。なお、後にディエス＝カネドらが、マチャードやヒメネスやロルカの俳句的な作品にはスペイン民謡の影響が見られると述べることになるが、それよりもかなり早い時期に、ゴメス・カリージョが同じ指摘をしていたことになる。

5　アントニオ・マチャードの三行詩

カルネーが「ハイカイ」を紹介し、ドルスがそれを試み、ディエス＝カネドとゴメス・カリージョが俳句の翻訳を発表したため、スペイン詩人にとって一九〇六年から一九〇七年にかけては、俳句と出会う絶好の年となった。その同じ頃、後にスペインを代表する大詩人となるアントニオ・マチャードが、俳句を髣髴とさせる三行詩を発表した。(70) マチャード自身は俳句には一言も触れていない。とはいえ、その詩は俳句にインスピレーションを得て書かれたとしか考えられない作品である。

その三行詩は、一九〇七年に出された『孤独、回廊、その他の詩』に収められている。

¡Y esos niños en hilera,
llevando el sol de la tarde
en sus velitas de cera!...

一列に並んだ子供たち、
それぞれの小さな蠟燭の中に
午後の太陽をとりこみながら！

¡De amarillo calabaza
en el azul, cómo sube
la luna, sobre la plaza!

黄色いかぼちゃのように、
青の中を、のぼっていく
月が、広場の上に！

まず、最初の作品を見てみよう。

薄暗い教会の中で、子供たちが小さな蠟燭を体の前に捧げ持って並んでいる。一方、教会の外には午後の陽光があふれている。蝋燭の小さな炎は、外の光を取り込んだかのように、暗い室内で子供たちの顔をほのかに照らしている。

次に二番目の詩。まずカボチャのように黄色い何かが提示される。[71]いったい詩の主体は何なのか。二行目の前半の「青」も何のことなのかわからない。二行目の後半になって、それがのぼっているものだとわかる。そしてようやく最終行になってカボチャのように黄色いものが月であり、それがまだ暮れ切らぬ青空にのぼり、広場を上から見下ろしているのだと判明する。

最初の詩においては、明るい昼間の陽光と薄暗い蝋燭が対立し、二番目の詩では、詩で詠われることが多い美しい月と、卑近なカボチャとが対比されている。いずれの詩においても、二つの異質なイメージが、それらをつなぐ説明もなしにいきなり衝突し、その衝突をどう読み解くかは読者に任されている。

川本皓嗣によると俳句は誇張的な表現を用いるか、表現や内容に矛盾を持たせるかなどによって読者の気持ちをひきつける基底部と、その句で伝えたいことをおおまかに方向づける干渉部の二つの部分からなっている。基底部とは、「俳句の興味の中心を占める部分、すなわち強力な文体特徴で読み手を引きつけながら、それだけでは全体の意義への方向づけをもたない……部分」[72]である。そして「矛盾こそは俳諧、ことに基底部の本質をなすものであって、雅俗の衝突であり、論理の食い違いであれ、ともかく矛盾をひとつも含まない俳句はありえない」[73]という。これら二つの詩に見られる「衝突」は、この「基底部の矛盾」とみなしうるものではないだろうか。

題名や作品中に、ハイカイや俳句という語もなければ、日本を思い起こさせる単語も用いられていないが、次に述べるように、マチャードが俳句を知り、それを自分の詩の中にとりこんでいてもおかしくない環境にいたことから、この詩を俳句と関係付けて見るべきであろう。

一八九九年夏、マチャードはパリへ行き、ガルニエ出版[74]で翻訳者として働き始める。滞仏中は詩作に励んだ。いったん帰国後、一九〇二年に再びパリに赴いている。さらに一九一〇年には、前年結婚した新妻レオノールを伴ってパリを訪れた[75]。

翻訳の仕事をしていたことからも分かるように、マチャードには、フランス語もフランス文学もごく身近な存在であった。マチャードがその語学力を生かし十九世紀後半から二十世紀初頭にかけてのパリに滞在し、このような文化的刺激を受けたということは重要だと思われる。なぜなら当時のフランス詩壇には俳句ブームとも言うべきものが起こっていたからである。

一九〇七年の『孤独、回廊、その他の詩』は、一九〇三年の処女詩集『孤独』の増補版として出版されたもので、俳句的要素を持った三行詩が新たに収められた。一九〇三年に出版された詩集にはそうした詩は含まれていないので、一九〇三年から一九〇七年の間にマチャードが俳句を知ったと推測することができる[76]。たとえば一九〇六年に、クーシューが『レ・レットル』誌に書いた「日本の抒情的エピグラム」をマチャードが読み、その結果俳句的な要素を持つ詩を作り、一九〇七年の版に加えたとも考えられるだろう。

それどころか、これらの俳句的な要素のある詩が一九〇三年以前に書かれた可能性さえある。なぜならば、一九〇三年の『孤独』の初版は一八九八年から一九〇〇年に書かれた六〇作品を中心に編まれたものであり[77]、その後一九〇一年、一九〇二年に書かれた詩は含まれていなかったからである。

クーシューが日本文化に興味を持ち、日本に関してヨーロッパ人が書いたものを読み漁ったばかりか、実際に日本を訪れさえしたことを見ればわかるように、ジャポニスムの流行以来日本についての知識が深まっていた上に、日露戦争後には戦勝国日本への関心が高まっていた。このため、クーシューとは無関係にマチャードが日本の俳句に触発される機会があったとしても少しもおかしくない環境だった。もちろんチェンバレンの「芭蕉と日本の詩的エピグラム」や、アストンの『日本文学史』などがマチャードの情報源となった可能性もある。

当時すでに詩人として有名になりつつあったマチャードの詩は、多くの詩人の目に触れたであろう。そこに

「俳句」や「ハイカイ」という文字がないために、俳句との関係が意識されないとしても、俳句的なマチャードの詩がスペイン詩人たちのネットワークに加わったことは大きな意味がある。それまで詩は長く饒舌であることが当たり前であったが、短くてもまじめな詩たりうるという常識が広まる土台を築いたことになるからである。

6 パリにおけるスペイン語詩人のネットワーク

これまでにとりあげてきた詩人たちは、それぞれ孤立して活動していたわけではない。彼らの間には、一種のネットワークが張り巡らされており、お互いに連絡をとり、刺激し合っていたのである。

たとえば、ヒメネスとディエス＝カネドは非常に親しい仲であった。二人の間では一〇通以上の書簡が交わされている。一九〇七年一二月にディエス＝カネド宛ての手紙の中でヒメネスは、俳句の翻訳が含まれているディエス＝カネドの翻訳詩集『隣の芝生』に触れて感想を述べている。この本は、一九〇七年一一月九日にディエス＝カネドから献呈されたもので、その表紙には、「読了、フアン・R・ヒメネス[78]」というスタンプが押されている。また、一九一一年一月の手紙では、パリにいるディエス＝カネドに、「『日本文学選集』の広告を見ました。それが良いものかどうか教えてください[79]」と書き送っている。

ヒメネスとアントニオ・マチャードは、一八九九年一〇月マチャードがパリから帰ってきた翌年に知り合っている。二人はフランス語の詩集の貸し借りをするほど親しい間柄になった。一九〇三年にパリから再び戻ったマチャードの家は、知識人が集まるサロンと化したのだが、そのメンバーにヒメネスも含まれていた。一九一一年、マチャードに宛てた書簡の中でヒメネスは、マチャードに自分の詩集を送ったと伝える一方で、マチャードの『孤独、回廊、その他の詩』を送ってくれるように頼んでもいる。

ゴメス・カリージョは、一九〇〇年ヒメネスが中心となって創刊した『ルックス』誌 *Lux* の創刊号に投稿している。[80]また、マチャードは遅くとも一八九九年にはゴメス・カリージョと知り合っている。彼が一八九九年にパリへ行き、ガルニエ出版で働き始めてすぐに知り合ったという説と、パリへ行くまえからの知り合いだったという説がある。一九〇二年にマチャードがパリのグアテマラ領事館の書記官の仕事を得ることができたのも、ゴメス・カリージョのはからいであった。ゴメス・カリージョはディエス＝カネドとも親しい間柄で、二人ともガルニエ出版から本を出している。

ディエス＝カネドは幼い頃バルセロナに住んでいたため、カタルーニャの知識人に知己が多かった。またカタルーニャ語に堪能で、アウジェニ・ドルスの本をスペイン語に翻訳した。一九〇一年のヒメネスの書簡には、ドルスと親しくしている、という記述があり、一九一三年の書簡[81]にはドルスが、ヒメネスのマドリードの住まいを訪問し食事を共にしているとある。また、ヒメネスとカルネーの交流についてはすでにみた通りである。

ここで紹介したのは、彼らのネットワークのほんの一部にすぎない。このような関係があったおかげで、俳句のスペインへの導入経路はさらに広く多様なものとなった。

カルネーが俳句を紹介し、ディエス＝カネドとゴメス・カリージョが俳句の翻訳を試み、アウジェニ・ドルスがハイカイの実作を試みた。そしてマチャードが俳句や「ハイカイ」ということばに触れることなく、目も覚めるようなくっきりとしたイメージの三行詩を発表した。ある詩が外国から導入される場合、このような「紹介―翻訳―模倣的実作―消化―定着」というプロセスを経るとすれば、スペイン詩においてはすでに一九〇七年の時点で「定着」の段階に入った、と言えるだろう。それらがこのネットワークによってスペイン詩人に伝わっていくのである。

二　ロンドンとスペイン詩人

パリと同様に、スペインの詩人や文化人たちは、ロンドンでの文化の潮流にも敏感であった。彼らは、ロンドンを訪問したり、ロンドンで出版された書籍を読むという受身の活動のみならず、そこでの文化活動に積極的に参加した。また、彼らの興味の対象は、イギリスの文学と文化だけではなかった。広く英語で読むことのできる多様な書物に目を向け、アメリカ文学や英語に訳された諸外国の文学についての知識も吸収した。つまり、俳句についての知識も英語で書かれた文献を通して得ていたのである。

1　アストンの『日本文学史』と『ラ・エスパーニャ・モデルナ』

W・G・アストンの『日本文学史』がロンドンで出版されたのは、一八九九年である。すぐさまマドリードの総合雑誌『ラ・エスパーニャ・モデルナ』[82] *La España Moderna* の一八九九年一二月号に、この本の出版情報と要約が掲載された。約四ページの要約の中で俳句に費やされているのは、次のようにわずか六行である。

詩においては、詩人の考えをできるだけ短く表現したいという日本人の願いが、ハイカイを生み出した。これは、五音節の詩行とそれを挟む七音節の詩行の三十一（ママ）音節という非常に小さな作品である。そのジャンルでは、十七世紀の半ばのバチョー（ママ）が傑出し、それを模倣した散文として、ハイブンが現れた。

詩行の音節数[83]が五・七・五ではなく、誤って七・五・七とされていたり、バショウがバチョー、一七音節が三一音節と書かれていることからも明らかなように、内容はかなり不正確なものである。この要約は、イタリア語の『新選集』*La Nuova Antologia* にギレルモ・パシリが発表したものを参考にしたということなので、その過程で間違いが生じたのだろう。しかし、ここで重要視したいのは、ロンドンで出版されたアストンの『日本文学史』が、スペインですぐに紹介されたことである[84]。

何人くらいの知識人が『日本文学史』を紹介する記事を読んでいたのであろうか。その要約が掲載された『ラ・エスパーニャ・モデルナ』誌は、一八八九年に創刊され、総合雑誌としてはそれまでに出版された中でもっとも重要なものだろうといわれている[85]。その権威は、オルテガ・イ・ガセットらが創刊した『レビスタ・デ・オクシデンテ』*Revista de Occidente* をしのぐとともに、アテネオ（文化協会[86]）の機関誌にとって代わるほどであった[87]。

アストンの『日本文学史』が紹介されたのが、他でもない『ラ・エスパーニャ・モデルナ』誌であったため、この本の存在は、詩人や知識人に広く知られることになったに違いない。それゆえ、アストンの本が出た一八九九年から、スペインおよびスペイン語圏でも俳句についての情報がじわじわと広まっていったのではないか。例えば、太田靖子によると[88]、メキシコ人のホセ・フアン・タブラーダは、アストンの『日本文学史』の一九〇七年度版を所有している[89]。そして一九一四年に出版された『広重』において、彼は芭蕉の「花の雲鐘は上野か浅草か」の句に解説を加えているが、その「タブラーダの解説は、ほとんどアストンの解説をスペイン語に移し変えただけといってもよく、タブラーダがアストンの『日本文学史』によって俳句を学んだことは紛れも無い[90]」という。

スペインの詩人たちも、アストンの『日本文学史』を、英語かフランス語[91]で読むことによって、俳句の存在を知り、俳句がどのような詩であるかということを知ることができた。つまり、一八九九年のアストンの『日本文学史』がスペインにおける俳句についての知識の大本を築いたと考えられる。

2　フアン・ラモン・ヒメネスと『ザ・ポエトリー・レヴュー』

ヒメネスはロンドンで出版されている『ザ・ポエトリー・レヴュー』*The Poetry Review* を一九一二年から講読している[92]。講読のきっかけを作ったのは、ヒメネスのかつての恋人[93]ルイサ・グリム[94]の手紙であった。その手紙を次に引用する。

今日、『ザ・ポエトリー・レヴュー』をあなたに送るようにと、ロンドンに手紙を書きました。これは一月に発刊された、とても良い、興味深い雑誌です。英国で書かれたり考えられたりしていることに、あなたは通じることになるでしょう。将来は、フランスの詩やイタリアの詩なども、――もちろん、現代の詩です――を取り上げていくようです。そこで、もしあなたか、あなたのお友だちが、現代スペイン詩について書いてくださるのであれば、私はそれを翻訳したいと思っています。翻訳することは私には不可能ではないと思います[95]。

ヒメネスは、この雑誌を通して、一九一二年からイギリスの詩の潮流に通じることになるのである。また、一九一二年三月付けのグリムに対する書簡から、それ以前にもヒメネスがロンドンの雑誌にかかわっていたことが判明する。その手紙でヒメネスは、ロンドンで出されている『イスパニア』*Hispania* という雑誌の名前を挙げ、そこにすばらしいスペイン語詩人が参加していると述べ、さらに自分も寄稿する予定だと書いている[96]。それだけではない。グリムの期待に添えるように、『ザ・ポエトリー・レヴュー』で発表するためのスペイン現代詩についての論文を、友人に依頼したとヒメネスは書いているのである。

すぐに、僕の友人のＭ〔マヌエル〕・マチャード、エンリケ・ディエス＝カネド、そしてアンドレス・ゴンサレス・ブランコに手紙を書きます。彼らは、すばらしい才能のある詩人で、現代の詩について最近書いたものを持っています。彼らが僕に〔未発表の〕論文を送ってき次第、あなたにお送りいたします。よかったらそれを翻訳してください。僕も何かしましょう。が、もう少し後になるでしょう。(97)

このように、遅くとも一九一二年には、ヒメネスはロンドンで出版されている雑誌を通じて、そこで話題になっている詩の潮流に通じていたことが分かる。さらに、その雑誌に寄稿する機会をスペインの友人にも与え、この雑誌を通じて、スペインの詩を世界に知らしめるきっかけを作ってもいるわけだ。

さらに興味深いのは、『ザ・ポエトリー・レヴュー』が、ヒメネスたちスペインの詩人とエズラ・パウンドを結びつける役割をも果たしたことである。ジェームズ・ネアモア(98)は、フランス詩についてあまり深い知識を持っていなかったパウンドがフランス詩に注目し始め、また「イマジスト」という呼称を用い始めたのは、一九一二年八月号の『ザ・ポエトリー・レヴュー』にＦ・Ｓ・フリントが掲載した「現代フランス詩」Comtemporary French Poetry と題するエッセイに影響された結果だと推論している。(99)つまり、ヒメネスとディエス＝カネドは、この雑誌を通してパウンドおよび「イマジズム」運動と間接的に結びついていたことになる。カネドが論説「アメリカ合衆国の詩人達」(100)Poetas de los Estados Unidos においてイマジズムについて詳しく論じていることも、このことの傍証となろう。

（1）　たとえば次の論文や著書。中根美都子「俳句とハイカイ——比較詩法の試み——」富士川英郎編『東洋の詩　西洋の詩』朝日出版社、一九六九年。金子美都子「訳者解説」ポール＝ルイ・クーシュー／金子美都子、柴田依子訳『明治日本の詩と戦争――アジアの賢人と詩人――』みすず書房、一九九九年。平川祐弘「蕪村、エリュアール、プレヴェール――比較詩法の試み――」『西洋の詩　東洋の詩』河出書房新社、一九八六年。夏石番矢「フランスへ俳句はどのようにデビューしたか――ポール＝ルイ・クーシューの翻訳を中心に――」『俳句文学館紀要』五号、俳人協会、一九八八年。佐藤和夫『海を越えた俳句』丸善、一九九一年。

（2）サロン、カフェ以外に、マドリードには、知識人のネットワークの中心であり、俳句伝播の拠点ともいうべき「学生寮」Residencia de Estudiantesというものがあった。それについては第三章で詳述する。

（3）俳句が伝播した頃のスペイン詩の状況はおおむね以下のようなものであった。十九世紀末から二十世紀前半にかけて、スペイン文学は「第二の黄金世紀」と呼ばれる時期を迎える。九八年世代と、モデルニスモの詩人たちが、その先駆けとなった。前者は、一八九八年の米西戦争の敗北によって植民地をほとんど失った祖国スペインの衰退を憂え、再生する道を模索した、詩人、小説家、思想家などの知識人からなるグループである。彼らは、再生のためには、スペインの真の魂を見つけることが必要だと感じており、それに到る道の一つをカスティーリャ地方の風景の中に見出した。荒涼としたカスティーリャの風景とそこに住む質実剛健な人々の精神を見直すことを提唱したのである。

九八年世代とほぼ時期を同じくしてモデルニスモの詩人たちが活躍した。モデルニスモは、ニカラグアの詩人ルベン・ダリオによって初めてスペインにもたらされたが、その後、モデルニスモの詩人たちは、パリの高踏派、象徴派などの詩人たちの影響を強く受けた。彼らは詩の音楽性を再評価し、色彩豊かで異国趣味的な要素を持つ詩を書いた。アントニオ・マチャードもモデルニスモの詩を書いた時期があったし、ヒメネスとディエス＝カネドも同様であった。

彼らに続いていわゆる二七年世代がある。一九二七年、若い詩人を中心とした作家たちが「黄金世紀」の詩人ゴンゴラの三〇〇年忌に集まった。彼らは、当時忘れ去られていたバロック詩人ゴンゴラのイメージ豊かな詩を再評価するための式典を設け、講演会を行った。これに因んで彼らは「二七年世代」と呼ばれることが多い。そこには、ノーベル賞詩人であるビセンテ・アレイクサンドレほか、ロルカ、ギリェン、アルトラギレ、プラドス、イノホサなど、本書で取り上げる詩人が多く属している。彼らの詩の特徴は一様ではなく、民衆詩の形式であるロマンセを用いた者もいれば、シュルレアリスムの詩を書いた者もいた（Gerald G.Brown, *Historia de la Literatura Española: El Siglo XX*, Barcelona: Editorial Ariel, 1980. Victor G. de la Concha, "Época Comtemporánea:1914-1939", *Historia y Crítica de la Literatura Española*, Barcelona:

Editorial Crítica, 1984. José García López, *Historia de la Literatura Española*, Barcelona: Vicens-Vives, 1980. ホセ・ガルシア・ロペス／東谷穎人、有本紀明訳『スペイン文学史』白水社、一九七六年。主に以上の文献を参照）。

（4）Emilia de Zuleta, *Cinco poetas españoles (Salinas, Guillén, Alberti, Cernuda)*, Madrid: Gredos, 1971, p. 13. を参照。さらに同ページでは、ヒメネスの『新婚の詩人の日記』*Diario de un poeta recién casado* と、ラモン・ゴメス・デ・ラ・セルナの『グレゲリアス』*Greguerías* が出版された一九一七年までを、モデルニスモの時代だとする見方もあると述べられている。後述のように、これらの二つの作品には、俳句の影響があると考えられる。

（5）金子美都子「俳句・ハイカイ・エリュアール——比較詩法の試み——」芳賀徹ほか編『近代日本の思想と芸術Ⅰ』東京大学出版会、一九七三年、一三八頁。

（6）W・L・シュワルツ／北原道彦訳『近代フランス文学にあらわれた日本と中国』東京大学出版会、一九七一年。

（7）「僕は〔『メルキュール』誌を〕講読しているので、そこで君の本が取り上げられたら、その号を送ってあげます」と、ヒメネスはホセ・サンチェス・ロドリゲスに宛てた手紙に書いている（Juan Ramón Jiménez, *Epistolario I, 1898-1916*, Edición de Alfonso Alegre Heitzmann , Madrid: Amigos de La Residencia de Estudiantes, 2006, p. 80.）。

（8）ヒメネスはＮＲＦ誌のコレクションも所蔵していたが、本書では、ヒメネスが書簡で頻繁に言及する『メルキュール』誌に焦点を絞る。

（9）Javier Blasco, *Juan Ramón Jiménez: Álbum*, España: Publicaciones de la Residencia de Estudiantes, 2009, p. 351.

（10）Jiménez (2006), *op. cit.*, p. 80.

（11）この詩人はホセ・サンチェス・ロドリゲス、作品は『アンダルシアの魂』*Alma andaluza* を指す。なお、この詩集のエピローグはヒメネスが書いている（*Ibid.*, p. 77.）。

（12）*Ibid.*, p. 80.

（13）Ephrem Vincent, "Lettres Espagnoles", *Mercure de France*, no. 131, vol. XXXVI, p. 560.

（14）ヒメネスにとって『メルキュール』誌は、単なる情報収集や交換の場ではなく、自分たちの雑誌の模範でもあった。一九〇三年、ヒメネスが友人と雑誌『エリオス』*Helios* を創刊しようとしたとき、『メルキュール』誌を手本とした。ヒメネスが求めていたのは、「真面目で上質の」「『メルキュール』のような」「きわめて念入りに編集されたもの」であり、

「利益のことはまったく考えない」「精神の糧となるような雑誌」（Jiménez (2006), *op. cit.*, p. 108.）だとパリ在住のルベン・ダリオへ書き送っている。

ヒメネスは『メルキュール』誌のいわば精神を手本にしただけでなく、内容に関しても大いに参考にした。同誌の海外詩集の書評を参考に、『エリオス』誌の創刊号で、ヒメネスはルベン・ダリオの『巡礼』*Peregrinaciones* の評を掲載している。その後、一九〇七年創刊の『レナシミエント』誌 *Renacimiento* に関しては、「表紙は黄色、はっきりと『メルキュール［・ド・フランス］』の本を思わせる黄色」にするように、ヒメネスは指示している（*Ibid.*, pp. 108-109, p. 172.）。

（15）*Ibid.*, p. 80.

（16）例えば、一九〇四年一二月のルベン・ダリオへの手紙の話題は、ヒメネスの詩集『悲しみのアリア』*Arias tristes* についてダリオが書いた論文の一部が『メルキュール』誌に掲載されたことである（*Ibid.*, p. 142.）。なおルベン・ダリオのこの論文はゴメス・カリージョによってフランス語に訳されたものである（*Ibid.*, p. 142.）。さらに、一九〇六年一月にも、マリア・レハラガ（María Lejárraga）との手紙でヒメネスはこの論説を話題にしている（*Ibid.*, p. 161.）。

（17）Pierre Quillard, "Les Poèmes", *Mercure de France*, 16-IV-1908, pp. 686-690.

（18）シュワルツ前掲註（6）書、二四四頁。以下北原の訳は同書による。

シュワルツも同書で、ヌービルとその作品を取り上げている。ヌービルがこの作品を書くにあたって、ポール＝ルイ・クーシュー（Paul-Louis Couchoud）の「日本の抒情的エピグラム」に刺激されてこの本を書いたことや、ヨーロッパ人による日本詩についての論文や、ペルシャの四行詩、さらにジュール・ルナールの詩などを参考にしたことが説明されている（シュワルツ前掲註6書、二四三頁）。

（19）Gilbert de Voisins, "Vingt-cinq quatrains sur un même motif", *Mercure de France*, 1-IX-1912, pp. 49-53.

（20）シュワルツ前掲註（6）書、二五三頁。

（21）シュワルツも脚注で、宗鑑の句とそのミシェル・ルヴォンによるフランス語訳を載せ、この詩と宗鑑の句との関係を暗示している（同前、二五三頁）。この論文では、アストン、チェンバレン、ルヴォンなど、西洋へ俳句を紹介した初期の研究者の著書・論文に収録されている句に繰り返し言及している。それはそれらの句が、スペイン詩人がそのような文献でごく早い時期に目にし強い印象を受けたものだからである。中でも荒木田守武の「落花枝に帰ると見れば胡蝶かな」と、山崎宗鑑の「月に柄をさしたらばよき団扇かな」の二句によって触発されたかに見える詩はスペインには少なからずあるのである。

(22) 例えばアントニオ・マチャードと兄のマヌエル・マチャードも共に、この句にインスピレーションを得た詩を書いている。

(23) Gilbert de Voisins, "Cinquante quatrains dans le goût japonais", *Mercure de France*, 1-III-1914, pp. 22-29.

(24) シュワルツも同様の指摘をしている（シュワルツ前掲註6書、二五四～二五五頁）。

(25) Georges Duhamel, "Les Poèmes", *Mercure de France*, 16-VII-1914, pp. 352-355.

(26) 『メルキュール』誌の次の書評に「戦争百詩」Cent Visions de Guerre は掲載された。Charles-Henry Hirsch, "Les Revues", *Mercure de France*, 1-VII-1916, pp. 119-125.

(27) クーシューの『アジアの賢人と詩人』が出版されるとき、「フランスの俳人たち」の節にヴォカンスの詩が付け加えられた。これによってもこの詩の重要さが分かるだろう。

(28) 一九〇六年二月に創刊された文芸誌で、スペイン文学欄も設けられていた（金子美都子「訳者解説」前掲註1書、二八四頁）。それゆえスペイン文学者にとっても親しみのある雑誌だっただろうと推測される。

(29) アウジェニ・ドルスが意外なほど早い時期にカタルーニャおよびスペインに俳句を紹介したことに最初に言及したのは、カタルーニャ人研究者ジョルディ・マス・ロペスだと思われる（Jordi Mas López, *Els haikús de Josep Maria Junoy i Joan Salvat-Papasseit*, Bellaterra: Universitat Autònoma de Barcelona, 2002, p. 114. Tesi doctoral.）。この時点ではまだジュゼップ・カルネーの記事の存在は知らなかったようで、その後マス・ロペスはオルティンと共に、「カタルーニャ文学における最初の俳句の受容」でカルネーの功績にも言及している（Mas i Ortín, *op. cit.* 序章註33参照）。

(30) スペイン語を母語とする知識人がカタルーニャ語を問題なく理解できたことを示す例を挙げる。同じくスペインを代表する哲学者であり作家であるミゲル・デ・ウナムノがカタルーニャの詩人ジュアン・マラガイの散文について書いたエッセーには、次のような記述がある。「親愛なるマラガイ。なんと悲しかったことでしょう。あなたのとても美しく崇高な『スペイン万歳』という文章をすでにカタルーニャ語で読んでいた私は、そのスペイン語訳を読んだとき、どうしようもなく悲しくなりました。あまりにも悲しかったので私はこうつぶやいたのです。「作品が台無しだ。それが彼らには分かりはしないだろう。」（Miguel de Unamuno, "La Raza y la Lengua", *Obras Completas*〔de Miguel de Unamuno〕, Madrid, Austral, 1971, p. 511.）。

（31）一九〇六年クーシューは『レ・レットル』誌の四月号から八月号（五月号と六月号は合併号）に掲載したのであるが、カルネーが話題にしたのはその四月号である（Mas i Ortín, *op. cit.*, p. 59.）。

（32）Josep Carner, "Els Haïkai", *La veu de Catalunya*, 15 juny 1906, ed. del vespre, p. 1.

（33）Alfonso Alegre Heitzmann, Edición, introducción y notas, *Epistolario I 1898-1916*〔de Juan Ramón Jiménez〕, Madrid: Publicaciones de la Residencia de Estudiantes, 2006, p. 231.

（34）Jiménez (2006), *op. cit.*, p. 180, p. 199, pp. 221-222, p. 231.

（35）*Ibid.*, p. 180, p. 199.

（36）*Ibid.*, p. 221.

（37）ノウサンティズマ（一九〇〇年主義）とは、ギリシャ、ローマの芸術を規範とした新古典主義的芸術運動である（Michel et Marie-Claire Zimmermann, *Historire de la Catalogne*, Presses Universitaires de France, 1997, p. 84.）。

（38）Jiménez (2006), *op. cit.*, pp. 229-230.

（39）「ロケット花火讃歌」という題名からして、カルネーの文のなかにあった「ハイカイを讃えるために」という部分に呼応していると考えられるかもしれない。

（40）Xénius（=Eugeni D'Ors）"Elogi del Coet, per dir en la nit de Sant Joan", *La Veu de Catalunya*, 23 juny 1906, ed. del vespre, p. 3.

（41）第三章参照。

（42）Vicente Cacho Viu, *Revisió de Eugenio D'Ors*, Barcelona: Quaderns Crema, 1997, p. 78.

（43）C.A. "Eugeni d'Ors", *Eugeni d'Ors, Glosari*, Barcelona. Edicions 62 I "la Caixa", 1986, p. 6.

（44）Cacho Viu, *op. cit.*, p. 44.

（45）Eugenio D'Ors, *Glosari 1906-1907*, Edició de Xavier Pla, Barcelona: Quaderns Crema, 1996, pp. 164-165.

（46）そのインパクトがどれほど強かったかは、一九二二年になってなお、「ウルトライスモ」の詩人フランシスコ・ビギが

「僕の初めてのハイカイ」という作品の一連を「シェニウスXènius（ドルスの筆名）のスタイル」と題し、彼へのオマージュとしていることを見ても分かる（本書四章第二節3参照）。

（47）ジュディット・ゴーティエが亡くなった翌年の一九一八年、ディエス＝カネドは、「ジュディット・ゴーティエ」Judith Gautier と題する論説を『エスパーニャ』誌に掲載した（Enrique Díez-Canedo, "Judith Gautier", *España* 143, enero de 1918.）。

（48）この選集については次の文献を参考にした。Miquel Ángel Lama, "Enrique Díez-Canedo y la poesía extranjera", *CAUCE, Revista de Filología y su Didáctica*, núm. 22-23, 1999-2000, pp. 191-228.

（49）ディエス＝カネドがこの句を訳した事実に触れた先行研究はあるが、いずれも詳しくは論じられていない。例えば次の文献。Fuente Ballesteros, *op. cit.*, p. 395. また、次の論文では、この翻訳詩選集がカネドの詩を収めた詩集だと誤って紹介されている例を掲げている。José María Fernández Gutiérrez, "Enrique Díez-Canedo creador y crítico literario. Bibliografía", *CAUCE, Revista de Filología y su Didáctica*, núm. 26. 2003, p. 144.

（50）以下ディエス＝カネドのスペイン語訳とその邦訳（著者訳）、続いてその原歌の順に引用する。原歌については、吉川順子の『「蜻蛉集」全訳』お茶の水女子大学『比較日本学研究センター研究年報(四)』二〇〇八年、二三～四七頁（Tea Pot-Ochanomizu University Web Library-Institutional Repository 〈http://hdl.handle.net/10083/31364〉最終閲覧二〇一五年六月二五日）を参考にした。ディエス＝カネドの翻訳では、『蜻蛉集』と同様、各詩の前に作者の名前が記されている。

Del Bonzo Mansé
¿Con qué la vida puedes comparar?
¿Con la luz del ocaso incierta y suave?
¿Con la nave que corre por el mar?
¿Con la estela que atrás deja la nave?
¿Con la espuma que ves en el surco albear?

マンセ坊主より
人生は何に譬えられるだろうか。
日没のぼんやりとした柔らかな光に、だろうか。
海を行く船にだろうか。
船が後ろに残す航跡にだろうか。
波間に白く光って見える泡にだろうか。

世の中を何にたとへむ朝ぼらけ漕ぎ行く舟の跡の白波　　沙弥満誓（拾遺集・哀傷一三二七）

De Hito-Haro

Temor de muerte
siente el ciervo si el dardo
brutal advierte.
Yo, con temor más fuerte,
junto a ti me acobardo.

イト＝アロより

死の恐怖を
鹿は感じる、
残酷な矢に気づいたならば。
私は、もっと強い恐怖を抱いて、
あなたの傍で、怖気づいている。

あらち男の狩る矢の前に立鹿もいと我許物は思はじ　　柿本人麿（拾遺集・恋五九五四）

De Tsura Yuki

Con hostil corazón los nuevos moradores
de la casa que un día fue mía me acogieron;
pero de mí tal vez se acordaban las flores,
porque me dan el mismo perfume que me dieron.

ツラ・ユキより

敵対心を露わに、新たな住人は
かつての我が家に、私を迎えた。
だが、花々は私を覚えてくれていたのかもしれない、
なぜなら以前、私のために漂わせたのと同じ香りを、花々は私に届けるのだから。

ひとはいさ心もしらずふるさとは花ぞ昔の香ににほひける　　紀貫之（古今集・春上四二・百三五）

De Oki Kassé
Si la esperanza
de verte no tuviera,
morir quisiera.
Decide sin tardanza
¿Quieres que viva o muera?

オキ・カセより
もし、あなたに会える
希望がなければ、
私は死を望むでしょう。
ぐずぐずせずにはっきりしてほしい、
私に生きてほしいか、死んでほしいかを。

かぎりなく深きおもひを忍ぶれば身をころすにもおとらざりけり　　藤原興風（寛平御時后宮歌合・恋一七九）

これら四首はすべて、ジュディット・ゴーティエが日本の和歌を集めて編んだ翻訳歌集『蜻蛉集』*Poèmes de la libellule* に収録されている。『蜻蛉集』には翻訳の協力者西園寺公望による散文訳が含まれている。内容から見て、ディエス＝カネドは、ジュディット・ゴーティエと公望による訳を参考にしたと思われる。一首目の「マンセ坊主」は、沙弥満誓、二首目の「イト＝アロ」は、柿本人麿、三首目の「ツラ・ユキ」は紀貫之、四首目の「オキ・カセ」は藤原興風を指す。

（51）ジュゼップ・カルネーもこのクーシューの訳をもとに一九〇六年、『カタルーニャの声』紙上でカタルーニャ語に訳している（Carner, *op. cit.*, p. 1.）。クーシューの訳の逐語訳であり、ディエス＝カネドがそれを読んだ可能性もある。

（52）原書はドイツ語であるが、本稿で参考にしたのは、一八九六年の英語版の訳であり、次の論文から引用した。乾昌幸「短詩型の比較文学論」『比較文学研究』四一、東大比較文学会、一九八二年、二一頁。

（53）W. G. Aston, *A History of Japanese Literature*, London, William Heinemann, 1899, p. 290.

（54）Basil Hall Chamberlain, *Things Japanese*, London, John Murray—Reprinted...1905—Published simultaneously in the USA by Stones Bridge Press, and Japan by IBC Publishing, p. 403.

(55) Basil Hall Chamberlain, "Bashô and the Japanese Poetical Epigram", *Transaction of the Asiatic Society of Japan*, t. XXX, part II, pp. 241-362, 1902, —Reprinted. vol. 30(1902), Yushodo, 1964-1965, p. 312.

(56) *Ibid.*, p. 312.

(57) ラフカディオ・ハーンが一九〇四年に上梓した『怪談』にも、次のような、この句の翻訳がある（Lafcadio Hearn, *Kwaidan*, New York: Dover Publication, 2006, p. 128.）。

When I saw the fallen flower return to the branch—lo! it was only a butterfly!

散る花が枝に返ると私が見たとき——何と！　それは蝶々に過ぎなかった。

(58) Jiménez (2006), *op. cit.*, p. 189.

(59) 在グアテマラ日本国大使館、ホームページ。二〇一〇年七月三一日参照。

(60) 小林一宏「序　紹介にかえて」エンリケ・ゴメス・カリージョ／児嶋桂子訳『誇り高く優雅な国、日本——垣間見た明治日本の精神——』人文書院、二〇〇一年、四頁。

(61) Enrique Gómez Carrillo, *El alma japonesa*〔日本の魂〕, Paris: 1907?, Editorial Garnier Hermanos. の前書きを参照。この文献はインターネットによってすべてプリント・アウトすることができたが、出版年は記載されていない。しかし、小林一宏、児嶋桂子他の記述から、一九〇七年で間違いないと思われる。

(62) Alegre Heitzmann, *op. cit.*, p. 177.

(63) 前掲註(60)で触れた小林一宏の序文では、この本と先にパリで出された『日本の魂』*El alma japonesa* が異なった本のように書かれているが、『誇り高く優雅な国、日本』の一四章のうち、「雄々しい魂」「ハラキリ」「詩歌」（『日本の魂』では、el sentimiento poético すなわち「詩の心」となっていた）、「女性」「山水」「貧困」の六章は『日本の魂』からの再収録である。さらに、「東京」「太刀」「社寺」「サムライ」「洗練された精神」の五章は、『マルセーユから東京へ』*De Marsella á Tokio* からの再収録である。

(64) ただし、ゴメス・カリージョが「詩の心」において、日本の詩歌についての詳細な説明をしていることに言及した論文はある。たとえば、次の文献。Barbara Dianne Catella Konz, "Del Modernismo a la Vanguardia: La Estética del Haikú", *Revista Iberoamericana*, Pitsburgh, XL. 89, octubre-diciembre de 1974, p. 647. そこでは、スペインで一九〇七年にすでに俳句が知られていたことを重要な事実ととらえているものの、ゴメス・カリージョが翻訳した俳句には具体的に触れていない。序章で掲げたロドリゲス＝イスキエルドの『日本の俳句』では、参考文献として、『誇り高く優雅な国、日本』の名前が挙げられているにすぎない。

(65) 「詩の心」の冒頭では、『古今和歌集』の序こそ翻訳する価値のあるものだと述べられており、「花に鳴く鶯、水に住むかはづの声を聞けば、生きとし生けるもの、いづれか歌をよまざりける」をスペイン語に訳して紹介している。ヒメネスの詩に、蛙が歌う情景があるが、この序文からインスピレーションを得た可能性も否定できない。「詩の心」が掲載された『エル・ヌエボ・メルクリオ』*El Nuevo Mercurio* にヒメネスの親友が寄稿し、ヒメネスが読んでいたことが分かっているからである（Jiménez(2006) *op. cit.*, p. 177.）。

(66) Enrique Gómez Carrillo, *El alma japonesa*, Paris: Editorial Garnier, 1907, p. 162.

(67) ゴメス・カリージョ、前掲註(60)書、一四〇頁。「詩の心」の邦訳者は、この原句を誤って「金色の小さき鳥のかたちして、銀杏散るなり夕日が(ママ)岡に」という与謝野晶子の短歌だとしている。

(68) 例えば、ゴメス・カリージョは、日本の詩のテーマを説明するために、一七行に渡って、『日本文学史』から引用している（Gómez Carrillo, *op. cit.*, p. 172.）。

(69) Gómez Carrillo, *op. cit.*, p. 178.

(70) 本書ではスペインの詩が俳句的であるか否かの判断の基準として、おおむね、それまでの詩と比べて極端に短いこと、主観や感情の直接的な仮託を伴わない自然描写があること、それまで詩の範疇になかった虫やカエル、ロバなどの素材が歌いこまれていることなどを採用している。

この二番目の基準については若干のコメントが必要であろう。そもそも、日本の俳句が完全に感情の仮託を伴わないというわけではない。たとえば、平川祐弘は、次の句を挙げ、「藤の花は主体のもの憂い気分をあらわすもの」だとしている（平川前掲註1書、一一八頁）。

草臥れて宿かるころや藤の花

ところが、平川が言うように、まずフランスに俳句がクーシューによって翻訳紹介されたとき、俳句は「主情性を剝ぎ取られた、物その物の詩」となっていた（同書、一二八頁）。そこに二十世紀初頭のフランスやイギリスの詩人たちは新鮮な魅力を感じたのである。フランス経由で、あるいはイギリス経由でスペインの詩人たちが初めて目にした俳句もそのようなものであったはずである。つまり、あるスペイン詩が俳句的であるかどうかを判定するにあたって、この点に着目することには十分、正当性があることになる。

ただ、日本の俳句の中に、感情の仮託を伴うものがあるように、俳句の影響を受けたスペイン詩も、詩である以上、ときとしてそこにある程度の感情の仮託があっても不思議はない。「基準による判定」とはいっても、当然、科学的な判定とは異なり、あくまで原則的なもので、柔軟に適用すべきものなのである。それよりもむしろ重要なのは、ある詩人が、ある時点で俳句に触れ、その経験を境に、彼（女）の詩が変わったかどうかということであると思う。たとえば、フランスの詩人、イヴ・ボヌフォワは次の詩行について「この瞬間の詩は、私が書いたもののなかで初めて俳句との血縁をもったもの」であり、「自立した一篇の詩」だと述べている（二〇〇〇年九月、正岡子規国際俳句賞受賞記念におけるイヴ・ボヌフォワの講演。イヴ・ボヌフォワ／川本皓嗣訳「俳句と短詩型とフランスの詩人たち」『新潮』第九七巻一二号、二〇〇〇年一二月、一九八〜一九九頁、および、正岡子規国際俳句大賞、受賞記念講演、愛媛県文化振興財団ホームページ、最終閲覧二〇一五年六月一三日）。

Tu as pris une lampe et tu ouvres la porte,
Que faire d'une lampe, il pleut, le jour se lève.

君はランプを手にとる、ドアを開ける、
ランプなど何になろう、雨だ、もう夜明けだ、　（川本皓嗣訳）

この詩は、俳句といえるほど短くはないし、そこに主情性をはぎ取った自然描写もなければカエルや虫も出てこない。これだけを独立して鑑賞したら、俳句的だと言うことは難しいかもしれない。しかし、ボヌフォアは俳句によって触発されてこの詩を書いたと明言しているのである。それは彼が、この時おかれていた詩的環境の中で、俳句との接触によって自分の詩が変化したことを自覚したということにほかならない。そういう場合もあり得るのである。

（71）スペインでは外側が黄色いカボチャが多い。

（72）川本皓嗣『日本詩歌の伝統――七と五の詩学――』岩波書店、一九九一年、一〇二頁。

（73）同前、一三二頁。

（74）鼓直は、マチャードは一八九九年にパリへ行き、ガリマール書店に勤めた、としている（鼓直「マチャード小伝」『マチャード　寂寞／ヒメーネス　石と空／ロルカ　ジプシー歌集』世界名詩集二六、平凡社、一九六九年、二五九頁）。しかし、その他の主だった研究書によると、マチャードが働いたのは、ガリマール書店ではなく、ガルニエ出版 la editorial Garnier だったようなので、本書では、ガルニエ出版とした。その典拠として、以下の二冊の文献を挙げておく。Antonio Machado, *Poesías Completas*, Madrid: Espasa-Calpe, 1980, p. 469. Ian Gibson, *Ligero de equipaje*, Madrid: Aguilar, 2006, p. 102.

（75）鼓直「マチャード小伝」前掲註(74)書、二五八～二五九頁。

（76）一九〇七年の『孤独、回廊、その他の詩』*Soledades, Galerías, Otros poemas* に俳句的な要素のある詩が加わったことによって、一九〇三年以降にマチャードが俳句と出会い、俳句を自分の詩に取り入れたのではないかという指摘はすでになされている。例えば、Luis Antonio de Villena, "De 'haiku', sus seducciones y tres poetas de lengua española", *Prohemio*, IV 1-2, 1973, pp. 143-174. Aullón, *op. cit.*

（77）Manuel Alvar, "Introducción", *Antonio Machado*, Madrid: Espasa Calpe, 2009, p. 10.

（78）Soledad González Ródenas, *Juan Ramón Jiménez a través de su biblioteca*, Sevilla: Secretario de publicaciones de la universidad de Sevilla, 2005, pp. 242-243. この本はヒメネスの故郷モゲールの、ヒメネス記念館の図書館にある。この記念館はヒメネスがかつて住んだ家である。二〇一三年三月、筆者はそこを訪れ、このスタンプを確認した。

（79）この手紙が収められている書簡集の編者アレグレ・ヘイツマンは、手紙の時期から考えて、これは、一九一〇年に出されたミシェル・ルヴォンの『日本文学選集』だろうと推測している（Alegre Heitzmann, *op. cit.*, p. 249.）。

（80）Jiménez (2006), *op. cit.*, p. 56.

（81）*Ibid.*, p. 390.

（82）Fernando Araujo, "Historia de la literatura japonesa", *La España Moderna*, diciembre, 1899.

(83) 正確にはモーラ数。

(84) 「まもなくこの美しい本のカスティーリャ語訳が出版され、ギリシャ文学史、フランス文学史、イタリア文学史など既刊の書籍と共にラ・エスパーニャ・モデルナ文庫に収められる」とある（Araujo, *op. cit.*, p. 155.）。

(85) 『ラ・エスパーニャ・モデルナ』誌については次の論文を参考にした。Ronald Hilton, "José Lázaro y Galdiano and La España Moderna", *Hispania*, vol.23, núm. 4 (Dec., 1940), pp. 319-325. Published by American Association of Teachers of Spanish and Portuguese.

(86) 近代的な意味での文化協会「アテネオ」Ateneo（仏：Athénée）はフランス革命を期にパリで始まった。それが一八二〇年にスペインのマドリードに伝わり、その後、十九世紀から二十世紀前半にかけて、スペインの文化的活動の中で大きな役割を果たすことになった。官製のアカデミーに比べ、在野のアテネオでは、はるかに自由な雰囲気の中で文化的交流が盛んに行われた。当時の主だった知識人がアテネオで講演を行い、そこでの議論に参加した。また、その図書館は、海外の最新の雑誌・図書を多く取り揃え、貴重な情報源となった。その後、スペイン各地で、マドリードに倣いアテネオが設立された。Germán Bleiberg, *Diccionario de Historia de España 1*, Madrid: Alianza Editorial, 1979. 参照。

(87) 『ラ・エスパーニャ・モデルナ』一八八九年四月号の表紙に「マドリードのアテネオの機関紙である『エル・アテネオ』の代わりとして」と、記されている。Hilton, *op. cit.*, p. 322.

(88) 太田靖子『俳句とジャポニスム――メキシコ詩人タブラーダの場合――』思文閣出版、二〇〇八年。

(89) 太田によれば、メキシコ図書館にあるタブラーダの蔵書にこの本が含まれている（同前、三二頁）。

(90) 同前、三四〜三五頁。

(91) アストンの『日本文学史』は、フランス語に一九〇二年に訳された。金子美都子によれば、この翻訳によってフランスで俳句が初めて紹介されたのだろうという。金子によると、和歌は、一八七一年に出版されたレオン・ド・ロニーの『詩歌撰葉』を始め、ジュディット・ゴーティエの『蜻蛉集』、ラメレッスの『日本――歴史、宗教、文化――』、人見一太郎の『日本――風俗・教育論――』などにも紹介されているが、俳句、俳諧はそこには紹介されていないからである。「和歌がこのように紹介されるおよそ一八七〇年から一九〇〇年にいたるまで、俳句、俳諧はフランス語圏、いや英語圏の人々にもほとんど未知のものであった」時代にこのアストンの本が出版されたというのである（金子前掲註1書、二八六

～二八七頁）。

『日本文学史』のスペイン語訳については、予告のみで、実際に出版された書物を確認することはできなかった。

(92) Alegre Heitzmann, *op. cit.*, p. 337.

(93) ヒメネスとグリムは一九〇七年から一九〇八年の間の短い期間恋人であった（Haward T. Young, "Anglo-American Poetry in the Correspondence of Luisa and Juan Ramón Jiménez", *Hispanic Review*, vol. 44, núm. 1 (Winter, 1976), pp. 1-26. Published by University of Pennsylvania Press, p. 2.)。

(94) ルイサ・グリム Luisa Grimm の名前は、ルイズ・グリム Louise Grimm と書かれる場合もある。本書では、スペイン語風の呼び方であるルイサ・グリムに統一する。

(95) Alegre Heitzmann, *op. cit.*, p. 552.

(96) *Ibid.*, p. 552.

(97) グリムが、ヒメネスの作品を翻訳し、イギリスの雑誌に掲載したいので、何か作品を送ってくれるように手紙で頼んできた。それに対する返事をヒメネスは書いている(Jiménez (2006), *op. cit.*, p. 552.)。

(98) James Naremore, "The imagists and the French 'Generation of 1900'" in *Contemporary Literature*, vol. 11, no. 3 (Summer, 1970) pp. 354-357. Published by University of Wisconsin Press.

(99) *Ibid.*, pp. 354-355.

(100) Enrique Diez-Canedo, "La Vida Literaria. Poetas de Los Estados Unidos", *España*, núm. 224 (1919), p. 15.

第二章　スペインの三大詩人と俳句──マチャード、ヒメネス、ロルカ──

アントニオ・マチャードが俳句を彷彿させる三行詩を書いたのと同様に、ファン・ラモン・ヒメネスも、フェデリコ・ガルシア・ロルカも俳句からインスピレーションを受けて詩を書いた。現代スペイン詩を代表するこれら三人は、時には深く俳句の痕跡が刻まれた詩を書き、また時には俳句に触発されて、まったく新しい作品を生み出した。彼ら三人がいかにして俳句と出会い、それを受容したのか。彼らの人生と、彼らの詩の中にそれを探ってみよう。

一　アントニオ・マチャード──新しい詩を求めて──

1　「日本の詩人」アントニオ・マチャード

一九二四年の『エル・ソル』紙に「アントニオ・マチャード、日本の詩人」Antonio Machado, poeta japonés と題する論文が掲載された。筆者はディエス＝カネドである。アントニオ・マチャードの詩集『新しい歌』*Nuevas canciones* についてディエス＝カネドは、「これらの三行詩は、日本の詩の完璧で目を見張るような経済性をもってある感覚を表現し得ている[(1)]」と述べている。しかし、マチャードの詩にこのとき初めて俳句的な詩が現れたと、ディエス＝カネドが考えているわけではない。それまでにも東洋的なものを思わせる詩はあったが、円熟期の『新しい歌』を迎えて、極東を思わせる要素がはるかに多くなっていると言っているのである。いかなる道程を経て、詩人は『新しい歌』に到達したのだろうか。

2 「ロマンセ」の故郷からパリ、そしてマドリードへ

アントニオ・マチャード・ルイスは、一八七五年、スペイン南部アンダルシア地方の大都市セビリャに五人兄弟の次男として生まれた。将来、アントニオ・マチャードに先駆けて文才を発揮するマヌエル・マチャードは一歳年上の兄である。父が民俗学者、[2]祖父が医学と博物学の学者という文化的にも、経済的にも豊かな家庭で育った。また、祖母がスペインの中世歌謡「ロマンセ」[3]を集大成したアグスティン・ドゥランの身内であった影響で、幼い頃から民謡に親しんでいた。

一八八三年、家族とマドリードへ移り住み、兄とともに「自由教育学院」Institución Libre de Enseñanza に入学する。[4]後の章で見るように、俳句伝播の中心となった「学生寮」と深い関係のある学校である。二人は、マドリードに引っ越した後も、セビリャに住んでいた頃と同じように、家では祖母からロマンセを聞かされた。マチャード兄弟はそれらをとても気に入り、「自分たちのお気に入り〔のロマンセ〕をおさらいするためにその本を手に入れようとした」。[5]マドリードでもアンダルシア民謡と関わり続けたわけである。このことは後に彼らの詩作および俳句の受容に大きな意味を持つようになる。

図4　アントニオ・マチャード・ルイス

結局、アントニオ・マチャードは二回のパリ滞在を除いて、三〇歳まで主にマドリードで暮らした。一八九九年、マチャード兄弟がパリへ行き、ガルニエ出版で翻訳者として働いたことはすでに述べた。そこで知り合ったゴメス・カリージョは、兄弟にとって文学上の恩人ともいえる存在となった。兄弟は彼に連れられ、パリのテルトゥリア[6]やモンマルトルのカフェなどに出入りし、モデ

ルニスモ詩の旗手であるニカラグアの詩人ルベン・ダリオ[7]ほか、ヨーロッパの著名な作家、詩人と知り合うことができたからである。[8]「僕は個人的にオスカー・ワイルドとジャン・モレアスと知り合いになった。その場を仕切っていた文学界の大物はアナトール・フランスであった[9]」[10]と述べているように、アントニオ・マチャードはパリの文学的な雰囲気を満喫し、ピオ・バロハらスペインの文学者ともパリで知り合った。フランス文学の中でもマチャード兄弟はとくにヴェルレーヌの『詩選集』*Choix de poésie* を耽読した。[11]

一八九九年八月にマチャードはパリからマドリードに戻る。おそらくパリで詩に目覚めたマチャードは、すでに詩を書き始めていた。[12]それが処女詩集『孤独』として結実するのである。

翌年には、マドリードに引っ越してきたヒメネスと知り合う。マチャードとヒメネスは本の貸し借りをするほど親しくなる。次のヒメネスの証言から、彼らがフランスの詩を貪るように読んでいたことが分かる。「僕らはみな、高踏派や象徴派の作品を読んでいた。この中で一番はヴェルレーヌ。ところでアントニオ・マチャードは僕らが読んでいた本の隅を折る習慣があって、僕が持っているヴェルレーヌの『詩選集』は、ページの角が彼のせいで破れてしまってるんだ[13]」。

この頃マチャードは、ラモン・デル・バリェ＝インクランと「カフェ・コロニアル」Café Colonial で知り合っている。バリェ＝インクランが後に、芭蕉の俳句にインスピレーションを得たと思われる表現を用いることになるのは、序章で見た通りである。

一九〇一年、マチャードは『エレクトラ』*Electra* 誌上で二篇の詩を初めて発表し、同年、アンリ・バタイユ、アンリ・バルビュス、ジャン・モレアス、ポール・ヴェルレーヌらの作品をマヌエル・マチャードと共にスペイン語に翻訳し、同誌に掲載した。[14]

一九〇二年、マチャードは再びパリへ行く。前述のようにゴメス・カリージョの伝手で、グアテマラ領事館の書記官の仕事を得たのである。しかし、マチャードの「服装がだらしないため」にゴメス・カリージョは間もなくマチャードを解雇したといわれている。[15]ゴメス・カリージョとの関係が、マチャードの詩の変化を論じる上で大きな意味を持つことは第一章で指摘した通りである。

3　『孤独』から『孤独、回廊、その他の詩』へ——俳句が生んだ変貌——

一九〇三年、マチャードは『孤独』*Soledades*を出版する。[16]そして一九〇七年、『孤独』は収録作品に大幅な変更が加えられ、『孤独、回廊、その他の詩』というタイトルで再版された。『孤独』から『孤独、回廊、その他の詩』への変貌に俳句が大きな役割を果たした可能性があること、しかも、新たに加えられた詩は、一九〇〇年以降から一九〇七年の七年間に書かれたものなので、その時期の早さも注目すべきであることも、すでに見たとおりである。

パリでは一九〇六年以降、「ハイカイ」が流行していた。マチャードは一九〇六年当時パリにはいなかったが、フランスの文学状況はすぐスペインへ伝わっていた。実際、一八九九年にマチャード兄弟がパリに滞在した時も、マヌエル・マチャードは一種の特派員のような仕事をしていた。彼はパリでの見聞を記事にして『エル・パイス』紙*El País*に送っていた。そこにはモンマルトルのボヘミアン的な雰囲気なども報じられている。パリで評判になった「ハイカイ」についても、マチャードはもちろん知っていたに違いない。

この一九〇三年から一九〇七年の四年間に、マチャードは詩人として大きくなったと捉えられている。[17]その成長を示す新しい詩の中に、俳句を思わせる作品がある。ことに『孤独、回廊、その他の詩』に新たに収められたいくつかの作品がそうだが、そのうちの二篇は、すでに前章で取り上げた。

『孤独、回廊、その他の詩』を出版するに当たり、もとの『孤独』から取り除かれた詩もあった。[18]それらは主に高踏派的な作品であり、マチャードはヴェルレーヌ風のスタイルを敬遠し始めていたのである。後に彼が『孤独、回廊、その他の詩』の改訂版（一九一九）の序文で、「高踏派のギリシャ趣味のディレッタンティズム」を批判しているのを見ても、それは明らかである。[19]

それら除外された詩と比較すると、俳句的な二篇の詩はイメージが非常に鮮明で、形容詞が少なく、語彙が平明である。そしてなによりも、わずか三行からなっている。

4 『カスティーリャの野』——風景描写の発見——

マドリードにおちついたマチャード兄弟の周辺には、「ハイカイ」が一挙に広がる下地が着実に形成されていた。すでに一九〇三年には、マチャード兄弟はマドリードの文学界では有名になっており、彼らの家を多くの知識人が訪れていた。マヌエルとアントニオの弟、ホセ・マチャードによれば、やってきた人々の中には、哲学者ミゲル・デ・ウナムノ、フアン・ラモン・ヒメネス、ラモン・デル・バリェ＝インクラン、ラミロ・デ・マエストゥ、フランシスコ・ビリャエスペサなど錚々たる顔ぶれの文人、知識人が含まれていた。そこでは激しい論争が繰り広げられたという。[20]その集まりにはラファエル・カンシノス＝アセンスが加わることもあった。[21]彼はその後、マックス・ジャコブの『骰子筒（さいづつ）』*Le cornet à dés* のプロローグをスペイン語に訳し、さらにウルトライスモ（「ハイカイ」を書く詩人を多く輩出する）のリーダーとなる人物である。

一九〇七年、マチャードはカスティーリャ地方のソリアに移ってフランス語の教師となる。一九一〇年には、奨学金を得てパリへ行き、ベルクソンの講義を聴講している。一九一一年、妻が病を得たためソリアに戻った。その後、妻が亡くなると、スペイン南部のハエン県バエサの学校に移り、一九一九年までそこで暮らす。一九一二年に出版された名作『カスティーリャの野』*Campos de Castilla* では、カスティーリャの景色が詠われている。

一九〇七年から一九一七年までの作品が収められている『カスティーリャの野』は、詩人の魂の状態を自然に託したものではなく、即物的な風景の描写を前面に押し出している。そのような表現の前ぶれはすでに、『孤独、回廊、その他の詩』に散見されていた。その「描写的な傾向と風景の細部に気を配る傾向は、後の作品、『カスティーリャの野』の色調を予告している」[22]という主張があるのももっともなことである。

さて、そのような例として『孤独、回廊、その他の詩』から「ドゥエロ川の河岸」Orillas del Duero を掲げることができる。これは、一九〇七年にアントニオ・マチャードが初めてソリアを訪れたときに書かれ、この詩集に新たに加えられた作品である。その一部を見てみよう。

白い道のヨーロッパヤマナラシよ、川べりのポプラよ、
山の泡、
青い遠景に対峙する
昼間の太陽、明るい日!
スペインの美しい土地!

¡Chopos del camino blanco, álamos de la ribera,
espuma de la montaña
ante la azul lejanía,
sol del día, claro día!
¡Hermosa tierra de España!

アルバルに言わせれば、この作品を境としてマチャードの詩の様相は一変すると共に、スペイン詩に「新しいテーマと新しい様式」[23]がもたらされたのである。それは、「表現の単純性」sencillez expresiva,「イメージの欠如」penuria de imágenes,「卑俗と言っていいほど簡素な要素」ingredientes tan sencillos y hasta vulgares と批評家らに形容されるマチャード独自の詩の様式である。[24]

そして一九一二年の『カスティーリャの野』には、「ドゥエロ川の河岸にて」A orillas del Duero という、さっ

きの詩とよく似た題名を持つ作品が収められている。この詩は、前出の「ドゥエロ川の河岸」と比べると各行が長いものの、その生き生きとした自然描写を確かに引き継いでいる。[25] その一部を以下に引用する。

Un buitre de anchas alas con majestuoso vuelo
cruzaba solitario el puro azul del cielo.
Yo divisaba, lejos, un monte alto y agudo,
y una redonda loma cual recamado escudo,
y cárdenos alcores sobre la parda tierra
—harapos esparcidos de un viejo arnés de guerra—,
las serrezuelas calvas por donde tuerce el Duero
para formar la corva ballesta de un arquero
en torno a Soria.—Soria es una barbacana,
hacia Aragón, que tiene la torre castellana—.

Veía el horizonte cerrado por colinas
oscuras, coronadas de robles y de encinas;
desnudos peñascales, algún humilde prado
donde el merino pace y el toro, arrodillado
sobre la hierba, rumia; las márgenes del río

lucir sus verdes álamos al claro sol de estío,
y, silenciosamente, lejanos pasajeros,
¡tan diminutos! —carros, jinetes y arrieros—,
cruzar el largo puente, y bajo las arcadas
de piedra ensombrecerse las aguas plateadas del Duero.

　樫とナラが頂を飾る暗い丘によって
遮られている地平を私は見ていた。
裸の岩山、貧弱な草原では、
羊が草を食み、雄牛が草地に
ひざまづいて反芻していた。川岸では、
緑色のポプラが夏の明るい太陽に輝き、
静かに、遠くを行く旅人たちが、
あんなにも小さい！——馬車、騎手、荷車引きが——
長い橋を渡り、石のアーチの下では、銀色のドゥエロ川が翳るのが
見えていた。

大きな翼のハゲタカが、威厳のある飛びっぷりで、
真っ青な空をひとりぼっちで横切った。

私ははるかに望んでいた――高く尖った山と、
刺繡のほどこされた紋章のような丸い丘、
そして、褐色の地面の上を這ういくつかの紫色の小山
――まき散らされた古い甲冑の残骸――
ささやかな禿げ山の連なりを。そこを射手の大弓のごときドゥエロ川が縫う、
ソリアを巡って――ソリアはカスティーリャの塔を持つ
アラゴンに続く城門だ――。

自然のこのような描き方は画期的だと言えるだろう。「甲冑」(元の詩の表現を直訳すると「戦争の甲冑」guerra de arnés) という敗戦を思い起こさせる名詞や、「貧弱な」という否定的な形容詞、川が「翳る」といった表現などが米西戦争を連想させるという見方もできるだろう。しかし、歴史を離れ、一篇の独立した詩として読むと、全般的に一切の主観を排した描写がなされていることに気づく。九八年世代の代表的な作家の一人、アソリンも「アントニオ・マチャードは、その詩において客観性の最高の極限に到達している。それらの詩には、意見や余談、あるいは個人的な干渉はまったくない。この詩人は自然(大文字)を綿密に、非人格的に描写する。彼の風景はディテールを集めたものでしかない。しかし、それらの詩には詩人の全精神の鼓動と振動を感じられるのだ」[26]と述べている。

アルバルは、マチャードのこの風景の描き方は、印象派の絵と似ていると見る。マチャードの詩には、室内ではなく戸外で景色を見ながら描かれた印象派の絵と同じように、目に見えたものがそのまま詠われているようだという。[27]印象派の画家たちは、眼前の光景に手を加えることなくそのまま写しとることによって、その瞬間を飾

り気のない作品として凝固させる。その美的価値は「手間をかけて作り出した美しさではなく（中略）心に訴えかけてくる鋭い感覚」[28]にある。印象派の絵画が、「標準的な形式と決別し、予想もしなかったものを表し、さらに、それを自立した筆遣いと、はかなげな輪郭で」描いている点と、マチャードの詩が、目の前にあるあらゆるものを「作為的構成」ではなく、「ある瞬間から受けた印象」として詠っている点が、共通しているとアルバルは考える。彼はそれを、「マネが〔マチャードに〕パレットを貸したかのようだ」[29]と表現している。

マチャードの詩が印象派の絵画と似ているという指摘は、まことに興味深い。印象派の絵画が浮世絵の影響のもとに——浮世絵を知ることによって、伝統的な画法に束縛されていた画家たちが、そこから開放された結果として——生まれたのは周知の事実である。マチャードの詩も同様に、俳句を知ったことによって、伝統的技法から自由になって誕生したと考えられるからである。ただし、マチャードの表現も眼前の光景をただそのまま写し取るという単純なものでないことは言うまでもない。

さて、この詩集には、一篇の詩がすべて風景の描写から成り立っている作品がある。「春には、雨がいっぱい」En abril, las aguas mil である。インデントによって区切られた九つの連からなる三十三行の詩である。それぞれの連の行数は定まっておらず、二行のものもあれば、三行や四行のものもある。どの連でも、ある瞬間の風景が描かれ、それらがゆるやかに連なり、全体として春の景色を作りだしている。

En Abril, las aguas mil[30]　　　　「春には、雨がいっぱい」

　　Son de abril las aguas mil.　　　　春は、雨がいっぱいだ。

Sopla el viento achubascado,　　　にわか雨を含んだ風が吹き、

y entre nublado y nublado
hay trozos de cielo añil.
　Agua y sol. El iris brilla.
En una nube lejana,
zigzaguea
una centella amarilla.
　La lluvia da en la ventana
y el cristal repiquetea.
　A través de la neblina
que forma la lluvia fina,
se divisa un prado verde,
y un encinar se esfumina,
y una sierra gris se pierde.
　Los hilos del aguacero
sesgan las nacientes frondas,
y agitan las turbias ondas
en el remanso del Duero.
　Lloviendo está en los habares
y en las pardas sementeras;

曇りと曇りのあいまに、
藍色の空がきれぎれにのぞく。
　水と太陽。虹が輝く。
彼方の雲に、
ジグザグに走る
黄色い稲妻。
　雨が窓にあたり、
ガラスが激しく音をたてる。
　細かい雨が作る
霞みごしに、
緑の牧草地がほの見える、
そして、ナラの林がぼやける、
そして、灰色の山脈が姿を消す。
　どしゃぶりの雨の流れが
生えかけた草をなぎ倒し、
そして、濁った水を波立てる、
ドゥエロ川のよどみで。
　雨が降っている、そら豆畑に、
そして、種のまかれた褐色の畑に。

hay sol en los encinares,
charcos por las carreteras.
　Lluvia y sol. Ya se oscurece
el campo, ya se ilumina;
allí un cerro desaparece,
allá surge una colina.
　Ya son claros, ya sombríos
los dispersos caseríos,
los lejanos torreones.
　Hacia la sierra plomiza
van rodando en pelotones
nubes de guata y ceniza.

太陽が当たっている、ナラの林に、
道路には水たまり。
　雨と太陽。野原は、暗くなったり、
明るくなったり。
あちらで、小山が消えたと思えば、
こちらに、丘が現れる。
　明るくなったり、暗くなったり、
散在する村々、
遠くのいくつかの塔。
　鉛色の山に向かって、
ひと塊に転がっていく、
綿と灰の雲。

このように、『孤独、回廊、その他の詩』に初めて現れた鮮明な自然描写は、[31] 次の『カスティーリャの野』では、いたるところに見出せるようになった。

『カスティーリャの野』に収められている「アルバルゴンサレスの土地」La tierra de Alvargonzáles という作品をめぐって、俳句の伝播という点で興味深いことがこの頃に起こっている。一九一七年、ロルカがバエサを訪れた際、マチャードはこの作品を彼に朗読して聞かせているのである。

「アルバルゴンサレスの土地」の一部を引用してみよう。

Ya están las zarzas floridas
y los ciruelos blanquean;
ya las abejas doradas
libran para sus colmenas,
y en los nidos, que coronan
las torres de las iglesias,
asoman los garabatos
ganchudos de las cigüeñas.

もう桑の花が咲いている、
そして、桜が白くなっている、
もう金色のミツバチが
休んでいる、巣に戻る前に、
そして、教会の塔の上を飾る
巣では、
コウノトリの鉤形の
くちばしがのぞいている。

マチャードは、一九一七年の『選集』のプロローグで、自分がスペインの詩に対してなした貢献は、「スペインの抒情詩という木の余分な枝の剪定をしたこと[32]」だと言っている。そのようにことばを切り詰めた表現の源泉の一つが俳句であり、俳句に通じる自然描写である。それが随所にあらわれた「アルバルゴンサレスの土地」の朗読を、若いロルカが聞いたのである。

5 『新しい歌』——新しい詩の手掛かりを求めて——

一九一七年、『選集』*Páginas escogidas* と、『全詩集』*Poesías completas* が出版された。その後、一九一九年、マチャードはセゴビアに居を移す。週末には約九〇キロ離れたマドリードをしばしば訪れ、首都にいる知識人と交流した。また積極的に『レビスタ・デ・オクシデンテ』誌、『インディセ』誌 *Indice*,『ラ・プルマ』誌 *La*

Pluma,『エル・インパルシアル』誌 *El Imparcial* 等の文学雑誌に寄稿する。マチャードの詩に対する考え方などは、テルトゥリアでの会話、あるいは書簡、論文などによって他の詩人たちに伝わっていったに違いない。

一九一七年から一九三〇年までの詩が収められた『新しい歌』には、明らかに俳句を意識したと思われる作品が数多く含まれている。それらの多くは短く、はっきりとした風景や事物の描写を特徴とする、三行の独立した詩である。この頃には、ヒメネスも俳句色の濃い詩を書いている。マチャードはヒメネスらと共に雑誌に寄稿し、テルトゥリアや「学生寮」で論争しつつ、文学の情報を交換していた。こうして自ら俳句に触発された詩を書くと同時に、俳句についての知識を広げる役割も担っていたのである。

『新しい歌』からいくつかの短詩を読んでみよう。

Ⅱ

Junto al agua negra.
Olor de mar y jazmines.
Noche malagueña.

Ⅱ

黒い水の間近に。
海とジャスミンの香り。
マラガの夜。

Ⅲ

La primavera ha venido.
Nadie sabe cómo ha sido.

Ⅲ

春が来た。
誰も知らない、どのようにやって来たのかを。

Ⅳ

Ⅳ

La primavera ha venido.
¡Aleluyas blancas
de los zarzales floridos!

春がきた。
花の咲き乱れる茂みの
白いカタバミの花！

IX

¡Blanca hospedería,
celda de viajero,
con la sombra mía!

IX

白壁の旅籠、
旅人の部屋
私の影と！

前掲の『カスティーリャの野』の詩では、描写する景色が変わると、インデントによって連を区切っていた。ここでは、番号をふってそれぞれの作品を区切り、独立させている。

まず、IIを見てみよう。六音節、八音節、六音節の三行から成り立っているこの詩は、ほとんど一句の俳句のようだ。「黒い水の間近に」で、読者はなぜ水が黒いのだろうかと、この詩に気持ちをひきつけられる。水は実際、淀んで黒い色をしているのだろうか、それとも作者の黒い、沈んだ心を反映しているのだろうか。次行に進み、「海とジャスミンの香り」を読むと、黒いのは海だと分かる。そして「マラガの夜」という最終行で、マラガの夜に暗い海のほとりを散歩でもしているのだ、と納得するのである。

二行目のジャスミンは茉莉花、素馨とも呼ばれ、日本の俳句では比較的新しい夏の季語である。スペインでジャスミンと聞けば、香り高い白い小さな花という画像的なイメージが浮かぶぐらいで、この語が日本の俳句における季語の役目を果たしているとは考えにくい。なるほど、夏の花であるジャスミンが用いられていることで、詩の季節が夏だろうと推測することはできるがそれだけである。

この詩の中に季語に似たような役目を果たしている語を求めるとすれば、それは地名の「マラガ」を置いて他にない。「マラガ」は、民謡で有名である。数々の民謡に歌われたことから、この地名にはさまざまなコノテーション（語の本来の（辞書的な）意味とは別に、そこからすぐ連想される付随的な意味。ふつう集団的・一般的なコノテーションを指すが、もっと私的・個人的なコノテーションを指す場合もある）が付着していると考えられるのである。川本は『日本詩歌の伝統――七と五の詩学――』(33)の中で、季語は、そのことばが表す事柄を指すだけではなく、そのことばの「本意、本情」の世界、言い換えれば、その季語の持つコノテーションの世界へと読者を導く扉のような役目をしている、と述べている。この詩の中でそのような役割を担っているのは「マラガ」である。(34)

続いてⅢは春が来たと感じた詩人が、ふと感じた疑問を二行にまとめたという風情である。そのときの気分を簡潔に表現しているわけであり、このように短い作品を書くこと自体が俳句の影響によるものと考えてよいだろう。

Ⅳでは、花の咲いている様子を描き、春を目の当たりにした喜びを表現している。どこにも喜びを表すことばはないが、「春」の語と花々のイメージ、そしてはずむような三行のリズムからそれがあふれ出ている。この点が俳句と似ているといえるだろう。

最後のⅨには、動詞がないが、未完成の詩だというイメージはない。一行目には、「白壁の旅籠」という語のみがある。ところが、詩の前にある感嘆符と、「白壁」の「白」の清潔感と明るさが、やっと宿に着いたという安心感を暗示する。二行目で旅人は部屋に入り、ほっとする。最終行、道連れは、天井の明かりが壁に落とす自分の黒い影だけだ。この詩の味わいは、芭蕉の「草臥れて宿借るころや藤の花」(35)に通じるものがないだろうか。

「旅籠」の「白壁」の上にうつる黒々とした影は、いかにも一日の行程を終えて宿にたどり着いた旅人の疲れを表しているように思える。

この詩の独立性を強めている要素は、センテンスを挟んで置かれる感嘆符と、奇数行にある脚韻である。これらによって、たった三行の詩が単語の羅列ではなく、一個のまとまりとして感じられる。

さらに、俳句にインスピレーションを得たとはっきりと分かる詩がある。まず、「低地へ」Hacia Tierra Bajaと題する一連の詩には、宗鑑の詩に着想を得たと考えられる作品がある。[36]

A una japonesa
le dijo Sokán:
con la blanca luna
te abanicarás,
con la blanca luna,
a orillas del mar.

ある日本の婦人に
ソカンが言った。
白い月で
扇いでごらん、
白い月で、
海の辺で。

これは明らかに宗鑑の「月に柄をさしたらばよき団扇かな」からヒントを得た作品であろう。この詩で重要なのは、この作品の良し悪しそのものよりも、むしろソカン（宗鑑）の名前が出ていることであろう。マチャードが俳句を念頭に置きつつ一連の詩を書いていると考える根拠の一つを、ここに見ることができる。

ディエス＝カネドは、一九二〇年、『エスパーニャ』誌に掲載した「文学的生活」[37]という論説で、スペインにはセギディーリャという民謡があり、それを形成する音節数が俳句と同じであることも紹介している。スペイン民謡の中でもとくに俳句と似ているこの詩の形式は、マチャードと密接な関連をもっている。以下のように、長・短二つの種類がある。

セギディーリャ　Seguidilla simple　7-5-7-5
セギディーリャ・コンプエスタ　Seguidilla compuesta　7-5-7-5:5-7-5[38]

このセギディーリャ・コンプエスタの後半部分は、俳句とまったく同じ音節数、つまり五音節、七音節、五音節で成り立っている。スペインの言語学者アントニオ・キリスは、セギディーリャ・コンプエスタの例として次のマチャードの詩を掲げている[39]。これは実は、マチャードの俳句的な詩の例としてよく引用される作品でもある。

En las sierras de Soria,
azul y nieve,
leñador es mi amante
de pinos verdes.
¡Quién fuera el águila
para ver a mi dueño
cortando ramas![40]

ソリアの山地では、
青と雪、
私の恋人は薪拾い
緑の松の。
鷲であったらいいのに、
私の愛する人が
枝を刈るのを見られるように。

この例では、俳句的な要素とスペインの民謡という二つの伝統がマチャードの詩の中で融合している様子が見てとれる。

ただしディエス＝カネドは、俳句とセギディーリャの一部を形成する音節が同じだという指摘を行うに当たって、重要な留保を設けている。

日本の音節の枠組みは私たちのセギディーリャの最後の三節に相応する。（中略）しかし、西洋の「ハイカイ」の特徴は、音節の枠組みに従っていることではないし、アントニオ・マチャードのある種の歌や詩が、日本の詩と似ている点でもない。また、アンダルシア民謡〔セギディーリャ〕特有の韻律〔五・七・五音節〕との共通性でもないのである。(41)

つまり、西洋の「ハイカイ」の「ハイカイ」たるゆえんは韻律にはないとディエス＝カネドは主張する。それでは何によって「ハイカイ」だと分かるのだろうか。その答えは前出の「黒い水の……」の詩についてのコメントにある。「三行の詩行が、日本の詩の完璧で目を見張るような経済性をもってある感覚を表現し得ている」(42)ときに、その詩が「ハイカイ」だとディエス＝カネドは考えるのである。

次の詩は「黒い水の……」よりも長いが、この詩も同じ感じがするとディエス＝カネドは述べ、さらに、描かれている冬の情景は、日本の版画を思い起こさせるとも言う。

En el azul la banda
de unos pájaros negros
que chillan, aletean y se posan

青の中、黒い
鳥の群れが、
キーキー鳴き、羽ばたき、そして止まる

en el álamo yerto.
... En el desnudo álamo,
las graves chovas quietas ya en silencio,
cual negras, frías notas
escritas en la pauta de febrero.

こわばったポプラの木に。
……裸のポプラの木に、
堂々としたコクマルガラスが、じっと、もはや沈黙して、
まるで二月の五線譜に書かれた
黒い冷たい音符のように。

この詩は四行のセンテンス二つからなる八行の詩である（芭蕉の「枯れ枝に烏のとまりけり秋の暮」の余響をとどめているかもしれない）。冬、木、鳥をテーマとする作品だが、もしこれを俳句にするならば、飛んでいる鳥の部分と、木に止まっている鳥の部分がそれぞれ一句になるだろう。一句にすべての要素を入れるには、俳句の語数はあまりにも少ないからである。

ここで重要なのは、ディエス＝カネドがマチャードのごく短い詩に俳句的なものを発見したこと、さらに、それと同じ要素を持つ長い詩もまた俳句だと見なしたことである。言い換えれば、スペイン詩への俳句の影響を考えるときに、必ずしも音数や長さにこだわる必要はないし、そうすることでかえって見失うものがあるかもしれないということだ。[43]

『新しい歌』には、「諺と歌」Proverbios y cantares や、「素描と歌」Apuntes y canciones と題されたセクションがある。これらに俳句の影響があることは、パスを始め多くの研究者が認めている。大部分は、一行が六ないし八音節からなる三行詩で、俳句とよく似た形式である。

「諺と歌」には、その名が示すように格言めいた作品が多く含まれている。日本の俳句にも、例えば、芭蕉の「物言えば唇寒し秋の風」のように教訓的な作品がある。それゆえ、諺や教訓めいた作品を強いて除外する必要

はないが、ここでは、より俳句的な作品をとりあげる。まず「諺と歌」より。

Ⅷ

Encuentro lo que no busco:
las hojas del toronjil
huelen a limón maduro.

Ⅷ

探していないものが見つかった。
ヤマハッカの葉っぱは
熟したレモンの香りがする。

一行目の内容だけでは、まるで禅問答のようである。しかし、三行を読み通すと、過去にこのような経験をしたような気持ちにさせられる。思いもかけないものと出会ったときの、甘酸っぱい気持ちがヤマハッカによって蘇るのかもしれない。一行目の矛盾をはらんだ表現とヤマハッカとの取り合わせが俳句の佳作のようである。

XXIII

Canta, canta, canta,
junto a su tomate,
el grillo en su jaula.

XXIII

歌う、歌う、歌う、
自分のトマトの傍で、
自分の籠の中のコオロギ。

たった三行の詩の一行目で、canta「カンタ（歌う）」という語が三度も繰り返されている。六つある母音がすべてaなので、とても明るい上に、歯切れもよく、まるでカスタネットが鳴らされているようだ。二行目では、その歌い手はトマトの傍にいるという。大好きなトマトを前にして、嬉しそうに歌っているらしい。トマトの鮮やかな赤で、詩はなお一層華やぐ。これが三行目になると、その歌い手が籠の中のコオロギだと判明する。二行目では、トマトが人のものではなく、「自分の」ものであることが喜びを深めたわけだが、ここでは籠もまた「自分の」籠であるという言い方で、そこに閉じ込められたコオロギの哀れな運命が暗示される。最後になって、これまで西洋の詩で詠われることのなかった虫が主役だと分かるわけだ。コオロギの鳴き声を騒音ではなく、歌だととらえている点だけでも、すでに俳句の気配が強い詩である。

次に「素描と歌」からの作品を見てみよう。

VI

オリーブの木々の間
枝葉を背中に乗せた
褐色の驢馬（ろば）よ！

VI

¡Pardos borriquillos
de ramón cargados,
entre los olivos!

チェンバレンは、「古池や」の句を「芭蕉と日本の詩的エピグラム」の中で紹介するにあたって、蛙やサルやロバなどという「馬鹿げた動物」absurd creatures を詩の中で取り上げるとその作品がそこなわれるという見方がヨーロッパ人にはある、と付け加えている。[44]「馬鹿げた動物」の一つである驢馬をこともあろうに詩の中心に据えている。それもオリーブの林で、おそらく枯れて褐色になった枝葉を背負った、これまた褐色の哀れな驢馬である。チェンバレンのことばには、動物への憐憫の情はみじんも感じられない。その情がこの作品には感じられないだろうか。マチャードの感性自体に日本の詩の影響を感じることができる。

Ⅶ

¡Tus sendas de cabras
y tus madroñeras,
Córdoba serrana!

Ⅶ

ヤギの踏み分けたお前の小道
そして、お前のヤマモモの林、
ひなびたコルドバよ！

ヤマモモの林の中に、雑草もはえていない小道がある。ヤギが通る道なのだろう。人気がなく、ただヤギが踏み固めた道だけが生命の印だとは。コルドバはスペイン南部のアンダルシア地方の都市で、中世にはイスラム王国であった。今は、かつての華やかさが嘘のようにひなびている。ここでは、今昔のコルドバのイメージの落差が、「夏草やつはものどもが夢の跡」に通じる味わいを生んでいる。

次に「素描と歌」から。

Ⅰ

Como una ballesta,
en el aire azul,
hacia la torre mudéjar...

Ⅰ

一本の大弓のように
青い大気の中、
ムデハルの塔に向かって……

この詩には動詞がないし、主語が何かも分からない。この段階ではまだ、青空の中で大弓のように空を飛んでいる勢いのあるイメージだけがある。

Ⅱ

La cigüeña absorta,
sobre su nido de ramas,
mirando la tarde roja.

Ⅱ

陶然としたコウノトリ、
枝で編んだ巣の上で、
赤い夕暮れをながめつつ。

ここに至って、Ⅰで「大弓のよう」だったものがコウノトリだと分かる。ムデハル[45]の塔の上にこしらえた巣をめざしていたのだろう。さきほどあれほど元気に空を飛んでいたコウノトリは、一変してぼんやりと夕暮れを見つめている。空の色も青から夕暮れの赤へと変わり、時間の流れを感じさせる。

Ⅲ

Primavera vino.
Violetas moradas,
almendros floridos.

Ⅲ

春が来た。
紫色のスミレ、
花盛りのアーモンド。

幼稚だと言えるほど単純な表現である。饒舌でまわりくどい作品が多かった当時、あまりにも簡潔な表現であるがゆえに、春が来た喜びがなおさら強く感じられたのではないか。川本皓嗣は正岡子規の「鶏頭の十四五本もありぬべし」について、この句がリアルにひびくのは、「花本来の面目をないがしろにし、ひいては花を詠むさいの伝統的な約束をあっさり無視し」て、「ただその本数を数えることだけに興味を集中しているからである」[46]と述べている。マチャードの、この意表をつく単純な自然の描き方には、子規の手法と共通したものがあるといえないだろうか。

Ⅳ

Se abrasó en la llama
de una velita de cera
la mariposilla blanca.

Ⅳ

小さなろうそくの
炎に身を焦がした
小さな白い蝶。

原文通りの順番にこの詩を並べると「炎に身を焦がした／小さなろうそくの／小さな白い蝶」となる。一行目の、何かが炎に身を焦がしている強烈で残酷なイメージは、二行目の「小さなろうそくの炎」という表現で弱められ、三行目の可憐な蝶の姿に至って童話的とも言える穏やかなイメージに行き着く。

Ⅴ

¡Noches de Santa Teresa!
Ya no hay quien medita de noche
con las ventanas abiertas.

Ⅴ

聖テレサの夜々！
もはや窓を開けて
夜、物想う者もない。

聖テレサはミスティシズム（神秘守義）で有名なスペインの聖女である。一行目、彼女の名前があることによって、修道女が毎夜一心に祈る姿が読者の脳裏に浮かびあがってくる。しかし、続く二行目と三行目では、そのイメージとは反対に、もはや夜に、窓を明けて祈る人はいないと、祈る姿そのものがかき消される。イメージとしては大変鮮やかで印象的だが、最終的な解釈は読者の手に委ねられている。

このように「素描の歌」の三行詩のそこここに、俳句との共通点が見出せる。俳句の刺戟を受けたことは確実だが、マチャードの意図はけっして模倣ではない。彼は常に新しいものを追い求める詩人であった。伝統的な形式のロマンセを書くときでさえ、その姿勢に変わりはなかった。次のことばにそれは如実に表れている。

私には、ロマンセは詩の最高の表現様式に思えたので、新しいロマンセ集を書こうとした。その意図に答えたのが「アルバルゴンサレスの土地」だ。ただし私には、伝統的な意味でそのジャンルを蘇らせようというつもりはまったくなかった。騎士道的なものであろうと、イスラム風のものであろうと、昔のロマンセをまた新たに作ることが、私の喜びであったことなど一度もなかったし、擬古的ないかなる模倣も私には滑稽に思えるのだ。(47)

マチャードは、詩のジャンルにこだわるのではなく、その形式や約束をバネとして新しい詩を作りあげることを目指した。そのための刺戟の一つとして俳句があったのである。

一九三九年、スペイン内戦で共和国側の敗北が決定的になると、マチャードは、フランス国境のすぐ北の漁村コリウールに亡命するが、その直後、そこで病死した。

二　フアン・ラモン・ヒメネス——俳句と「裸の詩」——

1　詩人の原点——セビリャの「アテネオ」——

フアン・ラモン・ヒメネスは、一八八一年一二月二三日、スペインのアンダルシア地方の小村モゲールの裕福な家庭に生まれた(48)。自然に恵まれた環境で、家族や親戚、村のさまざまな人々と交わり、豊かな少年時代を送る。ヒメネスは、後に『思い出』*Recuerdos* や、『私の幼年時代の存在と影』*Entes y Sombras de mi infancia* などの作品の中で子供時代の様子を述懐している。小学校まではそのように楽しい生活を送ったが、その後、厳格な教育で知られるカディスのイエズス会の学校と寮に入ってからは、すべてが一変して、自由のないつらい生活を強いられる。その結果、引っ込み思案になり、宗教に対して批判的になったと言われている。

一八九六年にヒメネスは中等教育を終えると、大学教育を受けるためにアンダルシアの中心都市セビリャへ行き、一九〇〇年まで主にそこで暮らす。法学を修めるように父から勧められていたものの、数年間は大学に登録すらしなかった。一八九九年になってようやく法律学部と文学・哲学部に進学するための準備コースに登録したが、進級することはなかった。このようにヒメネスは、セビリャでは大学で正規の教育を受けていない。しかし、詩人となるために必要な多くのことを学ぶことになる。

図5　フアン・ラモン・ヒメネス

その大きなきっかけを与えてくれたのは、絵画の師、サルバドール・クレメンテであった。彼はセビリャ美術学校で教える画家で、ヒメネスの住居の近くにアトリエを持っていた。ヒメネスはそこで絵を習っていた。「僕が絵を書き続けなかった理由は、そこ（絵画教室）の雰囲気が僕の希望をつぶしてしまったからだ。あの画塾に行かずに他の偉大な師に出会っていたら、今ごろは大画家になっていただろう」とヒメネスは述べている(49)。このように絵の教師としては失格であったが、クレメンテはヒメネスをセビリャのアテネオに連れて行き、セビリャの文壇と文学者たちの「ボヘミアン的生活」を知るきっかけを作ってくれた。ヒメネスはこのように言っている。「僕の時間はすべてアテネオで費やされた。そこで、手当たり次第にすべてを読んだものだった。小説、詩、演劇、雑誌、多くの新聞など。それらを貪り読んで、内容を吸収していった。さらにそこで、作家や、画家、新聞記者たち――皆僕より年上だったのだが――と話し、議論までしたものだ」[50]。ヒメネスが貪欲に知識を吸収していった様がうかがえる。

第一章で見たように、マドリードのアテネオの機関誌に相当する『ラ・エスパーニャ・モデルナ』誌には、アストンの『日本文学史』の要約が載っており、それをヒメネスがセビリャのアテネオで読んだ可能性は高い。もっとも、ヒメネスが文学の情報を得たのはアテネオだけではない。彼は一八九九年から「作家・芸術家協会」にも出入りするようになる。協会の図書館には、「公共の図書館にはあまり収蔵されていなかった現代の書物やあらゆるジャンルの雑誌」[51]が送られてきていた。そこでも、アストンの『日本文学史』の原語版を読んだ可能性がありそうだ。そのような早い時期に、ヒメネスが俳句に接触したという指摘は、これまでになされていない[52]。そのころのスペインに、俳句の影響を受けた詩人がいるわけがないという先入観があったからかもしれない。しかし、その可能性が生じた以上、再検討してみることが必要であろう。ヒメネスは、伝統的なセビリャを体現する「時間の止まった詩的サークル」[53]アテネオと、詩を革新しようという気風をもつ作家・芸術家協会というまったく性格の異なる二つのグループに属し、多角的なものの見方を学んだ。それだけではない。ヒメネスは街のカフェのテルトゥリアにも出入りし、そこでセビリャの知識人から「フランスのメルキュール派の連中には気をつけろ」といった注意を受けていた[54]。つまり海外の文学に敏感なグループとも時間を共にしていたのである[55]。

このように、伝統的、革新的、国際的な、三種三様の集まりに参加し、ヒメネスは、幅広い知識を獲得する。これらの集まりの形態はそれぞれ異なっているが、ある決まった場所に仲間が集まり、会話をするという点では同じである。そのような場所に一五歳の頃から身を置いていたヒメネスは、後には同じような集まりで情報を発信していく立場になる。

2　発信者ヒメネス

ヒメネスは一八九六年の秋頃からさかんに各地の新聞や雑誌に作品を投稿し始めた。その後まもなく彼の散文「プラットホーム」Andénが『エル・プログラマ』紙 *El Programa* に掲載された。一八九八年には、バルセロナの『エル・ガト・ネグロ』誌 *El Gato Negro* にも作品が載り、翌年になると、『ビダ・ヌエバ』誌 *Vida Nueva* など、マドリードの新聞、雑誌にも頻繁に掲載されるようになった[56]。

一八九八年から一九〇〇年の間に書かれ、一九二二年の『詩選集』[57] *Antolojía poética* に収録された作品の中に次のような詩がある。

Patio

Silencio.　　Sólo queda
un olor de jazmín;
lo único igual a entonces
a tantas veces, luego,
¡sinfín de tanto fin!

「中庭」

沈黙。　　残っているのは
ジャスミンの香りだけ。
唯一同じ、あの頃と、
それから何度もあった「あの頃」、
数限りない終わり![58]

大意は「庭が静かだ、ジャスミンの香りがする。それだけが、昔と同じだ。(ただし「昔」はいくつもあった)」である。

もう一つ同じ作品群から例を挙げる。

—¿Sabremos nosotros, vivos,
ir adonde está ella?
—...Pero ella sabrá venir
a nosotros, muerta.

我らは、生きている間に
彼女の所にたどり着けるのだろうか。
彼女は死んでからも
我々の所に来られるというのに。

ヒメネスの『新婚の詩人の日記』（一九一七）、『永遠』（一九一六〜一九一七）、『石と空』（一九一七〜一九一八）など、後期に属する詩には俳句の受容があるといわれてきた(59)。その根拠は、まず、ヒメネスが俳句と出会ったと推測させる史実があること。次にその詩が西洋の詩の基準では極端に短いにもかかわらず、諺のたぐいではなく抒情詩であること。最後に、凝縮された詩であること、である。その見地からこれら二つの詩を見てみよう。まず短いという要件は満たされている。次に、ある一瞬の中にある、一つの情景と香りと、それらによって引き起こされた感慨が短い語の中に凝縮されている。これはけっして諺などの類ではない純然たる一篇の抒情詩である。つまり、「俳句的である」要件を兼ね備えていることになる。

ただし、一つ考慮しておかなければならないのは、ヒメネスがグスタボ・アドルフォ・ベッケルに早くから傾倒していたことである。ベッケルには詩型の短い作品があり、俳句よりも、むしろそちらから想を得た可能性も否定しきれない。

3　強まる俳句性

次に、『悲しみのアリア』（一九〇三）と『遠い庭』*Jardines lejanos*（一九〇四）を見てみよう。これらは当時の「貧しく、内容のないスペインの詩に、色彩と音楽だけではなく、繊細さと感情、親密さ」[60]をもたらした詩集である。そこには民衆の歌であるロマンセ[61]の形式の詩が含まれている。ヒメネスやマチャードについて優れた研究を残している文学者アントニオ・サンチェス＝バルブードによると、「この頃頻繁に〔ヒメネスは〕ロマンセの形式で詩を書き、伝統的民衆的な調べに、ベッケル的なものと、フランス象徴主義の風景描写を付け加えた」[62]という。そのロマンセに見られる風景描写には、マチャードの風景描写や、後のヒメネス自身の『プラテロと私』で行われる風景描写に通ずるものがあると考えられる。マチャードの風景描写は俳句に着想を得た可能性がある。

まず、『悲しみのアリア』のロマンセから二つの連を引用する。

Entre el velo de la lluvia
que pone gris el paisaje,
pasan las vacas, volviendo
de la dulzura del valle.

景色をねずみ色にそめる
雨のベールの間を
牛が通る、谷のやさしさから
戻りながら。

Mañana alegre de otoño:
cielo azul, y sobre el cielo
azul las hojas de oro
de los jardines enfermos.

秋の陽気な朝
青い空、そして青い
空の上に、病気の庭の
金色の葉っぱ。

Y yo, desde la terraza
miro un chopo casi muerto,
cuyas pobres hojas secas
son de un blanco amarillento.

そして僕は、テラスから
死んだようなポプラを見る、
その哀れな枯れた葉は
黄ばんだ白。

どの詩においても自然が表現されているが、それら景色は詩の背景ではなく、中心にある。当時のヒメネスの詩の特徴である重苦しさを表す「ねずみ色にそめる」「病気の庭」「哀れな枯れた葉」といった語が用いられてはいるものの、それらは、作品にトーンを与える程度の役割を果たしているにすぎない。詩の主眼は、牛、秋の朝、ポプラの様子を一幅の絵のように書くことにおかれているのではないだろうか。一連目の、雨にけぶる灰色の風景の中をゆっくりと歩く牛、二連目の、真っ青な空、そしてそれを背景に映える金色の葉が目に眩しい秋の朝、そして三連目の、枯れて黄ばんだ葉をつけたポプラの木、それらが主役なのである。

これらの詩は一九〇八年から一九一二年の『哀歌』*Elegías* や『憂愁』*Melancolía* にある多くの作品とは非常に異なっている。この二つの詩集の作品は、憂鬱で退廃的な雰囲気が随所に醸し出された、長句型の詩が多い。これらの作品を、ヒメネス自身、「病気がちで寂しい初めての青春[63]」と呼んでいる。

さらに『悲しみのアリア』からもう一篇を見よう。

He venido por la senda,
con un ramito de rosas
del campo.

僕は小道をやって来た、
野の薔薇の小さな
花束を手にして。

Tras la montaña,
nacía la luna roja;
la suave brisa del río
daba frescura a la sombra;
un sapo triste cantaba
en su flauta melodiosa;
sobre la colina había
una estrella melancólica...
He venido por la senda,
con un ramito de rosas.

山の後ろでは
赤い月が生まれつつあった。
川の柔らかなそよ風が
陰に涼を添えていた。
悲しい蛙が歌っていた、
美しい音色のフルートで。
丘の上にあったのは、
憂鬱な一つの星……
僕は小道をやって来た
薔薇の小さな花束を手にして。

小道をやってきた「僕」。今、自分がいるこの場所に至るまでの光景——月が昇り、川の風が吹き、蛙が歌い、星が丘の上空にある——を物語っている。それぞれの単純な情景を簡明なことばで、しかも各々たった二行で表している。しかし紋切り型に堕(だ)していない。月が昇ったことを目で捉え、川のそよ風を皮膚で感じ、蛙の歌声を耳で聞いて表現しているからだろう。さらに「蛙」がここで取り上げられていることに着目したい。「蛙」は西洋の詩で従来用いられてきた題材ではない。そのような生き物をわざわざ詩の中に取り入れたことが、俳句との接触の可能性を暗示していると考えられる。また「小道を行く僕」「山の後ろから昇る太陽」「蛙が歌う[64]」などのイメージのそれぞれに、俳句との繋がりが感じられる。

4　マドリードへ――新たな世界の展開――

一八九六年から一九〇〇年まで、年齢でいえば一四歳から一八歳までのセビリャ暮らしで、ヒメネスは文学の知識を深め、人脈を築いた。その後、一九〇〇年四月四日、[65]ビリャエスペサとダリオに誘われて、ヒメネスは「モデルニスモのために闘うことを目的に」[66]マドリードへ行く。そこで彼の世界はさらに広がることになる。

ヒメネスをマドリードに呼んだビリャエスペサは、カフェのテルトゥリアへヒメネスを連れていき、「彼を文学的なボヘミアンの世界へ引き入れ」[67]た。「ガト・ネグロ」[68]「リオン・ドール」などのカフェに入り浸り、バリェ＝インクラン、ホセ・デ・エスプロンセダ、ノーベル賞作家ハシント・ベナベンテ、ギリェルモ・バレンシア、マルティネス・シエラ夫妻、サルバドール・ルエダ、バロハ兄弟、アソリンら著名な作家、同時代を代表する文化人に出会った。また、以前から知り合いであったルベン・ダリオとは、特に親交を深め、[69]大きな影響を受ける。ヒメネスにとってダリオは「僕の人生の最初の王様」である。ダリオはヒメネスを「内面を探求する人」[70]と評した。この評価が広まりヒメネスは、文学の世界でさらに認められることになった。[71]

ヒメネスのマドリード滞在はわずか一ヶ月あまりであったが、テルトゥリアという習慣のおかげで著名な作家たちと出会えたことは大きな収穫であった。もっとも、ヒメネスはこれらのグループの中にも俗物は少なくなかったと述べている。「インテリのグループは、あそこ〔マドリード〕では、二つに分けられる。一つはホモのグループ、（中略）もう一つは、卑劣なやつのグループだ」[72]と強い嫌悪感を示している。そして、「おまけに、真の芸術家は実に少ない。集まりでは、芸術の話などけっしてされない。作家は、単にけなし合いをしているばかりなのだ」と、厳しい批評を下している。

モゲールに戻ってからも、ヒメネスはマドリードの雑誌に寄稿し続ける。なかでも『エレクトラ』誌に作品を掲載していたことは特筆に価する。当時もっとも高い評価を受けていた雑誌だからである。

一九〇〇年四月にマドリードへ行く際に、ヒメネスは詩集『雲』*Nubes* の原稿を携えていった。処女作として出版する可能性を探るためである。五月にヒメネスがモゲールに帰ったあと、その出版をまかされたビリャエスペサは、原稿を『睡蓮』*Ninfeas* と『スミレの魂』*Almas de violeta* という二冊の本にして出版した。[73]

一九〇〇年七月、父の急逝によって、ヒメネスは精神的な打撃をこうむる。その結果、神経科医のルイス・シマロの勧めで、一九〇一年五月、フランスのボルドー近郊にあるカステル・ダンドルトの療養所に入った。そこで院長から家族同様の待遇を受けたヒメネスは、自由に時間を過ごし、フランス国内を旅行することもあった。療養所には図書館があり、そこで『メルキュール』誌を読んだり、ヴェルレーヌ、ゴーティエ、モレアス、サマン、ボードレールなどの作品に親しんだりした。

ヒメネスは、一九〇一年の夏の終わりまでこの療養所で過ごす。ここでの暮らしは後の詩のスタイルとテーマに反映される。フランス象徴主義の詩がヒメネスの作品のスタイルに影響を与え、さらに、彼の地での恋愛の数々が彼の詩や散文のモチーフになったからである。[74]

5　クラウゼ哲学、自由教育学院との出会い

一九〇一年九月、ヒメネスは再びマドリードへ行く。マドリードでも、シマロ医師が「ロサリオ・サナトリウム」に入所できるよう手配してくれた。そこでヒメネスは「ホテルにいるかのように[75]」暮らすことができた。「隠遁者のサナトリウム」とヒメネスが呼んでいるように、そこでの生活は静かなものであった。しかし、けっして引きこもった生活をしていたわけではなく、ここでの滞在中にも、その後のヒメネスの詩や生き方を決定付ける出会いがあった。

まず、ヒメネスは、「クラウシスモ」（クラウゼ哲学）と出会う。この思想は、ヒメネスのみならず、当時の知

識人たちにとって重要な思想であった。クラウゼ哲学は、十九世紀初頭にドイツの哲学者カール・クリスティアン・フリードリヒ・クラウゼが始めたものだが、本国ではあまり高く評価されず、むしろスペインで多くの信奉者を得た。それはスペインの政治で自由主義が花開きつつあった当時、この合理主義と精神性の融合を唱える哲学が、自由主義に欠けた精神性を補う思想として知識人に支持されたからである。この哲学の精神性は、キリスト教の精神性とはことなり、むしろ汎神論に近いものであった。したがって教育に適用されると、自然との直接的接触を重視する教育法を生むことになった[76]。

シマロ医師と彼の同僚たち[77]は、このクラウゼ哲学に共感していた。このため、ヒメネスもその思想に親しむようになった。このことがやがて、クラウゼ哲学を教育の根幹に据える自由教育学院と彼を繋ぐことになるのである。

その結びつきは、かなり濃密なものであった。ヒメネスは「自由教育学院シンパと共に、コンサートや講演会、夜の会合など、学院のあらゆる文化活動に参加した[78]」。学院の教師とも親しくなり、彼らの出席する水曜日の茶会に顔を出し、郊外への遠足にも共に出かけた。ヒメネスは後に次のように言っている。「学院は、私が常々提唱している知と精神の洗練された優越を見出すことができる真の家なのだ。つまりそこには、物質的なものはほとんど必要なく、理想だけがふんだんにある[79]」。サナトリウムでヒメネスは、「自由教育学院主義の精神と、クラウゼ主義の思想[80]」に染まったのである。

友人たちがサナトリウムのヒメネスの部屋を定期的に訪れ、そこがテルトゥリアの場となった。日曜日の午後、彼の部屋は「フアン・ラモン・ヒメネス巡礼の場所[81]」と化したのである。ビリャエスペサ、ハシント・ベナベンテ、ラモン・ペレス・デ・アヤラ、マルティネス・シエラ夫妻、マチャード兄弟、エミリオ・サラ、ホセ・オルティス・デ・ピネド、サルバドール・ルエダ、フリオ・ペリセー、バリェ＝インクランらがそこに集い、「夢や、文学のプロジェクト[82]」など、さまざまなことを話し合った。後にスペインの「ウルトライスモ」の旗手で、スペインにおける俳句の普及者の一人となるカンシノス＝アセンスも訪れている。またこの時期、ヒメネスは『エリオス』誌を創刊する計画を立てている。

一九〇三年、ヒメネスはシマロ医師の自宅に引っ越す[83]。そこは、「自由教育学院シンパの精神の殿堂[84]」ともいうべき場所になり、ここで、彼はさらに多くの芸術家や知識人と知り合った。中でも、自由教育学院の創立者であるフランシスコ・ヒネール・デ・ロス・リオスとの出会いは、ヒメネスの作品と人生観に大きな方向性を与えることになる。このときから、ヒメネスの美の探究は、自我の成長と向上を強く意識したものになる。クラウゼの著作によってヒメネスは、芸術と美を通して精神を救済し完成するという考えに至ったのである。

シマロの図書室はすばらしいものだった。ヒメネスはそこで、カント、ヴォルテール、ヒューム、ブント、スピノザ、ゲーテ、シェリー、カルドゥッチ、カーライル、ハイネ、ヘルダーリン、ショーペンハウアー、ニーチェなどを読み、知識を増やしていった[85]。英国米国フランスに限らず、ドイツやイタリアの文献にも通じていたことが分かる。

ヒメネスは、ルベン・ダリオと書簡を通して友情を保ち、彼を通じてアマド・ネルボ、フランシスコ・A・デ・イカサ、ホセ・フアン・タブラーダなど当時の中南米文学作家についての情報を得ていた[86]。

一九〇四年頃ヒメネスは、作家マルティネス・シエラ夫妻の家でルイサ・グリムと出会う。二人は一九〇七年から一九〇八年まで恋愛関係にあった。別れた後も友情を保ち、頻繁に手紙を交換している[87]。彼女の影響でヒメネスが『ザ・ポエトリー・レヴュー』を講読するようになったことは、すでに述べた。ヒメネスが後に妻となるセノビアと知り合う一九一三年まで、彼女との往復書簡は続く。

このころ、特に一九一一年頃、ヒメネスはウィリアム・バトラー・イエーツ、フランシス・トンプソン、ジョン・ミリントン・シング、ウィリアム・ブレイク、パーシー・ビッシュ・シェリー、エドガー・アラン・ポー、エミリー・ディキンソンら英語詩人の作品に親しんだ。[88] 従来は、ヒメネスはセノビアを介して英米文学に親しむようになったとされていたが、実際はそれ以前に、すでに英米文学に詳しかったのである。

6 『牧歌集』の「見立て」

一九一一年に出版された『牧歌集』には、一九〇三年から一九〇五年に書かれた詩がおさめられている。哀感のある感傷的な調べが基調となっているものが多い。「小道が眠り」[89]「馬車が泣き」[90]「泣き虫の霧」[91]といった表現が見られる一方で、擬人化されず、動物や植物、そしてそれを取り囲む風景が、淡々と書き表されていることもある。月も、何かにたとえられて登場する。ヒメネスは、自分の主観的な感情を表現することより、その月のイメージを引き立てることに主眼を置いているように思われる。それでは、そのロマンセの形式で書かれた作品を紹介しよう。

El guarda del sandiar
suena el latón. Los rabíos
huyen, las huertas ya solas,
a los pinares oscuros.

一人のスイカの番人が
バケツをたたく。小鳥が
逃げる。もう畑だけが
薄暗い松林の陰。

Ya nadie va: todos vuelven.
Los montes, con el confuso

もう誰もそちらへ行かない。みんな戻って来る。
孤独な

pinar de la soledad,
parecen de los difuntos.

松林がかすむ山々は
死人のよう。

El hombre en el campo es
pequeño y triste. Entre humos,
la luna de agosto sube,
sandía enorme, su mundo.

畑の男は
小さくて、寂しい。煙の間を
八月の月が昇る、
巨大なスイカ、彼の世界。

まず、一連目では、スイカの番人のバケツを叩く音が響き、小鳥が逃げるときにたてる羽ばたきがする。音が消えると、畑の静けさが深まる。二連目では、あたりに人気のない畑の寂しさが、ひしひしと伝わってくる。そして三連目では、その薄暗い場所に一人残された男の上に、巨大なスイカのような月が登り、それまでとはうって変わってあたりが明るくなる。スイカの番人の前の畑にはスイカがごろごろ転がっていて、頭上にもスイカのような月がある。わびしい光景が突然あたたかみのある世界に一変する。ここではとくに月が「スイカ」に「見立て」られている点に注目したい。スペイン詩人が知っている可能性がある、月が詠われている句には、先の宗鑑[92]の月の句のほか、芭蕉の「名月の花かと見えて綿畑[93]」がある。

また、次の詩も月を詠んでいる。

La luna, como un jigante
de caraza grana y chata,

月は、まるで巨人のよう、
鼻ぺちゃの大きなにきび面が、

que acechara tras la tierra,
poco a poco se levanta.

地球の向こう側で待ち伏せしていたかのように
そろそろと現れる。

ここでは、月が巨人の顔に見立てられている。

Doraba la luna el río
—¡fresco de la madrugada!—
Por el mar venían olas
teñidas de luz de alba.

月が川を金色に染めていた。
朝の涼しさよ！
海を夜明けの光に染まった
波がやってきた。

月に照らされて川が金色に輝いている夜が、朝の気配とともに、曙が波を染める朝へと移り変わる。与謝蕪村の「菜の花や月は東に日は西に」が思い起こされる。菜の花の黄色の代わりに、ここでは、金色と赤色が読者に強い印象を与える。

このようにヒメネスは、月をモチーフにした詩をいくつも書いた。ヒメネスが愛読したフランスの詩[94]にも月は頻繁に登場する。しかし、即物的で輪郭の鮮明なヒメネスの月はそれらとは異なり、むしろイマジズムの詩人たちの月と似通っている。フランスの詩人たちの影響を受けたことは確かだろう。しかし、彼らが「月」を通して、自らの心情を表現しようとしたのに対し、ヒメネスは「月」を具体的に描写し、また、何かに見立てている。

川本皓嗣は、「日本の俳句はフランス象徴詩や唐代の漢詩と並んで、イマジズムの成立に決定的な影響を及ぼした[95]」と述べている。T・E・ヒュームやエズラ・パウンドらが始めたイマジズムは、俳句と関係が深い。イマジズムの詩人は、「もっとも適切な比喩、具体的なイメージを発見することによって」「近代の状況により適した固有の語法(イディオム)を見出そう」とした[96]。彼らは多くの詩の中で月を歌っている。例えばヒュームの「秋」Autumnがそうであるが、これは、一九〇九年の作品なので、ヒメネスは四年以上も前に月を題材にした作品を書いていたことになる。

7　帰郷——『プラテロと私』——

一九〇六年、ヒメネスはモゲールに戻る[97]。彼は父が死んで以来、自分の死も突然やってくるのだという強迫観念に取り付かれていた。そのためサナトリウムで療養を繰り返したが、その病がぶり返したのである。父の死で経済的に困窮し、それが鬱状態に拍車をかけたとも考えられる。

友人への手紙の中でも頻繁に体の調子が悪いことを訴えている。しかし、この間も文学活動は活発に行い、文学界の動向には通じていた。『詩と散文』[98]誌 *Vers et Prose* や『メルキュール』誌などの雑誌、あるいはマルティネス・シエラなど友人との書簡を通じて、常に最新の情報を得るとともに、それについての感想を発信してもいた。例えば、一九〇七年一二月のディエス＝カネドへの手紙の中で、彼が編纂・翻訳したばかりの詩集『隣の芝生』に収録されているシャルル・ゲランの詩を取り上げて、賞賛している[99]。すでに第一章で述べたように、この詩集には荒木田守武の俳句が含まれており、ヒメネスがそれを読んだことは間違いない。ヒメネスの故郷モゲールのヒメネス記念館に同書が保管されているのだが、すでに述べたように、その表紙には、「読了、フアン・R・ヒメネス」とスタンプが押されているし、ページのあちらこちらには、「きわめて美しい」や、「見事だ」など、ヒメネスによる書きこみがあるからである。同書は訳者自身から贈呈されたようで、一九〇七年一一月九日付けのディエス＝カネドの献辞がある。

ヒメネスは手紙で、旧知の友人に、文学的なアドバイスを与えた。彼らの作品の題名を付けることもしばしばあった。例えば、マルティネス・シエラの短篇の一つ『架空の村』[100] *Aldea ilusoria* はヒメネスの命名である。命名に際し、ヒメネスは一三もの題名を候補として挙げている。また、ディエス＝カネドの作品の題名についても助言を与えた。

友人だけではなく、若い詩人たちとも書簡によって交流を図っていた。例えば、ヒメネスが住むウエルバ県にあるラ・パルマ・デル・コンダドにおいて、学生たちが中心になって出版した『ラ・パルマ』誌 *La Palma* にも寄稿している。夏季休暇中の学生たちが運営していた雑誌で、一九〇八年と一九一〇年の夏にそれぞれ一二号ずつが出ている。ヒメネスは詩集『遠い庭』に収録されている作品を載せた。また、若い寄稿者たちの作品について感想を述べ、彼らを激励する手紙も書いた。[101] こうして、ヒメネスに傾倒する詩人たちのネットワークが形成された。

図６　フアン・ラモン・ヒメネス記念館

ヒメネスはさらに、ウルグアイのホセ・エンリケ・ロドーら海外の作家、詩人らとも盛んに文通し、作品を送り合い、ネットワークの構築に努めた。

さまざまな雑誌編集のための助言をしたり、それらの雑誌に寄稿も行っていた。例えば、一九〇七年に創刊された『レナシミエント』誌については、雑誌の体裁、紙の質、文字のスタイルにいたるまでアドバイスしている。ヒメネスの助言によって、同誌三号にディエス＝カネドの詩三篇が掲載された。[102] さらに、同誌八号は抒情詩の特集号で、数人の詩人が寄稿し、アンソロジーのような体裁になっていた。[103] ヒメネスは『牧歌集』*Pastorales*,『春のバラード』*Baladas de primavera*,『純粋な哀歌』*Elegías puras*,『中ぐらいの哀歌』*Elegías intermedias*,『嘆かわしい哀歌』*Elegías lamentables* などに収録されている詩のいくつかを寄稿した。

このように、モゲールという田舎に引っ込んだからといって、詩人ヒメネスの活動の規模は縮小するどころか、むしろ拡大していった。それがひいては俳句普及にも役立つことになるのである。

日本でもファンの多い名作『プラテロと私』*Platero y yo* もこの時期に書かれた。[104] この散文詩は、彼のそれ以前の散文とは大きく異なっている。例えば、サンチェス＝バルブードによると、以前に書かれた『後々のためのバラード』*Baladas para después*（一九〇八）は、「しばしば病的で、空想的な洗練されたエロチシズムのある、もっともモデルニスモ的な散文であり、――悪い意味で――もっとも退廃的で、人工的であった」[105]。また、散文『ロマンチックなことば』*Las Palabras románticas* は、「その題名が示すように、とりわけ感傷的」であり、周りの情景をそれとなく描いてはいるものの、もっぱら「自分自身のこと、自分の苦悩や通りを行くときに聞いたピアノの響きや感じた光について話す」[106]ものだった。つまり、その頃までのヒメネスは、自然や日常的に目に映ることではなく、自分の感情を表現することにはるかに大きな重点を置いていたのである。

描写という観点から言うと、『プラテロと私』はそれらの作品とはがらりと様変わりしている。そこには、この散文詩の舞台である村モゲールの自然、村人たち、主人公であるヒメネスが飼っていたロバのプラテロが主役の座を占めている。サンチェス＝バルブードはこの点を次のように巧みに表現している。「この後〔『ロマンチックなことば』を読んだ後〕、『プラテロを開くと嬉しい驚きがある。すぐに目に付くのは、そこでは彼が真に「外界」を描いているということである。つまりモゲール村の現実、彼が立ち会っている生活の光景を描いているのである。いろいろな人々や、会話、動物、子供たち。描き、語る詩人であるファン・ラモンは、そして何よりも観察者であるファン・ラモンは、道連れであるロバに話しかける。見たものを指差し、ときにはそれにコメントを添えて」[107]と。

さらにサンチェス＝バルブードは『プラテロと私』のリアリズムについて、「屋上」Azoteaの章を例に論じている。彼が取り上げた箇所は「屋上ってなんて素敵なんだ！　塔の鐘が鳴っているし……」[108]に続いて、ヒメネスが屋上から見えるものを次々に挙げていく部分である。サンチェス＝バルブードはそこに、そのとき実際に目に映ったもの以外のものも含まれていることに注目し、詩には「あるとき屋上に出た瞬間の一回限りの感情が明確に表現されているわけではない。むしろそれは、そこに上がるたびに感じたいくつもの感情の要約resumenであり、綜合síntesisなのだ」と述べている。[109]この指摘は当を得たものであると思われる。

『プラテロと私』の「夏」El veranoの章には、面白いことに、先ほど読んだ『牧歌集』のスイカの番人の詩と共通するテーマを扱った部分がある。

　畑の番人たちは、小鳥を追い払うためにバケツを鳴らす。青色の大きな群れとなって、小鳥は、ミカン目当てにやってくる……僕たちは大きなクルミの木の陰まで来ると、僕はスイカを二つに割る。と、新鮮な音を立てて、皮が開き、真紅と赤が現れる。

先の詩で「スイカ畑の番人」だったものが、ここでは単に「畑の番人」となり、また、番人は一人ではなく複数になっている。彼らが守っているのはスイカだけではなく、オレンジもある。そして、オレンジをねらってやって来る小鳥を追い払うために、番人はバケツを鳴らしている。ここでは、スイカはけっして話題の中心ではないし、畑の番人と畑も、プラテロと主人公の背景でしかない。一方『牧歌集』の詩では、あえて他の作物を描かず、また番人も一人で、スイカが詩の真ん中にあるため、最後の詩行のスイカのような月のイメージが引き立てられている。つまり「月に柄を」の「見立て」に似た手法が用いられているのである。

『プラテロと私』は、俳句の影響を受けたタゴールの模倣だと指摘する者がいた。そのように言われることをヒメネスは嫌い、タゴールの『新月』*The Crescent Moon* を、生涯の伴侶セノビア・カンプルビーと共同で翻訳出版したとき、セノビアの名前だけを翻訳者として載せた[110]。実際には、一九一三年に『新月』の翻訳を始めたときには、『プラテロと私』をほとんど書き終えていたのである[111]。しかしそういう指摘があること自体、タゴールとヒメネスの作風の共通性を示唆しているともいえる。ヒメネスが『プラテロと私』を書き始めたのは、モゲールで暮らした一九〇六年から一九一二年の間である。『プラテロと私』の「月」La luna の章からの一節を見てみよう。

Una gran nube negra, como una gigantesca gallina que hubiese puesto un huevo de oro, puso la luna sobre una colina.[112]

まるで巨大な鶏が金の卵を産んだかのように、大きな黒い雲が丘の上に月を産んだ。

雲から月が現れる様子を鶏が卵を産む光景に重ねている。情景が映像のようにくっきりと浮かんでくる表現である。

さらに、「スズメたち」Gorriones から、鳥の描かれている箇所を引用する。

¡Los gorriones! Bajo las redondas nubes, que, a veces, llueven unas gotas finas, ¡cómo entran y salen en la enredadera, cómo chillan, cómo se cogen de los picos![113]

スズメたち！　丸い雲のもと——時々、細かい雨粒が落ちる——、蔓の中を出たり入ったりしている様子といったら！　なんと甲高い声で鳴いていることか、なんと嘴でつつきあっていることか。

スズメの様子が生き生きと描かれている。これはディエス＝カネドが俳句の影響があると言う、第二章一節の5で見たマチャードのコクマルカラスの詩とイメージが似通っている。こうして見てくると、当時のヒメネスの作品にも、俳句の受容がより明確なもっと後の作品と共通する（俳句的な）要素が意外に多いことが注目される。それにもかかわらず、これまでこの点を指摘する研究者がいなかったのは、一つには詩の形式にのみ注意が向けられていたからではないか。ハイクといえば三行詩であり、ハイクに刺戟を受けた詩は短くなければならないという固定観念に支配されていて、ヒメネスの散文詩の表現方法の俳句性に気づかなかったからだと考えられる。また、俳句と関連付けるにはあまりに時期が早すぎるという「常識」に縛られていたからということもあっただろう。

モゲールでヒメネスの作風に変化が見られたことも、注目に値する。民衆の伝統や生活風景を題材とし、民謡のリズムを用いて作品を書くようになったのである。それが顕著に見られるのが、一九〇五年に書かれ一九一一年に上梓された『忘却Ⅰ　緑の葉』*Olvidanzas. I. Las hojas verdes*, 一九〇九年に出版された『牧歌集』、一九〇七年に書かれ一九一〇年に上梓された『春のバラード』である。(114)

8　「学生寮」——セノビアとの出会い——

一九一二年、精神の状態が回復したと自覚したヒメネスは、再びマドリードに出て行く。この時、三〇歳であった。

今回のヒメネスの住居は「学生寮」Residencia de Estudiantesで、彼は一九一六年までそこで暮らすことになる。この学生寮というのは、後に見る通り、当時の第一級の知性が集まる一大文化センターであった。

学生寮に住んでいた一九一三年、ヒメネスは生涯の伴侶となるセノビア・カンプルビーと出会った。学生寮の講演会を聞きにやってきたこの明るく知的な女性に、ヒメネスは一目で恋をしてしまう。(115) セノビアはこのとき二七歳であった。彼女は、カタルーニャ地方の海辺の町、マルグラット・ダル・マルで生まれた。父親は土木技師で母親はプエルトリコ人。裕福な家庭であった。両親の離婚に伴い、セノビアは九歳のときに母親とアメリカ合衆国に渡り、一九〇九年までを過ごす。コロンビア大学でスペイン文学と英文学を学び、英語とスペイン語で小説を書いたほか、アイルランドの劇作家シングや、タゴールの作品をスペイン語に翻訳もした。ヒメネスは盛んに彼女に手紙を送ったり、友人に二人の仲立ちを頼んだりして、自分の気持ちを伝えようとする。セノビアは当初はヒメネスの風変わりな性格に戸惑っていたが、一九一六年に二人はニューヨークで結婚する。これを機にヒメネスの学生寮時代は終了した。

図7　ヒメネスとセノビア

セノビアとの交際は、ヒメネスの文学に大きな影響を与えた。彼女の詩の好みがヒメネスの詩を変えたという説もあるほどである。たとえば、ヒメネスの研究家であるハビエル・ブラスコによれば、セノビアは『迷宮』*Laberinto* におさめられているような「過度にエロチックな」(116) 詩を好まず、彼のロマンティックな感情吐露にも否定的だった。そのような批評を考慮に入れたヒメネスは、詩で用いる言語を大きく変えた。『スピリチュアルなソネット』*Los Sonetos espirituales* や『夏』*Estío* に収められている詩には、そうした変化が見られるという。(117)

一九一三年にヒメネスがタゴールの『新月』をスペイン語に訳したこと(118) はヒメネ

スと俳句の関係を考える上で一つの重要な要素である。つまり俳句の影響を受けた詩人タゴールの作品の翻訳を通じてヒメネスはあらためて俳句という存在を意識するようになったのではないか。また、セノビアを通じてイマジズムの詩にさらに親しむようになったことも事実である。[119]

一つ確実なことは、この頃に出版された『新婚の詩人の日記』、『永遠』*Eternidades*,『石と空』*Piedra y cielo* の中では、俳句との関連性が明らかに確認できるということである。

もちろん、俳句のスペインへの伝播におけるヒメネスの役割はこれで終わったわけではない。ニューヨークから帰国した後もヒメネスは学生寮との緊密な関係を維持し続け、その関係は一九三六年に学生寮が閉鎖されるまで続くのである。

9　『新婚の詩人の日記』——「裸の詩」の始まり——

ヒメネスは、『新婚の詩人の日記』（一九一七）を境にいわゆる「裸の詩」[120] la poesía desnuda を書き始め、作品の中心は短詩へと大きく移って行く。彼は一九五八年に、『新婚の詩人の日記』は自分の詩が新しい境地に入るための戸口のような作品であったと述べている。[121] また別の機会には、「現代詩の約半分はこの『日記』の影響を受け」「そこには今までなかったようなものがたくさんある」[122] と自画自賛している。

これについて、サンチェス＝バルブードの説に沿ってその性質をみてみよう。[123] まず、ヒメネスが「裸の詩」の段階で理想としていた、「本質的なものだけを「名指しする」こと」は、想像されるほど容易ではない。ここでも従来の詩と同様に日常的なことばを、詩的言語に変換せねばならないという点に変わりはないからである。たとえ、読者には話しことばのように感じられるにせよ、彼が「裸の詩」で用いていることばは「詩的な内容を持つ豊かな表現のことば」である。彼が詩的言語を生み出す方法には次のようなものがある。「取り合わせに若干違和感を覚えるほどの予想外な日常語を二つ並べる。きわめて自然に思える語の並びの中で、ある物事を言い表すと同時にそれが与える印象を、たった一つの短い文で、述べる。あるいは、一見矛盾しているようなこと、または当たり前だとされていることを否定しているが実は正しいことをなにげなく挿入する。あるいは自然でも明白でもないことを、そのようなものとして述べる。あるいはさまざまな印象をわずかなことばで合成するなどである」。

ここに見られるヒメネスの表現方法には、本書の第一章第一節5ですでに見た俳句の基底部にあたる部分の表現方法とよく似通ったところがある。ヒメネスの「裸の詩」の表現方法の特徴が、読み手がすんなりと読み下してしまえないひっかかりを持つことであるとするならば、これはまさに日本の俳句の「基底部」の特徴と同じだと言えるのではないか。

ヒメネスは、自分が「裸の詩」を書くきっかけを得たのはアメリカへ行く船の中であったと言っている。[124]「海こそが裸の詩を作ったのだ[125]」、とヒメネスは語っている。これは詩人一流の表現であり、すでにマドリードでイマジズムの詩に触れたことを一つのきっかけに、その時点に至るまでに堆積したものが船上で形を成しつつあったと解釈してよいだろう。

イマジズムの成立に俳句が影響を及ぼしていて、「裸の詩」の発生にイマジズムが関係しているとすれば、「裸の詩」と俳句の間に共通点があることは、むしろ当然と言えるのではなかろうか。つまり、ヒメネスの「裸の詩」は、いわば間接的にイマジズム経由でも俳句の影響を受けていると考える根拠は充分にある。

まずその前兆が現れ始めた『新婚の詩人の日記』を検討してみよう。右記ヒメネスの発言に鑑み、とくに海に関わる詩に注目してみたい。

Cielo, palabra
del tamaño del mar
que vamos olvidando tras nosotros.

¡Estela verde y blanca,
memoria de la mar!

Mar llano. Cielo liso
—no parece un día...
—¡Ni falta que hace!

¡Oh mar, cielo rebelde
caído de los cielos!

空、この海ほどの大きさの
ことばを
われらは忘れて、後ろに残して行く。

緑と白の航跡、
海の記憶よ！

凪いだ海。なめらかな空。
「……な日とは思えない」
「かまうものか！」

おお、海よ、空から落ちてきた
空の反逆者！

『新婚の詩人の日記』でヒメネスは、少ないことばで「ある瞬間、ある状態にあるときに、彼が実際に感じたことを生き生きと、的確に、奥行きを持たせて再現[126]」しようとした。その目的のために俳句に通底するような手法を使ったのだろう。たとえば、最初に掲げた詩で用いられている「空」cielo と「ことば」palabla はいずれも日常語であるが、この二つの異質な単語の衝突によって、ヒメネスがねらう奥行きが生まれていると言えるだろう。

まず一つめの作品。ヒメネスはセノビアと結婚するためにアメリカ行きの船に乗っていた。二人は、船上でさまざまなことについて語りあったに違いない。船は進んでいくが空は尽きることがない。二人のことばも尽きることなく湧き出ては後ろに取り残される。彼には自分の詩の前途が無限であるように思われる。

二つ目の作品。ヒメネスが船から見る水の色は深い緑色をしている。そこに白い泡の航跡が残っていく。それは船の「人生」の記憶のようだ。船上にいる自分と船とを重ね合わせ、自分の記憶もあのように後ろに置き去りにされていると感じている。あるいは、自分の生きた後にはそれまで創作した詩が残っていると感じているのかもしれない。

三つ目の作品。海はべた凪、あまりにも穏やかな日は、ことばによるいかなる形容をも拒む。詩人もそれにあえて逆らおうとはしない。

四つ目の作品。一行目の「空」は cielo と単数形。二行目の「空」は複数形である。つまり、上方にはたくさんの「空」があり、その中の反逆児が一人、下界へと落ちてきて海となった。まるで海は神に反逆した堕天使そのものではないか。文学界のルシファーである僕のように。

形式という観点からは、ヒメネスは音節数や行数を日本の俳句に合わそうとしていない(127)。彼が俳句を模倣したり、自分の詩に俳句的な要素を意識して取り入れた時期はすでに過ぎている。彼はまず俳句から直接刺戟を受け、次に俳句から着想を得たイマジズムから刺戟を受けた。その過程でヒメネスの詩は変貌を遂げ、詩についての彼の考え方も変化したことだろう。その結果生まれる「裸の詩」の萌芽が、『新婚の詩人の日記』だと言うことができよう。

10　より俳句的に――『永遠』と『石と空』――

一九一六年から一九一七年の詩を収めた『永遠』には、さまざまな行数の短詩が収められている。まず冒頭の詩である。

No sé con qué decirlo,
porque aún no está hecha
mi palabra.

何を使ってそれを言えばいいのか、分からない
僕のことばは
まだ出来上がっていないから。

語り手が言い表せない「それ」とは何だろうか。『永遠』は妻セノビアに捧げられている上に、献辞の次のページには、「日毎の愛と詩」amor y poesía cada día という記述があるので、この詩についてもおおまかな方向性を知ることができる。つまり、この詩が伝えたいのは、深く愛するセノビアへの愛を語ることばを、私はまだ持ち合わせていない、ということだ。

¡CUAN extraños
los dos con nuestro instinto!

...De pronto, somos cuatro.[128]

なんと奇妙なこと！
我々の二人ともに本能があるとは。

……突然、我々は四人だ。

深く愛し合っているヒメネスとセノビア。平常心のときの二人はもちろん、それぞれ独立した二つの人格であ

るが、愛に燃え上がるときには、二人の間には強い一体感が生まれ、あたかも一人の人間であるかのように感じられる。しかし、あるとき、それぞれが異なる本能を持っていることに気づく瞬間が訪れる。一つであったものが二つに分かれる。平常の二人と、愛からふと目覚めたときの二人——「四人」とはそういうことだろう。熱烈な恋愛にも高揚感の上下はある。

　次の詩は、一九二〇年ディエス＝カネドが、『エスパーニャ』[129]誌上で、その短さと凝縮された意味ゆえに、俳句的な詩として初めて紹介したものである。

¿El lucero del alba?
¿O es el grito
del claro despertar de nuestro amor?

明けの明星？
それとも、僕達の愛がはっきりと
目覚めた叫び声？

　二人で過ごした夜。夜明け間近の空に明るい星が見える。明星だろうか、それとも愛を確信した二人の叫び声か。「明るい」と「明らかな」という意味があるclaroを掛詞的に使い、眠りからの「目覚め」と愛の「目覚め」という二重の意味をdespertarという動詞に負わせている。

Ante mí estás, sí.
Mas me olvido de ti,
pensando en ti.

たしかに、僕の前にお前はいる。
しかし、お前がいることをつい忘れてしまう、
お前のことを考えるあまり。

僕はお前をあまりに深く愛しているがゆえに、常にお前のことばかり考えていて、周りのものが目に入らない。目の前にいるお前の姿さえも。愛が生み出すパラドックスをテーマとするやや技巧的な詩。

ここまで取り上げた詩はいずれも三行詩である。しかし、ヒメネスは三行詩にこだわらない。二行の詩も四行の詩も書いている。これはきわめて重要なことである。スペインの俳句研究者は、ヒメネスが俳句的な要素を詩に取り入れたという主張をする場合、三行で書かれた詩ばかりを引用しようとする。熱心さのあまり、長い詩から三行だけを切り取って紹介することもある。それ自体は必ずしも間違ったことではないが、その切り取り方があまりに恣意的な場合は問題である。他の部分と連携している詩連の場合、それだけを取り出すと意味が変わったり、不明になったりしやすいことを忘れてはならない。その例を挙げる。

ESTÁ el árbol en flor,
y la noche le quita, cada día
la mitad de las flores.

木は満開の花盛り、
そして夜が木から、日々
花の半数を奪う。

これをアウリョンはヒメネスの俳句のひとつとして紹介している。[130] 非常に暗示に富んで美しい詩であるが、結局何が言いたいのかわからない。実は、この詩は「夜」La noche という題であり、あと二つの連を持つ。

—¡Ay, si siquiera las mintiese
luego, siempre, en el agua quieta de su sueño!—

ああ、せめて夜が、後でも、相変わらず、
その夢の静かな水の中で花を欺いてくれたらいいのに！

¡Vida, semijardín
de mediosárboles!

人生、半分の庭、
半分の数の木々!

このように、二連目で「静かな水」が出てくることによって、満開の花盛りと見えていたものの半分は、実は木のそばの池か何かの水面に映った影であり、夜が来るたびにその影の部分が消えてしまう、と言っているのだということがわかる。さらに二連目、三連目と続けて読んでいくうちに、それが人生の比喩であることもわかる。人生の半分は幻想。夜が来れば、幻想の部分は消えてしまう。できれば夜が、日中、実際の水面が花を映し出していたように、夢という「静かな水」の水面に、あたかも花を欺いているかのように、その姿を映し出し続けて欲しい。このような詩の一連目だけを切り離して俳句的だと論じることにどれほどの意味があるのだろう。

一九一七年から一九一八年に書かれた『石と空』には、多くの短詩がある。

この詩集には、『永遠』同様、献辞がある。哲学者のホセ・オルテガ・イ・ガセットに宛てたもので、「恒久的なものの中にあって、うつろいやすいということ」Voluble en lo permanent というものである。この献辞から察せられるようにこの詩集は、ヒメネスの詩論を詩にしたものが含まれていることが一つの特徴である。

まず「詩」Poema と題された冒頭の詩。

¡No le toques ya más,
que así es la rosa!

それ以上さわるな
それが薔薇だ
(荒井正道訳[131])

ヒメネスの「裸の詩」の定義をそのまま作品にしたと言えよう。この詩は日本人の目から見れば、俳句には感じられないかもしれない。しかし、このようなたった二行の詩をヒメネスが詩だと認識し、書くに至ったその源には、彼の俳句経験がある。これは標語ではない。触るなと言っているが、もちろん実際に手で触ってはいけないという意味ではなく、無駄なことばを重ねた詩にするなということだろう。薔薇の解釈は読者に任されているが、「詩」を表すと考えるのが妥当であろう。

Mariposa de luz,
la belleza se va cuando yo llego
a su rosa.

光の蝶、
美は去る、私が
彼女の薔薇の元にたどり着くと。

Corro, ciego, tras ella...
La medio cojo aquí y allá...

私は走る、めくらめっぽう、蝶を追いかけて、
ここで、そこで、ほとんど摑めそうになる……

¡Sólo queda en mi mano
la forma de su huida!

私の手に残るのは、
その逃げた形だけ！

美しい詩が頭に浮かびそうになるが、あとほんの一息のところで、消えてしまう。イメージが湧きかけていたということだけが脳裏に残った。そのようなもどかしさを蝶との追いかけっこに託した詩である。詩作上の苦労を語ったものと考えていいだろう。

次の「午後」Tardeという一篇も、詩が何をテーマとすべきかということについての主張とみなしうる。

A veces, las estrellas
no se abren en el cielo.
El suelo es el que brilla
igual que un estrellado firmamento.

時には、星たちは
空で開かず、
光るのは地面、
星を散りばめた天空のように。

通り雨が過ぎ去った晴れた午後のことだろう。あちこちに水溜りができている。傾いた太陽の光が水に跳ね返り、きらきら輝いている。空には星は見えないが、地面が星空のようだ。詩というものは地上の事物とはかけ離れた天空のことを詠うもののように思われているかもしれないが、地上にも詩に値する「星」はたくさんあるのである。

11　その後のヒメネスと俳句

ヒメネスは、『石と空』以降も俳句と関連付けられる詩を書き続ける。一九二三年に出された『詩』*Poesía* からその例を見てみる。

Alrededor de la copa
del árbol alto,
mis sueños están volando.
Son palomas, coronadas

高い木の
梢のあたり、
私の夢が飛んでいる。
鳩たちだ、純粋な光に

de luces puras,
que, al volar, derraman música.
¡Cómo entran, cómo salen
del árbol solo!
¡Cómo me enredan en oro!

包まれている、
飛びながら、音楽をまき散らす。
あの一本の木を
出たり入ったりしている様子といったら！
僕を金色に包む！

天気の良い日。木は「詩」を表すのだろう。梢の上を飛ぶ鳩は詩人としての私の夢。詩の世界に出たり入ったりして試行錯誤を繰り返す。気高い光に包まれて飛び回る鳩がまき散らす音楽は、当然、詩人の歌である。やがて「私」自身も光に包まれて恍惚となる。
三連目の鳩の描写は、先の『プラテロと私』の「スズメたち」の「蔓の中を出たり入ったりしている様子といったら！」と似ている。このようにヒメネスは、「裸の詩」以降も、動植物をテーマにした作品において、かつてのモチーフを繰り返し用いている。
「大きな月」Luna grande にはコオロギとバジルとアリが登場する。

La puerta está abierta;
el grillo, cantando.
¿Andas tú desnuda
por el campo?

ドアは開けっ放し、
コオロギが歌っている。
君は裸で歩き回っているのか
原っぱを？

Como un agua eterna,
por todo entra y sale.
¿Andas tú desnuda
por el aire?

永遠の水のように、
どこからでも出たり入ったり。
君は裸で歩き回っているのか
大気の中を？

La albahaca no duerme,
la hormiga trabaja.
¿Andas tú desnuda
por la casa?

バジルは眠らない、
アリは働く。
君は裸で歩き回っているのか
家の中を？

まず、一連目。扉が開いている。静かな夜だ。聞こえてくるのはコオロギの鳴き声だけである。原っぱの上の夜空には、大きな月がかかっている。月を覆う雲もない。あまりにもはっきりと見えるので、月は衣服を着けていないかのようになまめかしい。

「君は裸で歩き回っているのか」と呼びかけている相手は女性である。「裸で」desnuda が女性形の形容詞であることから、それが分かる。題名の「大きな月」も女性名詞だから、ここでは月が擬人化され、裸の女性に見立てられているのだ。

第二連では、どこへでも流れ込む水のように、月の光があらゆる所を照らしている。第一連での裸で歩く女のイメージが空気中をさまよう幻想的なものへと変化している。

三連目。辺りにはバジルの香りがし、アリが忙しそうに動き回っている。自然の営みは続いている。大きな月の光が家の中に差し込み、あらゆる所を照らしている。衣服をまとっていない女がなまめかしく家の中をさまよっているような気配だ。

『完全な季節』にも俳句を思い起こさせる作品がある。

Al amanecer,
el mundo me besa
en tu boca, mujer.

夜が明けると、
世界が僕に接吻する、
おまえの唇に、ね。

「世界が僕に接吻する」のなら、接吻する場所は当然、僕の口であるはず。それをあえて「お前の口に」en tu bocaとしたのは、自分と「お前」が一体化しているということに他ならない。二人で共に夜明けを迎えているのである。「世界が」という大げさな表現にも、二人で朝を迎えられた、詩人の胸躍る喜びが表れている。

スペイン俳句研究者の中には、ヒメネスの詩への俳句の影響は一過性のものだったと見る人が少なくない。しかし、それは短詩という形式だけに注目した見方であり、実際には、俳句から得たものは、たとえ表面に現れない場合でも、さまざまに形を変えながら終生、続いていくのである。

たとえば、『彼らが川を去って行く』*De ríos que se van*には、一九五一年から一九五四年に書かれた詩が収められている。その中から「お前だけ」Sólo túを見てみよう。

¡Sólo tú, más que Venus,
puedes ser

ヴィーナスでなく、お前だけが、
なり得るんだ

estrella mía de la tarde,
estrella mía del amanecer!

私の宵の明星に
私の明けの明星に！

この短詩はヒメネスの最晩年の作品の一つである。『新婚の詩人の日記』から目に見えて短くなった彼の詩は、再び長くなった時期もある。しかし、先に触れたように、ヒメネスはけっして以前の詩の書き方を捨て去ったわけではない。俳句によってヒメネスが得た一番重要なことは、短くとも深い抒情詩をつくることができるということだろう。その意味で、この四行詩によって、ヒメネスがずっと俳句によって変貌した詩を書き続けたことが分かる。

12　栄光と終焉

一九三六年、スペイン内戦が勃発するとヒメネスは妻セノビアと共にアメリカ合衆国ワシントンへと移った。その後、プエルト・リコに亡命する。一九五六年、彼の地において、ヒメネスは、スウェーデン・アカデミーからノーベル文学賞を授与する旨の通知を受けた。しかし、その三日後、病床にあった最愛の妻セノビアはサン・フアンの病院で息を引き取ってしまった。ヒメネスはこの打撃からついに立ち直ることはできず、二年後、セノビアと同じ病院で一生を終えたのだった。

図8　ヒメネスの墓

三　フェデリコ・ガルシア・ロルカ[132]——俳句をめぐる葛藤——

1　詩人の出発点

スペイン現代詩を代表する詩人、フェデリコ・ガルシア・ロルカは、一八九八年にスペインのアンダルシア地方グラナダ県のフエンテ・バケロスにおいて、裕福な地主の家の長男として生まれた[133]。幼少の頃から、自然に囲まれ、伝統的な民謡、民族舞踊、民話が身近にある環境で育った。

一九〇九年、ロルカは家族と共に県都グラナダへ転居する。一九一四年、グラナダ大学の哲学・文学部と法学部に入学し[134]、翌年には、グラナダの「カフェ・デ・ラ・アラメダ」Café de la Alameda のテルトゥリア「片隅」Rinconcillo のメンバーとなり、地元の若い作家、芸術家、ジャーナリストらと親しく付き合い始める。大学とテルトゥリアの仲間との友情は終生続くこととなる。このグラナダ時代、ロルカは文学と音楽について多くを学んだ[135]。

これまで見てきたように、ロルカが詩人として一歩を踏み出すころにはすでに、スペインでは俳句が一つの文学的環境として定着していた。ロルカも当然、その空気を吸って育ったわけである。彼の周りには、俳句から直接インスピレーションを受けた詩もすでにあっただろうし、俳句によって変容した詩から影響を受けた詩もあったにちがいない。

図９　フェデリコ・ガルシア・ロルカ

その一例となるような経験がグラナダ大学在学中にあった。ロルカは文学・芸術論の教授、マルティン・ドミンゲス・ベルエタの教えを受けていた。ロルカは仲間と共に教授に連れられて、一九一六年と一九一七年の二度にわたって、バエサの町にマチャードを訪ね交流しているのである。この訪問のとき、マチャードは学生たちに、ルベン・ダリオの詩や自作の「アルバルゴンサレスの土地」を朗読して聞かせている。前述の通り、マチャードは一九〇七年に出された『孤独、回廊、その他の詩』で、すでに俳句に触発された詩を書いている。「アルバルゴンサレスの土地」は、伝統的なロマンセの形式で書かれたものだが、その表現方法は新しく、俳句との出会いによって変容した後のマチャードの作風を示している。そのような作品を一八、九歳のロルカはマチャードからじかに聞かされたのである。マチャードはこのときに俳句そのものについては語らなかったかもしれない。しかし、ロルカは意識することなく、マチャードの詩を通して俳句と接触していたと言える。

2　ミゲル・ピサロ

ロルカは大学時代にミゲル・ピサロという学生と出会い、親友になる。ピサロとの交流は従来から、ロルカと短歌や俳句の関係についての研究で繰り返し取り上げられてきた。それは、一九二一年から一九二四年、つまりロルカの二三歳から二六歳までの詩を集めた『歌集』に収められている「騎乗の歌」Canción del jinete に、「ミゲル・ピサロに捧ぐ」A Miguel Pizarro という献辞と、「日本の対称的不規則性において」en la irregularidad simétrica del Japón という添え書きがあるからである。[136]

ピサロはその後日本に渡り、一九二二年（大正一一）九月一日から一九三三年（昭和八）一一月三〇日まで、[137]大阪外国語学校（大阪外国語大学を経て、現在の大阪大学外国語学部）で教師として働いた。[138]この間、彼は、自分で書いた短歌や俳句をスペインの友人たちに送っていた。ロルカとピサロの交流が日本滞在中にも続いていたことは、一九二二年、ロルカと「片隅」の仲間たちが自分たちの同人誌『羅針盤』*La rosa de los vientos* の創刊号に、ピサロが日本へ到着するまでの間に家へ書き送った手紙を掲載する予定であったことを見てもわかる。[139]

さらには、あまり知られていないが、ピサロはこの間、グラナダに一時帰国し、ロルカの詩集の出版の手伝いもしている。[140] 例えば、ピサロは一九二五年の夏にグラナダに戻っていた。[141] そして、その年の一一月二日、ピサロはロルカから仲間たちとグラナダにいた。その証拠に、ロルカらがグラナダからメルチョル・フェルナンデス・アルマグロに送った葉書に、ピサロの「また今度」という挨拶がある。[142] 日本から一時帰国していたピサロとロルカが、日本の文学を話題にしたことは、確かに間違いないだろう。

さらにこのこととの関連で、一九二五年一二月にロルカとその仲間が兄弟フランシスコ・ガルシア・ロルカに書いた葉書の存在を指摘しておかねばならない。まず、アントニオ・ゴンサレス・コボが文面を書き、続いてロルカが書き足し、その後、ロルカの仲間が一言ずつ書き添えてサインをしている葉書である。その内容はロルカと俳句の関係を考慮する上できわめて重要である。「僕は自分の本を仕上げているところなんだ。ピサロくんが助けてくれているよ。三冊を一度に出版したいんだ、一つの紙のケースにいれてね」[143]。この三冊の本とは、『組曲』*Suites,*『カンテ・ホンドの歌』*Poema del cante jondo* そして『歌集』*Canciones* のことである。[144] そして最後にピサロが、「Fが言ってることは本当だよ。今度は三冊出るだろう。忘れるなよ」[145] と書き、サインしている。これら三冊の本を仕上げるにあたりロルカが具体的にどんな協力をピサロに仰いだかは明らかではないものの、彼から日本の俳句について情報を得る時間はたっぷりあったということは言えるだろう。

このピサロとの関係をどう評価すべきだろうか？　たしかにロルカが日本の俳句と直接接した可能性をうかがわせる興味深いエピソードである。しかし、だからと言って、これが、ロルカと俳句との最初の接触である、というような過大な評価を下すべきではないと思う。なぜなら、すでに述べたように、俳句はスペイン文学界にすでに広く浸透していたからである。

3 「騎乗の歌」

前述の指摘を裏付けるために、その「騎乗の歌」がどのようなものであったかを具体的に見てみよう。ロルカの代表作の一つに数えられるこの詩は、鮮明で具体的なイメージと暗示的なイメージをアンダルシアの民謡の調子に乗せて詠っている。

En la luna negra
de los bandoleros,
cantan las espuelas.

盗賊の
黒い月のなかで
拍車が歌う。

Caballito negro.
¿Dónde llevas tu jinete muerto?

黒い馬よ。
お前の死んだ騎手をどこへ連れていくのか？

...Las duras espuelas
del bandido inmóvil
que perdió las riendas.

手綱を放した
死んだ盗賊の
硬い拍車。

Caballito frío.
¡Qué perfume de flor de cuchillo!

冷たい馬よ。
ナイフの花のなんという香り！

En la luna negra
sangraba el costado
de Sierra Morena.

Caballito negro.
¿Dónde llevas tu jinete muerto?

La noche espolea
sus negros ijares
clavándose estrellas.

Caballito frío.
¡Qué perfume de flor de cuchillo!

En la luna negra,
¡un grito! y el cuerno
largo de la hoguera.

Caballito negro.

黒い月のなか
シエラモレナ山脈の
山肌が血を流していた。

黒い馬よ。
お前の死んだ騎手をどこへ連れていくのか？

夜はその黒い脇腹に
拍車をかけた
星を突き立てて。

冷たい馬よ。
ナイフの花のなんという香り！

黒い月のなかに
一つの叫び！
かがり火のながい角（つの）。

黒い馬よ。

お前の死んだ騎手をどこへ連れていくのか？

¿Dónde llevas tu jinete muerto?

仮にこの詩に、「日本の対称的不規則性において」という日本との関わりを示すことばが添えられていなかったら、この作品は俳句と結び付けて考えられていただろうか。俳句のはっきりとした痕跡は、少なくとも表面的には認められない。もし俳句との関連があるとすれば、ロルカが俳句を咀嚼して自分のものとした後に、それを糧として作り上げた詩だということであろう。その場合は、ピサロとの関係を云々すべきではないことは当然である。

ピサロとの関係は確かにロルカと俳句の接触を裏付ける一要素ではあるが、より重視すべきは当時の文学環境である。実際、後で見るようにロルカの詩集の中でもっとも俳句的だとみなし得る『組曲』(146)を書き始めたのは一九二〇年で、ピサロが日本へ行く前のことなのである。「騎乗の歌」の添え書きや、この詩に三行と二行の連歌を思い起こさせる詩型が用いられていることは、ロルカのピサロに対する友情の証だと考えるにとどめるのが妥当ではないだろうか。

4 「騎乗の歌」以前

「騎乗の歌」以前にも、当時の環境によってロルカが俳句を知りえた可能性はないかという観点から再検討してみると、一九二〇年の末頃までの作品が収められており、一九二一年に出版された処女詩集『詩の本』に行き当たる。

『詩の本』では、伝統的に詩では用いられない虫や蛙などの素材が扱われている。多くの生物は擬人化されている。例えば、「冒険家のカタツムリが出会ったもの」Los encuentros de un caracol aventurero では、蜘蛛、蛙、カタツムリ、蟻などが歌われている。カタツムリが冒険をし、さまざまな生き物に出会う物語詩のような体裁である。この擬人化されたカタツムリのモチーフはクーシューの「日本の抒情的エピグラム」からアイデアを得たのかもしれない。そこでは、蕪村の句の「雁立ちて鷩破田にしの戸を閉ル」の「田にし」が「カタツムリ」les escargotsと訳されて紹介されているのだが、そのカタツムリが主人公となった句は、ロルカに強い印象を与えたのかもしれない。そのクーシューのフランス語訳を日本語に訳すと、「雁が飛び立つ／にわかに蝸牛たち／戸を閉ざす（金子美都子訳）」である。

この詩集から、次に引用するのは、虫が題名となっている「蟬！」¡Cigarra!の一連目である。[147] 添えられた日付から、一九一八年八月三日の作であることがわかる。

¡Cigarra!
¡Dichosa tú!
Que sobre lecho de tierra
Mueres borracha de luz.

蟬よ！
お前は幸せもんだ！
地面の寝床の上で
光に酔って死ぬんだから。

この詩は二通りの解釈ができよう。まず一つ目。地面の上に死にかけている蟬がいる。まるで酔っ払ったようによろよろと歩いているか、仰向けで足をかすかに動かしている。その蟬に「お前は幸せもんだ」とロルカが叫ぶ。蟬の死ぬ運命を哀れむのではなく、太陽に照らされて、地面の上で死ぬことを幸運だととらえているのだ。そして二つ目の解釈。太陽が照りつける中、勢いよく鳴いている蟬がいる。その蟬が死ぬときの様子を想像しているというもの。「頓て死ぬけしきは見えず蟬の声」から着想を得たのかもしれない。その句は、ミシェル・ルヴォンの『日本文学選集』、および「日本の抒情的エピグラム」にも見出すことができる。
次に引くのは、「海水のバラード」[148] La balada del agua del mar の冒頭である。

El mar
Sonríe a lo lejos.
Dientes de espuma,
Labios de cielo.

海が
遠くで微笑んでいる。
泡の歯、
空の唇。

「海が遠くで微笑んでいる」という部分では、海を見ている本人が愉快な心もちであり、それが詩に反映されているように理解できる。そこまでのイメージは曖昧である。しかし、三行目と、四行目に進むと、海が泡の歯を、空が唇を持つかのように詠われ、突然、具体的なイメージを持ち始める。そこで再び最初の二行に目を戻すと、眼前の空と波立つ海の様子が鮮やかに浮かび上がる。広い海原の彼方から、微笑みかけられ、自分の存在が愛すべきものとして認められた悦びを感じているのではないか。自分の感情を直接語ることなしに、詩で取り上げた物に語らせている。誰にでもイメージできるが、その細部は曖昧だというところは俳句に近いと言えないか。
さらにもう一つ、一九二一年以前にロルカが確実に俳句について知っていたということをはっきりと示す資料[149]がある。「ママに捧げるお祝いのハイカイ」"Hai-kais" de felicitación a mamá,「ハイカイについての覚書」NOTA SOBRE EL "HAI-KAI" そして「ハイカイについての批評」CRÍTICA DEL "HAI-KAI" と題された直筆の手紙である。これらは、フェデリコ・ガルシア・ロルカ財団の主催で二〇〇八年に東京のセルバンテス文化センターで行われた「フェデリコ・ガルシア・ロルカ展」に出品されたものである。これらの資料が書かれた時期はすべて一九二〇年頃と推定されている。

まず、「ママに捧げるお祝いのハイカイ」を見てみよう。この「ハイカイ」は一から一〇までの番号が振られた一〇連からなる詩である。一連の行数は定まっていないが、三行からなっている連が四連ともっとも多く、四行のものが三連、五行のものが二連、そして七行のものが一連である。それぞれの行は三音節から八音節で成り立っている（詩行の分け方、傍線などもできるだけロルカが書いたように表記する）。

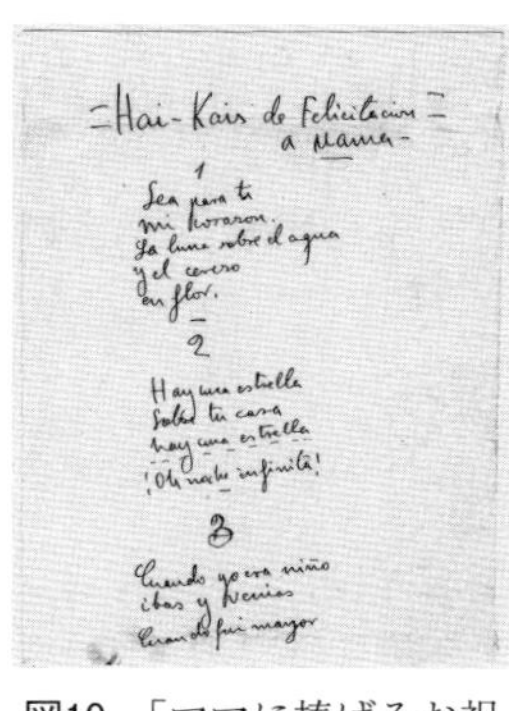

図10　「ママに捧げるお祝いのハイカイ」

1

Sea para ti
mi corazón.
La luna sobre el agua
y el cerezo
en flor.

1

あなたのためでありますように
僕の心が。
月は水の上にかかり
そして、桜は
満開。

この第一連は、この詩が「ハイカイ」だということを表明しているかのようだ。「月」と「満開の桜」というように「ハイカイ」と結びつけられがちな単語を二つもこの短い連に収めているからだ。月のイメージはこの後見るように「カンテ・ホンド」でも頻出するので、アンダルシア民謡の影響だとも考えられる。しかしクーシューの「日本の抒情的エピグラム」の中でも何度も出てくるし、ルヴォンの『日本文学選集』でも月の入った句が紹介されている。さらに、スペインの知識人の間では「ハイカイ」と言えば、桜だと考える知識がすでにあった。事実、ディエス゠カネドは先に掲げた一九二〇年の論説で、「花の雲鐘は上野か浅草か」を挙げ、この句は「江戸の住民にとっては、近隣に有名な聖地のある隅田川沿いの満開の桜の光景そのものなのだ」[150]というアストンの説明を引いている。ディエス゠カネドとロルカは親しかったため、ロルカがこの論説を読み「満開の桜」を「ハイカイ」のイメージとして持っていたとも考えられる。

二行目では「あなたのためでありますように、僕の心が」つまり、「僕はいつもあなたのことを想っています」と、母に対する愛情をあからさまに表現している。ロルカが詩の中で、このように赤裸々に自分の思いを述べることは稀である。先に触れた「ハイカイについての覚書」と「ハイカイについての批評」――これについては後に詳しく述べる――でロルカは、「ハイカイは、二行か三行で心の状態をすっかりまとめ」るものであると述べている。彼のこのような俳句理解がもたらした結果であろう。またそこでは、自分の書いたこの「ハイカイ」が「私的なもの」だから他人には見せないようにと指示していることから、自分でもこれまでにない感情表現をしてしまったことに戸惑っていたことが察せられる。ロルカのこのような考え方は、我々が持っている俳句の概念とは異なるが、それを念頭に置いておくことは俳句と関連のある彼の詩を解釈する上では大変有益である。

三行目の「水の上にかかった月」のイメージは、俳句からインスピレーションを得たと考えられる。ただし、後出の「カンテ・ホンド」においても月のイメージは頻出する。つまり、ロルカにおける月のイメージは俳句の影響であると同時にアンダルシアの民謡の影響だとも取れる。

形式の面から見ると、このハイカイは一行目が六音節、二行目が五音節からなっている。三行目が七音節、四行目が四音節、五行目は三音節である。[151]

2

Hay una estrella
sobre tu casa
hay una estrella.
……………………
¡Oh noche infinita!

2

星が一つ
あなたの家の上に
星が一つ出ている
……………………
ああ、限りない夜よ！

キリストが誕生したとき、それを知らせる星が一つ天上に昇ったといわれている。たった四行の連で「一つの星」が二度用いられている。それゆえ、誰かが生まれたのだと、暗示されていると考えうる。次の連の内容から察して、母がロルカを生んだと考えてよいだろう。四行目に何も書かず、五行目を「限りない夜よ」ということばで結ぶことによって、さらに「一つの星」をクローズアップする効果を実現している。

3

Cuando yo era niño
ibas y venías.
Cuando fui major
ibas y venías.
……………………
Luego...

3

僕が子供だったころ
あなたは出たり入ったり。
僕が大人になった時
あなたは出たり入ったり。
……………………
その後は……

saldrás de un lucero　　あなたは一つの明星から出ては
a otro.　　他の星に向かって行く。

最初の四行から、母親はロルカが子供の頃も、大人になってからも忙しく立ち働いていたことが察せられる。しかも後半で、明けの明星から宵の明星へ、と言っているのだから、一日中、そのようにしていたのだろう。あるいはロルカはかまってもらえずに寂しい思いをしたのかもしれない。

4　　4

Guárdame　　僕のためにとっておいて
todas las risas que puedas　　できる限り、あなたの微笑みのありったけを
en el cajón　　サイドテーブルの
del trinchero.　　引き出しのなかに。

そんな母親ではあったが、実は自分のことを愛おしく思ってくれている。普段は目にする暇もないが、僕だけのためにありったけの微笑みを引き出しの中にしまってあるに違いない、とロルカは確信している。

5　　5

Evocación　　思い出すこと

Sean para ti
mis lagrimitas,
las que lloré de niño
—al marchar a Almería.

あなたのためでありますように
僕の涙が
子供のときの
——アルメリアへ去る時に流した涙が。

五連目では、ロルカは自分の過去を振り返る。ロルカは一〇歳のとき一人だけ、グラナダから約一〇〇キロ離れたアルメリアの中学校へ送られる。その時のことを思い出しているのだろう。その時に寂しさから流した涙を母に捧げようと言っている。母への愛情の吐露である。

ところで涙と言えば、「ジプシーのシギリア」siguiriya gitana が想起される。ロルカによると、この詩型は、「涙の完璧な詩[152]」perfecto poema de las lágrimas で、「メロディーも泣けば、詩行も泣く」という。そこで繰り返されるテーマが、泣くことである。それゆえここで涙が歌われていることは、アンダルシアの民謡を意識していたとも考えられる。

6

Guárdame
esas campanadas
del amanecer.

6

僕のためにとっておいて、
明け方の
その鐘の音を。

母のお祝いのために帰郷していたら母と共に聞けたはずの鐘の音。美しい鐘の音をハイカイに盛り込み耳にも心地よい作品にしようというロルカの試みではないか。

7

Rosa, clavel
y grano de ajonjolí
sean para ti.

7

バラとカーネーション
そしてゴマの粒が
あなたのためにありますように。

お祝いには、プレゼントの花束と皆で食べるごちそうがつきものだ。食べ物を列記せず、ロルカ一流のユーモアでもって「ゴマ」でそれの代表をさせたのではないか。「ゴマ」ajonjolí は「アホンホリ」と発音する。アホンホリのホンホリの部分の調子のよさと、最後の語の lí と次の行の ti の韻を踏ませるためにこの語が用いられたのだろう。ゴマにいかなるコノテーションがあるのか明らかではない。

8

Di a Isabelita
que quite a estos hai-kais
su cáscara lírica.

8

イサベリータに言っておくれ
これらのハイカイから抒情の殻を
取り去ってと。

ロルカはハイカイを書くにあたって、この日本の短い詩の形式について熟考したに違いない。ロルカは、他のスペインの詩人たち同様ハイカイとは余分なことばをそぎ落とした裸の詩だととらえていたようだ。一方、このハイカイには母への愛情があらわであり、それがロルカは不満だった。そこで、妹のイサベリータに「これらのハイカイから抒情の殻を取り去って」と頼んでいるのだろう。

9

En este hai-kai va
un beso que me acabo
de cortar.

9

このハイカイの中には、入っているよ
接吻が一つ、
僕から切り取ったばかりの。

スペインでは、別れるときには接吻をかわす。手紙も「接吻を籠めて」で結ぶ。ただ、ここでは、自分から「切り取った」という、いささか衝撃的な表現を用いることで驚きを生んでいると考えられる。

Y 10 (RITORNELLO)

Sean para ti
mi corazón,
la luna sobre el agua
y el cerezo
en flor.

そして10（リトルネッロ）

あなたのためでありますように
僕の心、
水の上の月
そして、
満開の桜が。

リトルネッロとは、楽曲の反復演奏される部分である。第一連とほぼ同じ表現にし、全体をロルカなりの「ハイカイ」で挟み込むことによって、タイトルとの整合性を強調したかったのだろう。

この作品が「ハイカイ」と題されている以上、その俳句との関連性は疑うべくもない。さらに、この作品の形式はロルカの詩集『組曲』の形式と類似している。『組曲』が俳句的な詩を書いたフランス詩人たちに好んで用いられた形式であったことは後に見る通りである。また、このハイカイでは、cerezo en flor（満開の桜）、campanadas（鐘の音）など日本を彷彿させる語が用いられているほか、自然を表す語が頻出している。例えば、luna（月）、agua（水）、estrella（星）、lucero（明星）、rosa（バラ）、clavel（カーネーション）、ajonjolí（胡麻）などである。最初のハイカイと最後のハイカイにほぼ同じ語句がでてくることや、星や月や明け方など、夜を表す語がところどころに現れることで、全体の詩の雰囲気の統一が図られている。これは、俳句との関連が指摘されている、ロルカの『組曲』に収録された作品や、「騎乗の歌」などと共通する手法である。このように、ロルカと俳句とのごく初期のかかわりを示す資料としてこの作品の重要性は高いということができる。

5　俳句と三つの詩集

ここでは、これまで見てきたことを踏まえて『組曲』『歌集』『カンテ・ホンドの歌』の三冊と俳句とのかかわりを、具体的に検討してみようと思う。この三冊が完成したとき、ロルカはこう述べている。「三冊は、（中略）奇妙なことに、一つの固まりなのだ。そして、三冊一緒に出版しなくてはならない。というのは、それぞれは補い合い、第一級の詩の集まりになっているからだ。（中略）仕上がった組曲はすばらしく、深い抒情性を持っている」[153]。そのうちの一つ、『組曲』が、「シントウ」Shinto（神道）など日本や俳句と関連のある名詞を含み、俳句の受容度の高い詩であることはしばしば指摘されてきた以上、この発言は、残り二つと俳句の関連も示唆していると言えるだろう。

ⓐ『組曲』

一冊目は、一九二〇年末から一九二三年の春頃までに書かれ、一九八七年に出版された『組曲』である。まず、「海の版画」[154] Estampas del mar の最初を飾る「海」El mar の最初の二連を取り上げよう。

El mar
quiere levantar
su tapa.

Gigantes de coral
empujan
con sus espaldas.

海は、
持ち上げようとする
その蓋を。

珊瑚の巨人たちが
押す
自分の背中で。

この詩は一九二〇年末頃に書かれた。[155] したがって、先に挙げた『詩の本』とは書かれた時期が非常に近い。この二連は共に一つのセンテンスが三行に分けられている。日常的に用いられる平易な単語で、一つの光景が一つの連で表現されている。形容詞を伴わない、飾り気がない作りである。一連目だけでは海が荒れているという光景しか思い浮かばないが、二連目を読むと、荒々しい波の打ち寄せる岸辺と珊瑚の見え隠れする海が見えてくる。広い海原のあちらこちらで、ざらざらした肌を持つ巨人のような珊瑚が波と格闘している。コノテーションのある季語をもたない西洋の詩の場合、短い詩で何かを伝えるのは日本の俳句よりも困難である。意味をとりやすくするために、現在のスペイン語の「ハイク」では、一つの題名の下に、いくつかの詩連を重ねることがよく行われる。その意味では、この二連はスペインにおける「ハイク」そのものだと考えることができるだろう。
次は一九二一年の始めに書かれた「モレナスの庭」[156] El Jardín de las morenas の「柱廊」Pórtico から。

El agua
toca su tambor
de plata.

Los árboles
tejen el viento
y las rosas lo tiñen
de perfume.

Una araña
inmensa
hace a la luna
estrella.

水は
その銀色の
太鼓を打つ。

木々は
風を縫い合わせ
薔薇は香で
染めあげる。

巨大な蜘蛛が
月を
星にする。

「柱廊」から見える光景を描写しようとしたのだろう。一連目は噴水であろう。水がリズミカルに水盤に落ちる様子が、まるで銀色の太鼓を叩いているように見える。この詩は、先に掲げたヌービルの四行詩「雨が降る。

樽のなかで／水の太鼓にあわせて／踊る、並び立つ／水上騎兵の槍の穂先が」を思い起こさせる。次は二連目。木と薔薇の植わっている庭に風が吹き、花の香りが漂っている。原文にある tejer という動詞は、厳密には「編む」とか「織る」という意味である。それゆえスペイン語では、木自体が大きな編み棒になって、風の糸で何かを編んでいるというスケールの大きな詩になる。三連目では、前景に大きな蜘蛛の巣がある。放射線状に広がる蜘蛛の糸のきらめきによって、巣の彼方にある月が星となって光を放っているかのように見える。これら三連の詩は細部を詳しく詠ってはいないにもかかわらず、鮮明な情景を生み出している。

これらの詩は当初からこのように簡潔ではなく、長い詩を切り詰めてつくられることもあったらしい。その過程が分かる例がある。同じ『組曲』の、一九二〇年に書かれた「月下の歌」Canciones bajo la luna には「狂想曲」Capricho という詩が含まれている。

En la red de la luna,
araña del cielo,
se enredan las estrellas
revoladoras.

空の蜘蛛、
月の網の中に、
絡みとられているよ
飛びかう星々が。

この詩では、月が、巣を張る蜘蛛としてとらえられている。すなわち「空の蜘蛛」である。その巣に空を飛び交う流れ星が次々とひっかかる。そのモチーフは、先に引用した「柱廊」の三連目、「巨大な蜘蛛が／月を／星にする」と同じである。「狂想曲」は、「柱廊」と比べると、流れ星が飛び交い華やかで楽しげである。「柱廊」は、「狂想曲」よりもあとに書かれているため、「狂想曲」の詩に手を入れたものだと考えられよう。ロルカの短い詩への志向がうかがえる。

今度は「水の組曲」Suite del agua の最初の詩「国」País である。この作品も一九二一年の始め頃に書かれた[157]。

En el agua negra,
árboles yacentes,
margaritas
y amapolas.

Por el camino muerto
van tres bueyes.

Por el aire,
el ruiseñor,
corazón del árbol.

黒い水に、
横たわる木々、
ヒナギク、
とヒナゲシ。

死んだ道を
三頭の雄牛が行く。

空中には
ナイチンゲール、
木の心。

「国」は三つの連からなる。まず、目が下方に向けられ、湖か池の様子が歌われる。動詞のない簡潔な表現で、自然の荒々しさと優雅さが表現される。恐らく嵐のような自然の威力のせいで木々が水の中になぎ倒されているのだろう。その傍らには色とりどりのヒナギクとヒナゲシが咲いている。

二連目では、道に視点をあわせる。「死んだ」という形容詞のみに修飾された「道」に三頭の雄牛を置いただけで、荒涼とした道の様子が巧みに表現されている。
最後の連では、視線が上へ向けられる。そこには空や雲もあるはずだが、ただ一羽のナイチンゲールが描かれ、「木の心」という表現で締めくくられている。それは木に心があり、それがナイチンゲールだ、という意味だろう。木の化身のように、一羽のナイチンゲールが飛んでいるイメージである。調和のとれたおだやかな自然が描かれている点で俳句的だと言えるだろう。
次は「鏡の組曲[158]」Suite de los espejos である。この作品には、「シントウ」Shinto という題名の詩がある。「神道」以外にも、日本の文化にヒントを得たと考えられる名詞がいくつも用いられている。

Campanillas de oro.
Pagoda dragón.
Tilín, tilín,
Sobre los arrozales.

Fuente primitiva.
Fuente de la verdad.

A lo lejos.
Garzas color de rosa
y un volcán marchito.

黄金の鈴
竜の仏塔
チリンチリン、
水田の上で。

原始の泉
本物の泉。

遠くに。
ピンク色のサギ
と、勢いの衰えた火山。

シントウ、鐘、仏塔、水田、火山など、日本を思い起こさせる語が使われているものの、面白みに乏しい作品だと言わざるを得ない。まるで、日本の絵葉書を手にしておもしろがって作られたような表面的な詩である。ただ、各連が三行か二行からなり、風景だけが点出されているので、俳句的だということはできるだろう。ただし、形容詞の使い方が独特である。「勢いの衰えた」火山を形容するのにmarchitoという形容詞が使われているが、この語は本来、植物が枯れていることを表す。このため、火山の衰えた様子が萎んだ植物に重ねあわされ、哀れでさえある。

次に、一九二一年六月に書かれた「淀み」[159] Remansos の最初の二つと最後の詩を見てみる。まず、最初の詩「イトスギ」Ciprés である。

Ciprés.　　　　　　　　イトスギ
(agua estancada.)　　　（淀んだ水）

Chopo.　　　　　　　　ポプラ
(agua cristalina.)　　　（水晶のような水）

Mimbre.　　　　　　　　柳
(agua profunda.)　　　（深い水）

Corazón.　　　　　　　心

（瞳の水）

(agua de pupila.)

木の名前と水の状態だけで連を形作っている点が特徴的である。極度に切り詰められた詩で、一連に含まれる情報量と音節数は俳句よりも少ない。ロルカがより短い詩を求めているうちに、ついにこのような詩型に行き着いたのだろう。この詩はもはや俳句的と呼ぶことはできないかもしれないが、俳句が彼にこうした短さへの方向性を与えた可能性はある。

この詩はローマの詩人オウィディウスの名高い『変身物語』を念頭に置いていると思われる。

第一連。アポロンに愛された少年キュパリッソスは、可愛がっていた鹿を誤って殺してしまい、悲しみのあまりイトスギに姿を変える。イトスギはその天を刺すような尖った形状から、魂を天に導く木と知られ、墓地に植えられるのが常である。また、淀んだ水は人生の流れが止まっていること、つまり死を意味する。

第二連。太陽神ヘーリオスの娘パエトゥーサは兄弟のパエトーンが死んだときポプラの木に変わった。ポプラに変身したパエトゥーサは河神アーソーポスの娘ロデーの娘であるという説もあり、川とは縁が深い。実際、ポプラは河畔の並木によく見られる。川である以上、水は流れており水は澄んでいることが多い。兄弟の死を嘆く清く澄んだ悲しみを表しているのではないか。

第三連。『変身物語』第八巻「スキュラとミーノース」には、柳と深い湖を関連付ける記述がある。王女スキュラは敵将ミーノースのために父親と祖国を裏切るが、結局ミーノースに捨てられ、溺死させられてしまう。「深い水」は悲しみの深さに通じるのかもしれない。

つまり、最初の三連はいずれも木と水に託して死を詠っている。そして最後の連。ここでロルカは、神話世界から現実に戻り、自身を省みて心を痛める。前三連の内容を考慮すれば、その理由は「死」であろう。そして

「瞳の水」つまり涙が溢れてくる。季語ではないが、木のコノテーションが有効に働いている詩である。
「変奏曲」Variación という詩がこれにつづく。

El remanso del aire
bajo la rama del eco.

El remanso del agua
bajo fronda de luceros.

El remanso de tu boca
bajo espesura de besos.

空気の溜りは
こだまの枝の下に。

水の溜りは
明星の葉むらの下に。

お前の口の溜りは
濃厚な接吻の下に。

「イトスギ」の詩同様、二行で一連である。「イトスギ」より単語数は多く、与えられるイメージも複雑なものである。単に自然を描写したものではなく、ヒメネスの「裸の詩」を思い起こさせる。先の極端に切り詰められた詩を経て、ここでは再び語数が増えている。この過程を、俳句との接触によって短詩を意識するようになったロルカの試行錯誤と解釈することもできるだろう。

こだまが枝のように広がって行く下の空気は溜まっている。明星が照らす葉むらの下には水が溜まっている。そして、その後に、濃密な接吻が繰り返されるうちにお前の唇は湿っている、と来る。「変奏曲」とは、主題となる旋律が少しずつ形を変えて繰り返される形式である。最初の二連でロルカは、空気、枝、水、星、葉むらといった要素を「溜り」とあっさり絡ませて変奏していく。そして最後の連に至って、本来、これらの自然の要素とは異質であるはずの女を無理なく登場させている。しかも、前二連とは違い、この絡みはより粘着性のものだが、それさえも強い違和感は生まない。

ロルカには「神秘的な作品[160]」と呼ばれる作品群がある。それは解釈がさまざまに施されうる作品、言い換えれば何を意味しているのか確定できない作品である。この「神秘的な作品」群も、感情を排した単純きわまりない詩に一ひねりをくわえた結果生まれた、曖昧で「神秘的な」詩だと理解することができそうだ。具体的に言えば、「イトスギ」の詩において、最初一連が「イトスギ」という名詞だけの極短いものが、次の「変奏曲」の最後の連では「お前の口の溜りは／濃厚な接吻の下に」と、多様に解釈できる「神秘的」なものに変貌を遂げている。こうした詩風の変化の先にあるのが、ロルカの代表作『ジプシー歌集』である。

もっとも、自然を見つめて、それを無駄な修飾を削ぎ落とした表現で詠おうという試みをロルカが止めたわけではない。たとえば「淀み」の最後の詩「半月」Media luna。

月が水の上を行く。
なんと静かな空だろう！
月がゆっくりと
川の古びた震えを刈り取っていく、
一匹の若い蛙が
月を小さな鏡と間違える。

La luna va por el agua.
¡Cómo está el cielo tranquilo!
Va segando lentamente
el temblor viejo del río
mientras que una rana joven
la toma por espejito.

月の光が川面を照らしている。月が移動すると共に、それまで波立っていた川面が穏やかになって行く。それはまるで、月が波頭を刈り取っているかのようだ。そしてついにはそこに映った月を蛙が鏡と間違うほど川面は滑らかになった。この詩の魅力は、月が空を移動するという緩慢な時間を、数行のごく短い詩句で表現していることと、月が波頭を刈るという喩えの妙だろう。俳句は西洋では瞬間の詩だと考えられがちであるが、日本の俳句では時間の流れが歌われるのは珍しいことではない。たとえば芭蕉の「雲の峯幾つ崩れて月の山」はふつう山の上に雲が湧き上がっては崩れている様子を見ているうちに夜になり、山に輝く月が登った、と解されている。最後から二行目に蛙を配したことも、俳句との関連を暗示しているかもしれない。

この時期のロルカは、多作で、おおいに充実した心境にあった。一九二二年一月一日のアドルフォ・サラサールへの手紙[161]にそれがよく表れている。その中でロルカは冗談めかして、長いあいだ手紙を出さなかった理由をこう述べている。「どうしてこんなに手紙を書くのが遅くなったのか……？　それは、（中略）美しさに疲れてしまって機嫌が悪いからなんだ！　これまでの僕の人生で見てきたもっともすばらしいテーマの数々が、この数ヶ月、僕の踊る心を満たしている……。そして、全部を作ることなんて無理だ」。

ロルカは当時の、インスピレーションが次々に湧き上がっている状態を「踊る心」と表現している。この「僕の心」が踊るというイメージが、『組曲』に収められている「歌の時」Momentos de canción の冒頭の詩「反射のある詩」Canción con reflejo にもある[162]。

En la pradera bailaba
mi corazón.

原っぱで踊っていたよ
僕の心が。

「機嫌が悪」くなるほど表現したいことが湧き上がってきたとき、ロルカはその喜びをこの詩で表現したのだ。『組曲』は、ロルカが当時、ようやく自分の詩のあるべき姿を見出したと思われる点で重要である。というのは、先に引用した一九二一年八月のサラサールへの手紙の続きで、ロルカは次のように思いを吐露しているからである。

僕の本に僕はいない。僕は凄まじい試行錯誤の原野の中で迷子になっていたんだ。やさしさと素朴さで一杯の僕の心をかかえて、饒舌の小径や、ユーモアの小径、逡巡の小径をうろつきながら。そしてとうとうヒナギクと極彩色のトカゲでいっぱいの、ことばでは言い表せない一本の細い道をみつけたんだ。[163]

「逡巡の小径」という表現は『詩の本』*Libro de poemas* に収められている「十字路」Encrucijada の中にもある。

¡Oh, qué dolor no tener
Dolor y pasar la vida
Sobre la hierba incolora
De la vereda indecisa!

ああ、痛みのない人生を送ることは
なんと痛みを伴うことか
逡巡の小径の
色のない草の上！

ロルカが詩の表現方法を模索している様子が表れている詩である。その題名自体もロルカの迷いを象徴しているように思われる。この詩が書かれたのは、一九二〇年七月である。彼は同年の末、この詩を含む『詩の本』を書き終えている。また、それに先立つ同年一一月には『組曲』を書き始めている。ロルカは『組曲』を非常に気に入っていた。ロルカはサラサールにこう伝えている。[164]「僕は今していることにとても希望を持っているんだ。それは今までに生み出したものの中で最高で、これ以上にないほど洗練されていると思う」。そして、「今僕は仕事をいっぱいしているんだ。で、今僕が作っているものを君も気に入ると思うな、君がすでに知っているものよりも良い出来だよ」。つまり、『組曲』に至って、彼はそれ以前抱えていた迷いを解消できたのである。

そして彼を解決に導いた表現方法こそが、彼に言わせれば「ヒナギクとカラフルなヤモリでいっぱいの[165]」小径であった。おそらくヒナギクは美しい自然のこと、ヤモリは、伝統的には詩にとりいれられることのない卑近な動物や虫のことを指しているのだろう。一九二六年にバリャドリッドで初めて行われた彼の「ジプシー歌集」と題する講演にも、このことはよく表れている。その中で彼は、「宇宙的なイメージと虫や卑近なものとを結びつける嗜好は、僕の詩の主要な特徴であり」、それらは彼の初期の詩にもすでに現れているという。[166]この時、自分の一九二〇年の作品として彼が朗読したロマンセには、「蛙よ、歌い始めよ！／コオロギよ、穴から出てこい！」¡Rana, empieza tu cantar!/ ¡Grillo, sal de tu agujero! という詩行が含まれている。俳句が卑近なものを取り込む真面目な詩であるとすれば、ロルカはその特徴を、しかもかなり早い時期に、詩に取り入れていると言えるだろう。

そもそも、「組曲」と題される詩がフランスで、俳句と結びつけて考えられていた時期があった。[167]それはまさにロルカが『組曲』を書いた時期と一致する。第一章で述べたように、スペイン詩人はいつもフランスの詩の動向に注目しており、ロルカも例外ではなかった。[168]

ⓑ『歌集』

二冊目は『歌集』である。この詩集には一九二一年から一九二四年までの詩が収められている。そこには、俳句に触発されたと考えられる詩が数多くある。短い詩でイメージのはっきりとしたものから、暗喩に満ち、多義に解釈できるものまで、さまざまなタイプの詩が含まれている。
次の詩は「月の歌」Canción de luna の章にある「花」[169] Flor である。

El magnífico sauce
de la lluvia, caía.

¡Oh la luna redonda
Sobre las ramas blancas!

雨のすばらしい
柳、降っていた。

おお、まん丸の月
白い枝の上に！

まず一連目。雨が降っていた。「降っていた」は、不完了過去形なので、雨が降ったという事実ではなく、いま降っている状況を描写している。降るという動詞の主語は柳であり、柳の木が「降って」いるように見えるのであるが、この詩を読んだとき矛盾を感じることはなく、柳と雨が渾然一体となったイメージが湧く。
二連目は、最初に読んだ瞬間に、夜、明るい月が木を照らしている様子が目に浮かぶ。このとき、ようやく一連目の雨が、柳の枝のたとえだったことが分かる。そして二連目ではその雨のような細いやわらかな柳の枝が、月に照らされて白く輝いているのである。この二連目が俳句と似ているという指摘がある。[170] しかし無意識に俳句的な詩に触発されて、これらの詩を書いたと考えるべきであると思われる。
ヒメネスの『石と空』は俳句の痕跡があると言われているが、ロルカはそこに収録されている「思い出、五」El recuerdo: V の二連目におそらくインスピレーションを得た詩を書いている。それは、同じく「月の歌」の章にある「月曜日、水曜日、金曜日」Lunes, miércoles, viernes の一連目である。

Yo era.	僕はずっとそうだった。
Yo fui.	僕はそうだった。
Pero no soy	でも　僕はそうではない。

ヒメネスの詩の方は以下の通りである。

¿Soy? ¡Seré!	僕がそうだというのか？　僕がなってみせるさ！
Seré, hecho onda	僕がなってみせるさ、記憶の川の
del río del recuerdo...	波でできた自分に……

日本語に訳した場合はこれらの詩の類似点が分かりにくいが、どちらの詩でも中心となっているのは動詞 ser（英語の be 動詞にあたる）の活用形である（era, fui, soy および Soy, Seré）。ヒメネスの ser 動詞を用いた切り詰めた表現に衝撃を受け、ロルカがそれを自分風にアレンジして受け入れたと考えられる。

「月の歌」の冒頭にくる詩は「月が覗く」La luna asoma である。この詩はロルカの傑作の一つと位置づけられることもある。最初の二連を引用する。

Cuando sale la luna	月が出たら

se pierden las campanas
y aparecen las sendas
impenetrables.

Cuando sale la luna,
el mar cubre la tierra
y el corazón se siente
isla en el infinito.

鐘が見えなくなる
そして　現れるんだ　入り込むことのできない
小道が。

月が出たら
海が地面を覆い
そして心は自らを
永遠の中の孤島だと感じる。

第一連。鐘楼の中の鐘は、月の無いうす闇の中では、その存在がかろうじてわかる程度にしか見えない。明るい月が上空に昇り、辺り一面を照らすと、屋根の陰に入った鐘はかえって目に入らなくなる。月光が風景にもたらした意外な変化である。そして、それまで見えなかった遠くの小道――そこには入り込めない――が姿を現すという。この「入り込めない小道」とは、ロルカ自身すら足を踏み入れられない自分の心の闇をさしているという見方もできるかもしれない。ロルカは同性愛者という説もあり、それに苦しんでいたと言われている。(171) その苦しみをあからさまに詩の中で訴えることはなかったが、この次の詩にも表れているように、この詩の中でもそれを暗示しているという見方もできるかもしれない。

第二連では、月が出たら、海が地面を覆うという。月の光が地面を照らし出し、まるで海のように見え、その情景を前にして「永遠の中の孤島」である自分を思うという意味だろう。月夜と海の光景には飛躍がある。これもロルカが俳句的な詩を「変奏」し、「神秘的」にしたものだといえよう。

最後に「日本」という語が用いられているためによく取り上げられる「スイセン」Narcisoを見てみよう。

Narciso.
Tu olor.
Y el fondo del río.

スイセン。
お前の香り。
そして、川の底。

Quiero quedarme a tu vera.
Flor del amor.
Narciso.

お前のかたわらに留まりたい。
愛の花。
スイセン。

Por tus blancos ojos cruzan
ondas y peces dormidos.
Pájaros y mariposas
japonizan en los míos.

おまえの白い目を
波と眠る魚が横切る。
鳥と蝶は
僕の目の中で日本化する。

Tú diminuto y yo grande.
Flor del amor.
Narciso.

お前は小さく、僕は大きい。
愛の花。
スイセン。

Las ranas, ¡qué listas son!
Pero no dejan tranquilo
el espejo en que se miran
tu delirio y mi delirio.

蛙たち、なんと賢いんだ！
だが、静かなままにさせておかない、
おまえの狂気と僕の狂気が見つめあう
その鏡を。

Narciso.
Mi dolor.
Y mi dolor mismo.

スイセン。
僕の苦しみ。
僕の苦しみそのもの。

第一連では、主題であるスイセンとその香り、そして「川の底」という場所が何の飾り気もなく提示されているのみである。「川の底」の前には句点があるので、スイセンが咲いている場所ではない。いわばスイセンと「川の底」は併置されている。スペイン人なら誰でも、「スイセン」narcisoといえば、ギリシア神話のあの美少年ナルキッソスを思い起こすだろう。ナルシソNarcisoはスペインではありふれた男の名前でもある。そのようなスイセンが咲いて芳しい香りを放っているという。そして取り合わせとしてあるのは、「川の底」である。スイセンを見て、香りを嗅いでから、川の底を覗いた、という解釈もできよう。しかし、川岸ではなく、川底という語が選ばれたのには、理由があると思われる。つまり、詩人はこの詩に風景以外の意味を持たせたかったのである。川の底にスイセンは咲かない。そこでは、スイセンは死んでしまうだろう。その息ができない苦痛を三行目で示唆しているのではないか。それは、「月が覗く」にあったのと同じ、ロルカ自身の苦しみである。匂い立つような美しい男がいるが、彼を見るとロルカは息ができないような苦しみを感じる。それを暗示してはいないだろうか。

二連目では、第一連で暗示した美男子への愛がよりはっきりとあらわれてくる。そもそもNarcisoは、すでに述べたように人名なら「ナルキッソス」、普通名詞なら「スイセン」と訳せる。もちろん、人名は大文字で始まり、普通名詞は小文字で始まるのだが、この詩では必ず文頭にきているので、常に大文字で始まっており、形の上からは区別がつかない。したがって、この連は、「お前のかたわらに留まりたい／愛の花／スイセン」とも「お前のかたわらに留まりたい／愛の花／ナルキッソス」とも解釈できるのである。

第三連には「日本化する」という語がある。『組曲』に収められていた「シントウ」などと大きく異なるのは、自動詞としてのjaponizarの用法（「日本化する」）が、ロルカ独特のものだという点である。この動詞の解釈に関しては諸説がある。この語が日本的な物の見方や解釈の仕方を意味し、少なくとも日本的な詩の表現法を暗示しているという意見[172]もある一方で、この語によってロルカの日本への関心が高いことはよく分かるものの、その意味はロルカにしか分からない、したがってあまりこの語を重要視するべきではないという意見[173]もある。

筆者はむしろ前者の立場をとりたいと思う。なぜなら、この後見るように、第五連には、蛙が水の静寂を破るという「古池や……」の句を思い起こさせる場面があり、これを考慮に入れると、「日本化する」という語は、表現しようとするものが、自分の中で自然に日本的なものに変化するということを意味していると考え得るからである。つまり、第三連では、「鳥と蝶」を描こうとしたとき、それらはロルカの頭の中で日本的に表現された「鳥」や「蝶」になった。一方、第五連では、「水の静寂を破る」イメージが「古池や……」と結びつけて表現されているのである。それほどこの時期のロルカは俳句を身近なものに感じていたということではないか。

第四連では、スイセンと自分の物理的な大きさの違いを言っているとも考えられるが、「お前の苦しみは小さく／僕の苦しみは大きい」と苦しみの大きさを示唆しているかもしれない。

第五連では、ナルキッソスが水面に映る自分の姿に恋い焦がれたというその狂気と、ロルカ自身の狂気が出会うその水面が、蛙によって乱されるという。ここではもはや Narciso は美少年「ナルキッソス」以外のものではありえない。こうして、ロルカの苦しみが明らかになる。第一連で暗示されたロルカ自身の苦しみが最終連ではかなりはっきりと表現されていると言えるだろう。

ⓒ『カンテ・ホンドの歌』

三冊目は一九二一年一一月にたった一五日間で書かれ、一九二二年に出された『カンテ・ホンドの歌』[174]である。ただし、ここでは主として一九二四年から一九二七年に書かれ、一九二八年に出版された『ジプシー歌集』も同時に検討する。『カンテ・ホンドの歌』のために書かれ、その後取り除かれた作品の一部が、『ジプシー歌集』に収められているからである。[175]次に取り上げる「黒い苦しみのロマンセ」Romance de la pena negra もその一つで、この詩の冒頭の二行と俳句との関連性がこれまでにも指摘されてきた。[176]

Las piquetas de los gallos
cavan buscando la aurora,
cuando por el monte oscuro
baja Soledad Montoya.

雄鶏のツルハシが夜明けを求めて
穴を掘っている、
暗い山を抜けて
ソレダ・モントヤが下る頃。

ここでは、明けがたに雄鶏がえさをつついている様子が、土の奥にある夜明けを求めているかのようだ、と表現されている。この詩行が俳句のようであり、そこで的確に生き物が表現されていることにより、詩全体に新しい意味合いが与えられていると指摘されている。[177]

次に、『カンテ・ホンドの歌』から例を挙げる。「ジプシーのシギリヤの詩」Poema de la Siguiriya Gitana の章にある「叫び」El grito の最初の二連である。

La elipse de un grito,
va de monte
a monte.

叫びの楕円が
渡る、山から
山へ。

Desde los olivos
será un arco iris negro
sobre la noche azul.

オリーブの木から伸びる
黒い虹となるだろう
青い夜の上。

一連目で山から山に移っていくのは、「叫びの楕円」である。やまびこが「楕円」形をした塊となって、あちらの山肌にあたったかと思えばもっと遠くの山肌へと飛んで行く。見えるはずのない声がまるで見えるかのようだ。二連目では、やまびこはオリーブの木にぶつかり、そこから放物線を描いて伸びていって黒い虹となる。夜の空は月明かりのせいだろうか、うっすらと青い。とうていありえない光景ではあるが、不思議な現実感がある。この二連も「神秘的な詩」への「変奏」が加えられた俳句的な詩だと考えられよう。

6 ロルカの俳句観

ロルカはあえて『組曲』という俳句を連想させる書名をこの本につけた[178]。そのほか、俳句への意識が三冊の詩集の随所にみられるのは、これまでに見た通りである。それではなぜ「ハイカイ」「エピグラム」「ホック」など、じかに俳句と関わる名前を用いなかったのだろうか。理由として考えられるのは、いかなる流派にも属したくない、他人の模倣ではない詩を書きたいというロルカの信念である。

その意味で大変興味深いのが、すでに「ママに捧げるお祝いのハイカイ」のところでその存在を紹介した「ハイカイについての覚書」、および「ハイカイについての批評」と題された直筆の手紙である。[179]「ハイカイについての覚書」は、以下のとおりである。

ハイカイは、フランスの新しい詩人たちがヨーロッパへ持ち込んだ、優れて日本的な歌〔canción〕であり、僕は新しいものが特に好きなので、単に楽しむためにそれを試してみる。

ハイカイは、二行か三行で心の状態をすっかりまとめきって、人を感動させなければならない。

僕はもっとも現代的で、もっとも甘美なやり方でママのお祝いをします。

これらのハイカイは、僕がママに送る抒情のチョコレート・ボンボンの小箱。そこには僕の一番新しい、出来たての叫び声が籠められています。

また、「ハイカイについての批評」で、ロルカはこう述べている。

僕は詩人としてハイカイそのものをいいとも悪いとも言えない。すべてはそのハイカイの出来次第だ。出来次第、そうでしょう？　詩とは、感動を与えられるかどうか、それがすべてだ。それに僕はハイカイとは違ったスタイルを持っている。

パキート、[180] お前に頼んでおくが、このハイカイをお前たち以外は誰も読まないように。なぜって、これは私的なもの（それにとても神聖なもの）である上に、疑いなく人文主義的、抒情的で、多くの人にとっては気持ちよいくらいに理解不能だから。それが誰だか、もうお前には分かっている。

まず、ロルカがこの時点でハイカイというものを知っていて、実際にハイカイと題する詩や、それについての覚書や批評を書いているということは重要である。とはいえ、ハイカイは自分のスタイルではないと述べている。それではいったい彼の念頭にあった「ハイカイ」とはどのようなもので、そのどんな側面が彼の「スタイル」と異なっていたのだろうか。西洋の詩人が「ハイカイ」の特徴としてまず考えるのは、その短さだろう。ところが彼は別の場所で、短詩を高く評価しているのである。

ロルカは一九二二年一月に、グラナダで「アンダルシアの素朴な歌「カンテ・ホンド」」と題する講演を行っている。[181] その中で彼は、「カンテ・ホンド」[182] のすばらしさはメロディーもさることながら、歌詞にもあると言う。そして「ロマン主義やポストロマン主義の置き土産である鬱蒼と茂った抒情の木の剪定と、手入れに、我々詩人は多かれ少なかれ現在取り組んでいるわけだが、そんな我々がそれらの詩を前にすると驚嘆してしまうのだ」と述べ、名もない村人による歌詞の一部を例として挙げる。[183] それは、「人の人生でもっとも高揚した瞬間のその奇妙な複雑さを、まるごと三、四行」に要約したもので、このような心の琴線に触れる詩を作る事のできる境地には、数えるほどの詩人しか到達できないと絶賛している。

ロルカが挙げている例は、次の歌詞である。

Cerco tiene la luna,

月に暈（かさ）がかかっている。

mi amor ha muerto.

私の恋人は死んだ。

ロルカによれば、「この二行の俗謡には、メーテルリンクのあらゆる戯曲以上に多くの神秘がある。それは素朴な本物の神秘であり、穢れのない健全な神秘である。薄暗い森も、舵のない舟も出てこない、死についての常に生き生きとした謎があるのだ[184]」と言う。というわけで、ロルカは「ハイカイ」が極端な短詩だから自分のスタイルではないと言ったのではない。

次にハイカイの内容について、ロルカはどのように考えているのだろうか。西洋の詩では、自然それ自体がテーマとして歌われることはあまりなかった。俳句に造詣の深いフランスの詩人イヴ・ボヌフォワに言わせれば、「ヨーロッパ精神は、風の音に耳を傾けたり、木の葉が落ちるのを眺めたりするよりも、神学的な、あるいは哲学的な思考をめぐらすことの方に、ずっと忙しかった[185]」。ところが、アンダルシア民謡の「カンテ・ホンド」においては、自然は大事な詩の要素であり、頻繁に取り上げられる。しかし、その扱われかたは、俳句とは異なっている。ロルカは次のように説明する。「「カンテ・ホンド」のすべての歌詞は、目を見張るようなアニミズムに満ちている。大気や、大地、海や、月、そして、ローズマリーや、菫や鳥などのちっぽけなものにも、相談する」そして、「アンダルシア人は、深い精神的な感覚を持って、自然が自分の言うことを必ず聞いてくれるものと確信して、自分の内奥の宝そのものを自然にゆだねる[186]」と。

そうした濃厚なアニミズムの他にもう一点、ロルカが「カンテ・ホンド」の歌詞の際立った特徴として挙げるのは、そこには強烈な表現しかないという点である。アンダルシア以外のスペインの地方には、そのような歌詞を持つ歌 canto はないという。彼は（彼自身をも含め）「アンダルシアの人は星に向かって叫ぶか、道路の赤土に口付けするかのどちらかなのだ」と述べている[187]。

ロルカは、強烈さに欠ける稀な例として次の詩を挙げている。

A mí se me importa poco
que un pájaro en la “alamea”
se pase un árbol a otro.

俺にはどうでもいいことなんだ
「ポプラ並木」にいる一羽の鳥が、
ある木から違う木に飛び移ることなどは。

ここでは鳥がどこにとまるかといったような、どうでもいいことが歌われているので、強烈さがない、という。[188] つまり、この詩は自分の好みから外れるものとして、あまり評価していないのである。ロルカは、ハイカイを極端で強烈な表現の無い詩だととらえたため、自分のスタイルの詩型ではないと言ったのではないだろうか。

ロルカの「ハイカイ」観を読み取るための第二の鍵は、彼がどのような詩を書きたいかを表現した『詩の本』の「新しい歌」[189] Cantos Nuevos（一九二〇年八月）に見出すことができる。中でも次の連には、ロルカの求めていたものがはっきりと現れている。

Yo tengo sed de aromas y de risas.
Sed de cantares nuevos
Sin lunas y sin lirios,
Y sin amores muertos.

（……）

僕は芳香と、笑いに飢えている。
月もゆりの花もなく、
死んだ愛もない、
新しい歌に飢えている

（……）

Un cantar luminoso y reposado,
Pleno de pensamiento,
Virginal de tristezas y de angustias
Y virginal de ensueños.

考えに満ちた、
光り輝く、落ち着いた歌、
悲しみと苦しみに汚れていない、
そして、夢にも汚れていない歌。

もう月やユリの花を詠った詩はたくさんだ。詩に芳香と、笑いをこめたい。それはまた、悲しみやら、苦しみやら、あるいは夢やらを詠った詩ではなく、思想性に富んだ光り輝くような落ち着いた詩なのだ、とロルカは言っている。しかし、その実現は容易ではないこともまた、彼にはわかっている。その苦悩がここには表れている。

ハイカイの批判を書いたのは、まさにこの時期であると考えられる。それゆえ、月や花などの自然の風物を詠うハイカイを自分のスタイルではないと言ったとしても不思議ではない。しかし、一九二〇年の後半から、一九二三年の夏までに書かれた『組曲』は、すでに見たように、その大部分が俳句的な詩である。また、先に述べた「騎乗の歌」も、一九二四年に書かれている。つまり、ロルカは一九二〇年の一時期、「ハイカイ」のような詩は自分のスタイルではないと考え、「ママに捧げるお祝いのハイカイ」とハイカイの批評を書いた。しかし、そのような考えは決定的なものではなく、揺れ動く。こう考えれば、後に俳句を想起させる詩が多く生まれる事実にも矛盾しないだろう。

さらに、「ハイカイ」を受け入れるスペイン詩人の一般的な姿勢も考慮に入れるべきだろう。一九二〇年には、スペインにおいても「ハイカイ」流行の兆しが見えてきていた。しかし、スペインの詩人たちは、「ハイカイ」をそのままスペインに持ち込もうとは考えなかった。その考えが顕著に表れているのが、「ハイカイ」についての意見を雑誌に掲載するなど「ハイカイ」に詳しい音楽学者アドルフォ・サラサール[190]が一九二〇年一一月に『ラ・プルマ』誌上で発表した「ハイカイについての提案[191]」である。そこでサラサールは、俳句を花にたとえ、俳句は日本の庭から西洋の庭にやってきた花なのだから、西洋の気候にあった花を育てよう、と呼びかけている。さらに、俳句の新しさは、韻律そのものにあるのではなく、「本能の底に像を結ぶ感覚の点描画法[192]」にあると述べている。

ロルカがサラサールと同じ考えを持っていた可能性は高い。二人は親友であったし、まさに一九二〇年、一九二一年頃には、ロルカがサラサールの批評家としての力量を高く買っていたからである。一九二一年七月三一日付けのロルカ宛の書簡でサラサールは、ロルカの詩をかなり手厳しく批判しているが[193]、ロルカは腹を立てることなく、喜んで参考にしている。サラサールが『エル・ソル』紙上で行った『詩の本』に対する書評にも感謝するとともに、「僕の本に対する君の批判は、まったくもってその通りだと僕は思う」と受け入れている。このような関係を考慮すると、ロルカがサラサールの「ハイカイ」に関する意見を受け入れていてもおかしくはない。

7 「学生寮」入寮後の展開

一九一九年[194]以降一九二八年まで、ロルカは、学期中の主な生活拠点をマドリードに移した。マドリードでは、学生寮という施設で暮らした。

当時の選りすぐりの若い知性が集まった学生寮で、彼は最先端の学問と芸術に触れるとともに、画家サルバドール・ダリや映画監督ルイス・ブニュエルをはじめ、その後さまざまな分野で世界的に活躍する仲間と出会った。この学生寮のムード・メーカーの一人がロルカ自身であった。

その頃学生寮に住んでいた人々や出入りしていた人々の中には、俳句と関わりのある人々が少なからずいた。

まずカタルーニャの評論家で作家のドルスを挙げることができる。すでに述べたように彼は、一九〇六年に、早くもバルセロナの日刊紙『カタルーニャの声』紙上で「ハイカイ」を取り上げた上で実作も試みている。また、ファン・ラモン・ヒメネスが学生寮に住んだのは一九一三年から一九一六年に結婚する日までであるが、結婚後も学生寮に関わり、多くの学生に影響を与えている。当時の「ハイカイ」の手引書の書評を書いた[195]ホセ・モレノ・ビリャが学生寮の館長の右腕だったし、熱心な日本研究者のアドリアノ・デル・バリェがロルカの親友であった。[196]さらにサラサールやギリェルモ・デ・トーレとも交友関係があった。このような環境の中で、ロルカは日本の抒情詩から影響を強く受け、それらが初期の『詩集』『歌集』『組曲』そして、『カンテ・ホンドの歌』の一部に反映されていると考えられる。[197]

8　実りと突然の終焉

ロルカは一九二九年から一九三〇年にかけてはアメリカ合衆国、カナダ、キューバを訪れ、一九三〇年には『ニューヨークの詩人』*Poeta en Nueva York* を書く。詩だけではなく劇でも才能を発揮した。音楽にも造詣が深く、マヌエル・デ・ファリャと共に、グラナダでカンテ・ホンドの祭典を主宰したこともあった。

一九三三年から一九三四年にかけてアルゼンチンとウルグアイを訪れ、フランスやイギリスにも滞在したのち、帰国した。一九三六年七月一六日、ロルカはグラナダに帰省した。その二日後にスペイン内戦が勃発し、反乱軍側のファシスト政党ファランへ党員に捕らえられ、自由主義的思想の持ち主だという理由などで銃殺されてしまった。

（1）Enrique Diez-Canedo, "Antonio Machado, poeta japonés", *El Sol*, Madrid, 20 de junio de 1924.

(2) アントニオ・マチャード・アルバレス。スペインにおけるフラメンコ研究の先駆者。デモフィノ Demófino というペンネームを持つ。一八八一年、アンダルシア民謡協会 La Sociedad El Folk-Lore Andaluz を設立し、『フラメンコ歌集』*Colección de cantes flamencos* を出版する(Ian Gibson, *Ligero de equipaje*, Madrid: Aguilar, 2006, p. 54.)。

(3) ロマンセは主に史実や伝説をテーマにした物語歌で、八音節で偶数の行にのみ類音の押韻があるものが主流。古くからのロマンセは民謡として大衆に親しまれている(高橋正武『新スペイン広文典』白水社、一九六七年、四二〇頁。原誠ほか編『スペインハンドブック』三省堂、一九八二年、二五七頁)。

(4) マチャード家と自由教育学院とは強く結びついていた。アントニオ・マチャードの祖父アントニオ・マチャード・ヌニェスは、のちに触れる自由教育学院の基礎となった思想であるカール・クリスティアン・フリードリヒ・クラウゼによるクラウゼ哲学 krausismo を、彼らの住むセビリャに持ち込んだ人物フェデリコ・デ・カストロと友人であり、その協力者であった。祖父アントニオ・マチャードは、自分が大学教授としてマドリードへ移る際、家族を連れて行き、孫のマヌエルとアントニオの二人を自由教育学院で学ばせた。さらにマチャードの父も自由教育学院と親密な関係となった(Manuel Alvar, "Introducción", *Antonio Machado*, Madrid: Espasa Calpe, 2009, p. 23.)。それゆえ、アントニオ・マチャードは生まれたときからクラウゼ哲学が浸透した環境の中で育ったと考えることができよう。

マヌエル・アルバルによると、自然との接触を重要視する自由教育学院の思想がアントニオ・マチャードの詩的表現に大きな影響をおよぼした。自由教育学院の創立者であるヒネール・デ・ロス・リオスは、次のように言っている。「我々の体や精神が自然から受けている多大な恩恵を殊更強調する必要はあるまい」(*Ibid.*, p. 26.)。このように自然を身近に感じることを知ったおかげで、アントニオ・マチャードは「風景の発見」(*Ibid.*, p. 23.)、「現実的で、まことに具体的で少しも文学的ではない、風景の解釈」(*Ibid.*, p. 24.) ができるようになったのだと言う。

後述するように、俳句にインスピレーションを受けた他の詩人たち――ヒメネス、ガルシア・ロルカ、アルトラギレ、エミリオ・プラドスなど――の場合、彼らの自然描写の原点はその子供時代の自然との濃密な接触に求められることが多い。他方、アントニオ・マチャードの場合には、自由教育学院とヒネール・デ・ロス・リオスの思想に影響を受けたとアルバルは考えるわけである。研究者たちが、彼らの自然の描き方に何らかの説明を加えざるをえなかったほどに、俳句がもたらした自然描写は画期的だったといえるのではないだろうか。

（5）Antonio Jiménez Millán, *Antonio Machado. Laberinto de espejos*, Málaga: Junta de Andalucía, Consejería de Cultura, 2009, p. 29.

（6）スペインの詩人たちはスペインの習慣である「テルトゥリア」をパリにも持ち込んでいた。テルトゥリアとは、カフェやバルなどでの常連の集まりである。「茶話会」と訳すこともあるがこれは正確ではない。スペインの街のあちこちで昼下がりや夜に人々は馴染みの店に行き、そこで四方山話をする。時間が定められているわけでも、仲間が決まっているわけでもないが、おおよそ同じ時間に同じメンバーが集まる。このようにテルトゥリアはスペイン人の生活に深く根付いたものである。マリアノ・トゥデラはテルトゥリアを次のように定義している。「テルトゥリアとは、おしゃべりをしたり、楽しんだりするために習慣的に人が集まることである。ラテン諸国に独特のもので、そこでは皆が大いに喋り、そして、人並み以上に怒鳴る。テーマは自分の夢や仕事の辛さなど。なんにせよ長々と話し続ける。彼らの一番好きな暇つぶしなのだ。諺にもあるように、あらゆる暇つぶしのなかで一番素晴らしいのはおしゃべりだ」（Mariano Tudela, *Aquellas tertulias de Madrid*, Madrid: Editorial El Avapiés, 1984, p. 9.）。これは情報源という意味で、スペインの文学者に無くてはならないものである。スペインの知識人の生活の大部分は、カフェのテルトゥリアで繰り広げられたと言われるほどである。彼らが集まる場所は、カフェやバーなどに限ったことではなく、誰かの家が集合場所になることもあった。この後の章で取り上げるように、ヒメネスの病室がその会場になったし、マチャードの家も同様であった。そこで彼らはさまざまな情報を交換した。例えば文学についての知識や、作品を発表するきっかけがテルトゥリアの仲間から与えられることもあった。

（7）ニカラグア生まれの詩人。スペイン語圏におけるモダニズムの詩の先駆者。

（8）María Pilar Celma, "Guía de lectura", *Poesías completas* [de Antonio Machado], Madrid: Espasa-Calpe, 2009, p. 469.

（9）クーシューはアナトール・フランスを敬愛し、二人は親しかった。クーシューの著作『アジアの賢人と詩人』の一九二三年度版には、フランスによる序文が付加された（金子美都子「訳者解説」前掲第一章註1書、三〇七頁）。マチャードがフランスに注目していたことを考慮すると、フランスが賞賛していたクーシューの本をマチャードが読んでいた可能性が高いと考えられる。

（10）Gibson（2006）, *op. cit.*, p. 103.

（11） *Ibid.*, p. 197.

（12） *Ibid.*, p. 113.

（13） Jiménez Millán, *op. cit.*, p. 39.

（14） *Ibid.*, p. 42.

（15） ギブソンによると、マチャードは解雇されたのではなく、グアテマラから戻ってきた病気の弟のホアキンに付き添うために仕事をやめたという可能性が高い（Gibson（2006）, *op. cit.*, p. 134.）。

（16） 『孤独』が実際に世に出たのは一九〇二年であるが、奥付には一九〇三年と記載されている（Alvar, *op. cit.* p. 10.）。この詩集の題名、「孤独」という概念はロマン主義と、象徴主義の詩人の作品に頻出する。例えば、アウグスト・フェラン、シュリ＝プリュドム、エウセビオ・ブランコなど、十九世紀の詩人の詩集の題名でもある（Jiménez Millán , *op. cit.*, p. 72.）マチャードの題名は、ゴンゴラの『孤独』*Soledades* に因んだのではないかと、ギブソンは推量する。その根拠は、ある種の隠喩や言い回しや、題名がゴンゴラの詩集『孤独』と同じであること、四二篇のうち三〇篇がゴンゴラが用いたのと同じシルバ silva の形式で書かれていることなどである。シルバとは、七音節と一一音節の詩行が無定形に組み合わされ、押韻も一定していない詩型である（高橋正武前掲註3書、四二九頁）。さらに、フランスの高踏派を思わせる詩も含まれている（Jiménez Millán, *op. cit.*, p. 72.）。十九世紀末および二十世紀初頭には、ヴェルレーヌの詩がスペイン詩人に大きな影響を与えた。マチャードも例外ではない。しかし、一九〇七年『孤独、回廊、その他の詩』を出版する際に、「秋」Otoño,「庭の午後」La tarde en el jardín,「夜想曲」Nocturno など、ヴェルレーヌを思わせる詩が取り除かれている（*Ibid.*, p. 72.）。

（17） Jiménez Millán, *Ibid.*, p. 75.

（18） *Ibid.*, p. 75.

（19） Antonio Machado, *Poesías Completas*, Madrid: Espasa-Calpe. 2009, p. 75. これ以前の一九一三年にも「フランス的なものすべてに大いなる反感を抱いている。僕は、フランスの象徴主義の影響をいくらか受けたが、もう大分前からそれに反発してきた」（*Ibid.*, p. 483.）と述べている。

（20） Gibson（2006）, *op. cit.*, p. 153.

(21) *Ibid.*, p. 154.
(22) *Ibid.*, p. 88.
(23) Alvar, *op. cit.*, p. 27.
(24) *Ibid.*, p. 27.
(25) カスティーリャ地方の風景が多く詠われている『カスティーリャの野』は、一八九八年の米西戦争と関連付けて論じられることが多い。前述のようにこの敗戦によってスペインは海外植民地をほとんど失い、かつての植民地帝国の凋落ぶりは誰の目にも明らかなものとなった（マチャードが属する「九八年世代」という名称もこの年に由来する。スペインの凋落への憂いがこの世代の文学者たちの共通項であった）。実際、スペインの哲学者ホセ・オルテガ・イ・ガセットはマチャードの描く風景にスペインの苦い歴史の反映を見ている。しかし、大部分においては、自然が客観的に描かれているのである。
(26) Alvar, *op. cit.*, p. 99. Azorín, "El paisaje en la poesía", *Clasicos y modernos*, Madrid, 1913 (Obra escogida. II, p. 889.) からの引用。
(27) *Ibid.*, p. 30.
(28) *Ibid.*, p. 31.
(29) *Ibid.*, p. 30.
(30) 二〇一〇年八月二五日、現代カタルーニャを代表する詩人アレックス・スサーナ Àlex Susanna にこの詩についての見解をただした。彼によると、この詩はマチャードのどの詩とも異なる。詩の中に詩人自身の精神は投影されておらず、客観的に自然が謳いあげられているからである。
(31) 一九〇七年に付け加えられたこれらの詩に俳句的な詩があることを根拠として、マチャードをスペイン詩への俳句導入者だとみなすアウリョンのような研究者もある。
(32) Machado (2009). *op. cit.*, p. 73.
(33) 川本皓嗣『日本詩歌の伝統――七と五の詩学――』岩波書店、一九九一年。
(34) このアイデアはビリェナの次の論文から着想を得たものである。Luis Antonio de Villena, "De 'haiku', sus seducciones y

"tres poetas de lengua española", *Prohemio*, IV 1-2, 1973, pp. 143-174.

ただしビリェナの見方と筆者の見方は大きく異なる。ビリェナはジャスミンの季節性のみに着目してこれを季語とみなし、それがこの詩を俳句に近づけていると考える。一方、「マラガ」には、民謡でよく歌われているがゆえに、さまざまなありふれたコノテーションが付着しているので、この語が使われることでせっかくの俳句性が損なわれていると指摘する。つまり農村や漁村で日常的に目にするようなありふれたものは、民謡の題材にこそなれ、俳句の季語にはなりえない、俳句の季語とはもっと洗練されたもので、「美的感覚の備わった人にのみ理解されるもの」でなければならない、とビリェナは考えているのである（*Ibid.*, p. 164）。これが季語の本来の性質からかけ離れていることは明らかである。このビリェナがありふれている、という理由で俳句にはふさわしくないとみなす「マラガ」の持つコノテーションこそが、この地名に季語的な役割を担わせているのではないか。

（35）芭蕉のこの句は、ミシェル・ルヴォンがパリで一九一〇年に出版した『日本文学選集』に収録されている。Michel Revon, *Anthologie de la littérature japonaise des origines au XXe siècle*, Paris: Librairie Delagrave, 1923.

（36）ルヴォンによってフランス語に訳された次の句に影響を受けたのではないかと、ディエス＝カネドは記している。A la lune, un manche/ Si l'on appliquait, le bel/ Eventail! これは宗鑑の「月に柄をさしたらばよき団扇かな」である。ディエス＝カネドによると、この句の収録されていたルヴォンの著作は、日本文学についてフランス語で書かれたもっとも手に入れやすい書籍だった（Enrique Díez-Canedo, "Antonio Machado, poeta japonés", *El Sol*, Madrid, el 20 de junio de 1924.）。

（37）Enrique Díez-Canedo, "La Vida Literaria", *España* 284, septiembre de 1920, pp. 11-12.

（38）Tomás Navarro Tomás, *Métrica española*, Madrid: Guadarrama, 1974. を参照。

（39）Antonio Quilis, *Métrica española*, Barcelona: Editorial Ariel, 1984, p. 108.

（40）『新しい歌』収録。

（41）Diez-Canedo (1924), *op. cit.*

（42）*Ibid.*

（43）ディエス＝カネド以前にも、短さにこだわらずに俳句性を見出した例はある。たとえば一九一九年『カタルーニャの声』紙上の匿名の書評は、ドルスの一九一一年の「語彙集」の散文の中に「ハイカイ」が埋め込まれていると指摘している（"Las ciutats catalanes", *La Veu de Catalunya*, 1 de gener 1919, ed. del vespre, p. 15.）。この書評の筆者は、マス・ロペスとオルティンによると、当時そのセクションを担当していたジュゼップ・カルネーである。その文体や内容からみても彼のものに違いないという（Jordi Mas López i Marcel Ortín, "La primera recepció de l'haiku en la literatura catalana", *Els Marges*, núm. 88, 2009, p. 68.）。カルネーはそこで、ドルスの「ジロナ讃歌」Elogi de Girona の中に含まれたハイカイ的な部分を、以下のように題名付きの三行の詩に書き換え、これこそが「「真に」適切な形」en la forma "verament" escaient だとしている（Xènius〔Eugeni D'Ors のペンネーム〕, "Glosari. Elogi de Girona", *La Veu de Catalunya*, 3 novembre 1911, ed. del vespre, p. 2.）。このカルネーによる指摘は、極めて興味深い。散文の中に埋め込まれた「ハイカイ」もありうると、カルネーが認めていたことを意味しているからだ。

EN EL SILENCI DE LA VELLA ALTA　　「真夜中の静寂の中で」

Un picaportes　　ドアノッカーが鳴る
truca tot sol a la casa　　誰も手をふれないのに
d'una velleta retorta.　　ある老婆の家で

（44）B.H.Chamberlain, *op. cit.*, p. 279.
（45）モーロ人の影響を受けた十一世紀から十六世紀のスペインのキリスト教建築。
（46）川本前掲註（33）書、八〇頁。
（47）Machado（2009）, *op. cit.*, p. 74.
（48）以下のヒメネスの履歴に関する部分は主に次の文献を参考にした。Javier Blasco, *Juan Ramón Jiménez: Álbum*, España: Publicaciones de la Residencia de Estudiantes, 2009.
（49）*Ibid.*, p. 100.
（50）*Ibid.*, p. 102.

（51） *Ibid.*, p. 102.

（52） 例えば、パスは「早い時期に」と言っているが、具体的な時期を示していない。

（53） Blasco, *op. cit.*, p. 103.

（54） *Ibid.*, p. 103.

（55） さらに、マヌエル・レイナ、サルバドール・ルエダ、エンリケ・レデル、マヌエル・パソの作品も読んだ。また、フランシスコ・ビリャエスペサからラテンアメリカの雑誌を多く貰い、サルバドール・ディアス・ミロン、フリアン・デル・カサール、ホセ・アスンシオン・シルバ、マヌエル・グティエレス・ナヘラ、レオポルド・ルゴネス、ギリェルモ・バレンシア、マヌエル・ゴンサレス・プラダ、アマド・ネルボ、ホセ・フアン・タブラーダなどを知ったという（*Ibid.*, p. 107.）。

（56） *Ibid.*, p. 110.

（57） Juan Ramon Jiménez, *Antolojía Poética*, Buenos Aires: Losada, 1979.

（58） この詩が、紀貫之の「人はいさ心も知らずふるさとは花ぞ昔の香ににほひける」に着想を得た可能性はないだろうか。両作品の共通点は、「花の匂いだけが昔と同じだ」という所である。ジュディット・ゴーティエがこの貫之の和歌を『蜻蛉集』で紹介し、ディエス＝カネドが『隣の芝生』でそのフランス語訳をスペイン語に訳した。ヒメネスがこの和歌に刺戟されたとすれば、それはディエス＝カネドの訳より前ということになる。

（59） Villena, *op. cit.* Pedro Aullón de Haro, *El Jaiku en España*, Madrid: Ediciones Hiperión, 1985, 2002. など。

（60） Antonio Sánchez-Barbudo, "Introducción: Carácter e importancia", *Diario de un poeta recién casado*〔de Juan Ramón Jiménez〕, Barcelona: Editorial Labor, 1970, p. 20.

（61） ロマンセとは、「偶数の行だけに類音の押韻がある物語歌で、古いロマンセ romance viejo はイスパニアの文学の貴重な遺産であり、民謡として、大衆の歌になっている。たんに romance また romance menor というのは、八音節ならび（ただ四句ずつまとめることもある）のものを言い、五音節や六音節のを romancillo という。長句型一一音節のもあり、これは romance mayor とか、romance heroico といわれる」。高橋正武前掲註(3)書、四二八頁。

（62） Sánchez-Barbudo (1970). *op. cit.*, p. 20.

（63） *Ibid.*, p. 21.

(64)　第一章註(65)で述べたように、「歌う蛙」のモチーフは、ゴメス・カリージョが紹介した『古今和歌集』の紀貫之の序文にあるが、それが出版されたのは、ヒメネスがこの詩を書いた後である。従って、ヒメネスがこのモチーフを得たのは、ジュディット・ゴーティエの『蜻蛉集』における貫之の序文の抄訳ではないかと思われる。

(65)　一九〇〇年四月四日の『エル・ポルベニール』紙に、ヒメネスがこの日の夜の急行列車でマドリードへ向かったという記載がある（Alfonso Alegre Heitzmann, Edición, introducción y notas, *Epistolario I 1898-1916*〔de Juan Ramón Jiménez〕, Madrid: Publicaciones de la Residencia de Estudiantes, 2006, p. 46.）。

(66)　Blasco, *op. cit.*, p. 114.

(67)　*Ibid.*, p. 114.

(68)　先述のバルセロナの雑誌とは同名だが無関係。カフェの「ガト・ネグロ」は、モデルニスモの文学者たちのテルトゥリアが行われることで有名。

(69)　マドリードでは、ヒメネスはルベン・ダリオと共に暮らした（Alegre Heitzmann, *op. cit.*, p. 54.）。そしてダリオが、一九〇〇年の万博で『ラ・ナシオン』紙 *La Nación* の記者として働くためにマドリードからパリへ向かうとき、ヒメネスはマドリードの北駅でダリオを見送った（Blasco, *op. cit.*, p. 115.）。

(70)　*Ibid.*, p. 115.

(71)　*Ibid.*, p. 114.

(72)　Juan Ramón Jiménez, *Epistolario I, 1898-1916*, Edición de Alfonso Alegre Heitzmann, Madrid: Amigos de La Residencia de Estudiantes, 2006, p. 63. 一九〇〇年六月一四日ヒメネスが友人の小説家ティモテオ・オルベに宛てた手紙の一節。

(73)　Alegre Heitzmann, *op. cit.*, p. 19.

(74)　サナトリウムの院長ジャン＝ガストン・ラランヌの別荘で過ごすこともあった。そこで夫人や手伝いの女性らと親しく交わった（Blasco, *op. cit.*, pp. 124-125.）。

(75)　*Ibid.*, p. 129.

(76)　D. L. Shaw, *Historia de la literatura española: El Siglo XIX*, Barcelona: Ariel, 1980, pp. 257-258.参照。

(77)　この同僚は、フランシスコ・サンドバル、ニコラス・アチュカロ、ミゲル・ガヤレを指す。Blasco, *op. cit.*, p. 136.

(78) *Ibid.*, p. 136.

(79) *Ibid.*, p. 136.

(80) *Ibid.*, p. 139.

(81) *Ibid.*, p. 136.

(82) *Ibid.*, p. 139.

(83) シマロ夫人が亡くなった後、シマロはヒメネスとニコラス・アチュカロに同居を持ち掛けた。

(84) Blasco, *op. cit.*, p. 141.

(85) *Ibid.*, p. 141.

(86) *Ibid.*, pp. 148-149.

(87) Alegre Heitzmann, *op. cit.*, p. 532.

(88) Blasco, *op. cit.*, pp. 165-167.

(89) 「眠った小道」El sendero se ha dormido より。Juan Ramón Jiménez, *Antología poética,* Madrid: Alianza Editorial, 2002, p. 131.

(90) 「あそこに荷馬車がやって来る……」Allá vienen las carretas... より。*Ibid.*, p. 128.

(91) 「野原の甘い寂しさ」Tristeza dulce del campo より。*Ibid.*, p. 126.

(92) アントニオ・マチャードと兄のマヌエル・マチャードも共に、この句にインスピレーションを得た詩を書いているが、それはヒメネスがこの詩を書いてから一〇年以上も後のことである。

(93) Revon, *op. cit.* に収録。

(94) 例えば、ポール・ヴェルレーヌの『よき歌』*La bonne chançon* の「白き月かげ」La lune blanche には次の節がある(Paul Verlaine, *Œuvres poétiques complètes,* Editions Gallimard, 1962, pp. 145-146.)。

La lune blanche	白き月かげ
Luit dans les bois;	森に照り

De chaque branche
Part une voix
Sous la mamée...

枝に
声あり
葉ずれして……
（堀口大学訳）

『艶なるうたげ』*Fêtes galantes*（一八七四）の「月の光」Clair de lune には、次の節がある。

Au calme clair de lune triste et beau,
Qui fait rêver les oiseaux dans les arbres
Et sangloter d'extase les jets d'eau,
Les grands jets d'eau sveltes parmi les marbres.

枝の小鳥を夢へといざない、
大理石(なめいし)の水盤(すいばん)に姿よく立ちあがる
噴水(ふきあげ)の滴(しずく)の露を歓(よろこ)びの極みに悶(もだ)え泣きさせる
かなしくも身にしみる月の光に溶け、消える。（堀口大学訳）

しかしこれらの詩はヒメネスの月の詩とは異なる。月そのものの視覚的なイメージを詩の中で浮かびあがらせようとしているわけではない。美しい詩的なことばを調子よく連ね、うっとりとするようなムードを作りだしている。どちらの詩も一行目と三行目、二行目と四行目で脚韻が踏まれている。韻をきちんと踏みつつ、古来から持たれている月のイメージを利用して詩の雰囲気を作り出しているといえる。

(95)　川本皓嗣「伝統のなかの短詩型」同編『歌と詩の系譜』中央公論社、一九九四年、二二五頁。
(96)　同右、二三二頁。
(97)　ヒメネスは一九〇五年にも、一時的にモゲールに戻っている。そのため、文献によっては、その年にヒメネスがモゲールに戻ったと書かれてある。
(98)　一九〇六年にグレゴリオ・マルティネス・シエラへの書簡でヒメネスは「『詩と散文』誌の講読継続の支払いはしないでください。もうすでに払っています」と述べている（Alegre Heitzmann, *op. cit.*, p. 168.）。
(99)　*Ibid.*, p. 189.
(100)　この本は、一九〇七年、パリのガルニエ出版から出された（*Ibid.*, p. 167.）。

(101) *Ibid.*, pp. 196-197.
(102) *Ibid.*, p. 179.
(103) *Ibid.*, p. 186.
(104) その他『魔術的で悲痛な詩』*Poemas mágicos y dolientes* など多くの詩集を書いている。
(105) Antonio Sánchez-Barbudo, "Introducción: Carácter e importancia", *Diario de un poeta recién casado* [de Juan Ramón Jiménez], Barcelona: Editorial Labor, 1970, p. 24.
(106) *Ibid.*, p. 25.
(107) *Ibid.*, p. 25.
(108) *Ibid.*, p. 28.
(109) *Ibid.*, p. 27. サンチェス＝バルブードの説明では、複数の経験の要約 resumen の言い換えとして綜合 síntesis が用いられているのである。このことから筆者は、序章で取り上げたホセ・フアン・タブラーダの詩『ある日……』の副題"poemas sintéticos"を解読するヒントを得た（sintético は síntesis の形容詞）。

太田靖子は、この副題を「凝縮詩」と訳している。「簡潔詩」「要約詩」「綜合詩」とも訳せるが、タブラーダの俳句についての考えなどを考慮に入れ、「凝縮詩」にしたという（太田靖子『俳句とジャポニスム——メキシコ詩人タブラーダの場合——』思文閣出版、二〇〇八年、九七～一〇二頁）。一方、田辺厚子は、この副題を「総括詩」と訳した。タブラーダは「伝統的な修辞法や技をわずか数行——三行に凝縮したものが多い——で詩い込ん」だ、と田辺は理解し、それを表す日本語として「総括」を選んだのである（田辺厚子『北斎を愛したメキシコ詩人——ホセ・フアン・タブラーダの日本趣味——』ＰＭＣ出版、一九九〇年、二〇九頁）。しかし、「総括詩」「綜合詩」「合成詩」、いずれも完全に原語の意味を伝え切れているわけではない。

では、サンチェス＝バルブードが用いたのと同様の意味で sintético を用いたと考えたらどうだろう。タブラーダは『ある日……』に"poemas sintéticos"と副題をつけたとき、ある情景や感情にかかわる、複雑な内容を短いことばで言い換えた詩、つまり「凝縮された」詩ではなく、さまざまな情景が短いことばで表現された詩ということをそれによって表そうとしていたのではないか。『ある日……』では、ほとんどの作品においてある一つの光景が表現されているため、目の前のある光景を「凝縮」して詩にしたように見えるが、実は、詩で詠う対象を幾度も、あるいは何日にも渡って観察し、その対象のいくつかの特徴を取り出して詩にしたのではないか。サンチェス＝バルブードが『プラテロと私』に関し、この作品における「写実主義」realismo は絶対的なものではなく相対的なものである、そこで描かれる光景は、「飾られ、手を加えられ、思い起こされたもの」であり、「経験され、思い出された、他の多くの類似した場面の〝síntesis〟」である、つまり、詩に描かれた「ある光景」はある一回の経験が表現されたものではなく、何回もの経験が綜合されたもの、あるいは要約されたものである、言い換えれば、複数の光景を合成したものであると述べたとき、その内容は、ほとんどそのままタブラーダの『ある日……』にも当てはまるのである。

実際にタブラーダの詩でこの点を検証して見てみよう。

「虫」

小さな虫よ、君は道を行く
畳んだ羽を背負って、
まるで巡礼者の振り分け荷物のような……

El insecto

Breve insecto, vas de camino
plegadas las alas a cuestas,
como alforja de peregrino...

一見、目の前にいる一匹の虫を見て書かれた詩のようである。しかし、この詩を書いたとき、タブラーダの目の前の虫は、じっとうずくまっているかもしれない。あるいは、何かを食べているかもしれない。タブラーダはおそらくそれまでにも、何度も虫を観察してきた。それらの経験の中から、「虫」とはどういうものかということを伝える特徴と、動作をいくつか取り出して三行の詩にまとめたと考えることができる。

このように、ある対象の特徴をいくつか取り出し綜合した詩、あるいは合成した詩が〝poemas sintéticos〟なのである。

以上のように考えると、タブラーダの『花瓶』（一九二二）の副題〝disociaciones líricos〟の説明もつくのではないだろうか。この副題は、「抒情的切り取り」あるいは、「抒情的分離」と訳せるだろう。〝poemas sintéticos〟の síntesis が複数の経験の綜合だとすれば、〝disociaciones líricos〟は、「綜合」を構成する一つ一つの経験をさしている。先の「虫」の詩について言えば、虫の連続した行為の中から、詩にとりいれるための光景をまず選びとり、それらを綜合してひとつの詩にする。選びとる行為が“disociaciones líricos”であり、それを綜合したものが“poemas sintéticos”なのである。これらの二つの副題は、タブラーダの詩をつくるプロセスを異なった角度から表現したものと見ることができる。ただ、『ある日……』の副題を過不足なく訳すことのできる日本語は今のところ見当たらない。

(110) Blasco, *op. cit.*, p. 177, pp. 238-239.

(111) *Ibid.*, p. 177.

(112) Juan Ramón Jiménez, *Platero y yo*, Madrid: Aguilar, 1978, p. 201.

(113) *Ibid.*, p. 166.

(114) *Ibid.*, p. 155.

(115) Blasco, *op. cit.*, p. 198.

(116) *Ibid.*, p. 200.

(117) *Ibid.*, pp. 200-202.

(118) *Ibid.*, p. 206. セノビアが英語からスペイン語に訳し、それにヒメネスが手を加え最終的な訳にした。なおこの翻訳書は、一九一五年に出版された（Alegre Heitzmann, *op. cit.*, p. 499.）。

(119) ビリェナ（Villena, *op. cit.*, pp. 167-168.）やアウリョン（Aullón, *op. cit.*, p. 80.）は、ヒメネスがイマジズムの詩を通して俳句的な詩を書くことになった、と指摘しているが、ここまで見てきたように、ヒメネスが俳句に影響を受けた詩を書くようになったのはイマジズムを知る以前のことである。

(120) 「裸の詩」は、ヒメネス自身による命名（Sánchez-Barbudo（1970）, *op. cit.*, p. 10.）。

(121) *Ibid.*, p. 9.

(122) *Ibid.*, p. 9.

(123) *Ibid.*, p. 10.

(124) Sanchez-Barbudo（1970）, *op. cit.*, p. 19.

(125) *Ibid.*, p. 19.

(126) *Ibid.*, p. 11.

(127) Villena, *op. cit.*, p. 169.

(128) ヒメネスは俳句の模倣をしたわけではない。したがって日本の俳句との共通点を見出すことにこだわりすぎることは適当とは言えまい。アウリョンはこの詩を引き合いに出し、ヒメネスは一行の空白を切れ字として使っていると考えている(Aullón, *op. cit.*, p. 82.)。このような指摘は、細部にこだわりすぎており、的を射ているとは言いがたい。ヒメネスはむしろ、少ないことばで、多くのことを、奥深い内面を表現するという俳句のより本質的な性質に惹かれていたのだと考えるべきではないだろうか。

(129) Diez-Canedo (1920), *op. cit.*, p. 11.

(130) Aullón, *op. cit.*, pp. 80-89.

(131) 荒井正道「石と雲」『マチャード　寂寞／ヒメネス　石と空／ロルカ　ジプシー歌集』世界名詩集二六、平凡社、一九六九年、二四六頁。

(132) 以下、「ロルカ」と表記する。フェデリコ・ガルシア・ロルカの第一姓は「ガルシア」であるので、姓一つだけで称する場合には、本来は「ガルシア」とすべきである。しかし、一般に「ロルカ」としてよく知られているので、本書も慣用に従いこちらを採ることにする。

(133) 以下ロルカの伝記に関しては以下の文献を主に参考にした。Arturo del Hoyo, "Cronología", *Federico García Lorca, Obras Completas II.*, Madrid: Aguilar, 1980. 会田由「ロルカ小伝」『マチャード　寂寞／ヒメネス　石と空／ロルカ　ジプシー歌集』(前掲註131書)。イアン・ギブソン／本田誠二、内田吉彦訳『ロルカ』中央公論社、一九九七年。Emilia De Zuleta, *Cinco poetas españoles (Salinas, Guillén, Alberti, Cernuda)*, Madrid: Gredos, 1971. Vicente Gaos, *Antología del grupo poético de 1927*, Madrid: Cátedra, 1984. Ian Gibson, *Granada en 1936 y el asesinato de Federico García Lorca*, Barcelona: Editorial Crítica, 1986. Ian Gibson, *Federico García Lorca. A Life*, New York: Pantheon Books, 1989.

(134) 一九二三年一月ロルカはグラナダ大学法学科のディプロマを取得する。Andrew Anderson y Christopher Maurer, (Edición, prólogo y notas.) *Epistolario Completo*〔de Federico García Lorca〕, Madrid: Ediciones Cátedra, 1997, p. 161.

(135) ロルカが、一九一八年にグラナダにおいて「片隅」グループと交流するナカヤマ・コイチという日本人の留学生から俳句や短歌をすでに教えてもらっていたと大島正は言っている（大島正「ガルシア・ロルカの詩・文における日本の投影」『人文学』六三号、同志社大学人文学会、一九六二年）。しかし、それは正しくない。なぜなら清水憲男がその後詳細に調べたところによると、ナカヤマ・コイチとは、外務省から派遣された留学生の中山幸一であり、スペインに住んだのは一九二二年九月から一九二五年一〇月までだったからである（清水憲男「ロルカと交流した日本人・中山幸一」『上智大学外国語学部紀要（四三）』二〇〇九年三月一〇日）。清水によると、ロルカが中山のスペイン滞在中彼と親しく付き合い、彼から毛筆で書いた自作の短歌を贈られて持っていた（同書）というので、ロルカが日本の短詩と極めて近い関係にあり、それから刺戟を受け続けていたということは言えるだろう。

(136) たとえば大島正の前掲註(135)論文。なお大島は、この詩の構成について独特の見方をしている。この詩では三行と二行の連が交互に連なっている。三行の連は、それぞれの行が六音節からなり、二行の連の一行目は六音節か七音節で、二行目は一〇音節である。にもかかわらず大島は、この詩を三行の連と二行の連の連続から成り立った詩だとは考えない。「三行と二行、つまり五行をもって一連とする五行の詩」だとみなし、連での音節数が三四音節から三六音節であるため、「日本の和歌の三十一文字を連想させる」という。さらに、献辞にある「日本の対称的不規則性において」は、「和歌が五・七・五・七・七であること、つまり左右相称でないことから、それに似た音節による作詩だということを示唆している」というのである。しかし、「騎乗の歌」の詩行の音節は基本的に、六・六・六／六・一〇の繰り返しである。したがって大島の指摘は根拠に乏しいといわざるを得ない。「騎乗の歌」では、〈六音節×四行〉〈一〇音節の行〉〈六音節×四行〉という三連の並びになっている。そしてロルカは、まさにこれを「対称的不規則性」と呼んだのではないだろうか。一方、「日本の」という修飾語は、三行、二行の連続で連ねられていく連歌、連句との関連性を念頭において使われた可能性があるのではなかろうか。

またアウリョンは、その著書の中で、ピサロへの献辞に言及した上で、「騎乗の歌」の中から、二行の連をすべて省いて、三行の連だけを取り上げるという恣意的な引用をした上で、この詩が俳句と関係があると示唆している（Aullón, *op. cit.*, p. 106.）。ビリェナも、「騎乗の歌」と、その詩の収められている『歌集』の多くの作品の中に俳句の痕跡があることを指摘している（Villena, *op. cit.*, p. 171.）。ビリェナが新たな根拠として挙げているのは、単語の組み合わせと、イメージの作り方に新しさがあること、「日本」や「日本の」という単語が使用されていることである。

(137) ピサロが日本に住んだ期間については、二通りの説がある。一九二二年から八年間という説（ギブソン前掲註133書（一九九七）、七五頁）と、一一年間という説（大島前掲註135書、七頁）である。

(138) ロルカには「ミゲル・ピサロ」と題する詩がある。「ミゲル・ピサロ！／的のない矢」で始まるその作品には、「日本は愛想の悪い船乗りの船」という一節がある。ピサロが日本へ行った事実とピサロとロルカが親しかったことが表れている詩として取り上げられることが多い。

(139) 一九二二年のメルチョル・フェルナンデス・アルマグロ宛てのロルカからの書簡にそのことが書かれている。García Lorca, Federico, *Epistolario Completo*, Madrid: Cátedra, 1997, p. 159.

(140) ピサロは、「長期休暇を利用してしばしばスペインに里帰りをした」。ギブソン前掲註133書（一九九七）、七五頁。

(141) Ian Gibson, *Federico García Lorca, vol. 1: De Fuente Vaqueros a Nueva York* (*1898-1929*), Barcelona, Grijalbo, 1985, p. 141.

(142) García Lorca (1997), *op. cit.*, p. 304.

(143) *Ibid.*, p. 310.

(144) Anderson y Maurer, *op. cit.*, p. 310.

(145) García Lorca (1997), *op. cit.*, p. 310.

(146) 『組曲』*Suites* はロルカの死から四七年後の一九八三年に出版された。

(147) Federico García Lorca, *Obras Completas I*, Madrid: Aguilar, 1980a, p. 24.

(148) *Ibid.*, p. 164.

(149) *Federico García Lorca: Poeta en Tokio*, Tokio: Instituto Cervantes, 2008.

(150) Díez-Canedo (1920), *op. cit.*, p. 11.

(151) "ti" "corazón" "flor" のように最後の音節に強勢のある語 vocablo agudo が文末に来た場合は、一音節増しにし、その強い音節を二音節と数える。"guárdame" のように最後から三番目に強勢のある語 vocablo esdrújulo では、最後から二番目と三番目の音節を一音節と数える。"devuélvamelo" のように最後から四番目に強勢のある語 vocablo sobreesdrújulo が詩行の末にくることはほとんどない（高橋正武前掲註3書、三八頁、四一一頁参照）。

(152) García Lorca (1980a), *op.cit.*, p. 1018.

(153) García Lorca (1997), *op. cit.*, p. 329. フランシスコ・ガルシア・ロルカへ宛てられた、一九二六年一月下旬から二月初旬にかけて書かれたロルカの書簡。

(154) Federico García Lorca, *Suites*, Barcelona: Ariel, 1983a.

(155) *Ibid.*, p. 32.

(156) ヒメネスはこの作品を自分が編集長を務める『インディセ』誌 *Indice*（1921-1922）に掲載した（Del Hoyo（1980), *op. cit.*, p. 1450.)。

(157) García Lorca (1983a), *op. cit.*, p. 45.

(158) 「学生寮」で一九二一年四月一五日に書かれたこの作品はヒメネスの『インディセ』誌に掲載された（*Indice*, Madrid (I), 3 (1921-1922), pp. 56-57.)。俳句によるスペイン詩の変貌を概観する上でこの事実は興味深い。

(159) この詩は一九三六年に出版された『初期の歌』*Primeras canciones* にも収められている。しかし、『組曲』に収められるべきものだという次の文献の意見に従った。André Belamich, "'Suites' Sacadas de las Primeras Canciones", *Suites*, Barcelona: Editorial Ariel, 1983a.

(160) ロルカは「アンダルシアの素朴な歌「カンテ・ホンド」」と題された講演で自分の詩をそのように呼んでいる。そこで彼は「夢遊病者のロマンセ」を例にとりつつ、詩とはさまざまな解釈ができるものであり、その解釈は変化し続けると述べる。詩の意味は書いた本人でも説明することはできないものであるが「それはそれでいい」と言う。なぜならば「人間は詩によって、哲学者や数学者が無言のうちに背を向けあう刃先にすばやく近づくことができる」からである（Federico García Lorca, "El cante jondo: Primitivo canto andaluz", *Prosa*, Madrid: Alianza Editorial, 1978, p. 59.)。

(161) García Lorca, *op. cit.*, p. 135.

(162) García Lorca (1983a), *op. cit.*, p. 64.

(163) García Lorca (1997), *op. cit.*, p. 121.

(164) *Ibid.*, p. 122.

(165) *Ibid.*, p. 121.

(166) García Lorca (1980a), *op. cit.*, pp. 1115-1116.

(167) モーリス・ベッスが、一九二一年に発表した『軍用煙草』*Scaferlati pour troupes* には、「戦争小組曲」Petite Suite guerrière という題の一八句の「俳諧」が収められている（W・L・シュワルツ／北原道彦訳『近代フランス文学にあらわれた日本と中国』東京大学出版会、一九七一年、三三六頁）。さらに、一九二〇年一二月、J・R・ブロックが「ある種の日本の詩歌を題材とする二つの小組曲」Deux petites suites, sur le mode de certains poèmes japonais を『レ・ゼクリ・ヌーヴォー』誌 *Les Ecrits Nouveaux* 上で発表した（Yong-Tae Min, "Lorca, poeta oriental", *Cuadernos Hispanoamericanos*, 358, 1980, p. 137.）。このように、「フランスのハイカイのサークルでは、ハイカイを「組曲」と呼ぶことは珍しいことではなかった」（*Ibid.*, p. 137.）という状況が生まれていた。

(168) 井尻香代子はガルシア・ロルカの『組曲』と俳句との関係はこれまでに指摘されたことがないと述べている（井尻香代子「フェデリコ・ガルシア・ロルカと俳句――『組曲』をめぐって――」『京都産業大学論集』人文科学系列、第三八号、二〇〇八年三月、一〇二頁）。しかし、井尻の論文の二八年前にヨン＝テ・ミンが『組曲』における俳句の影響について詳しく検討している（Min, *op. cit.*, pp. 129-144.）。

(169) García Lorca, (1980a), *op. cit.*, p. 346.

(170) Aullón, *op. cit.*, p. 105.

(171) ロルカの同性愛については次の文献に詳述されている。ギブソン前掲註(133)書（一九九七）。例えば、一〇六頁および一七五頁。

(172) Barbara Dianne Cantella Konz, *From Modernism to Vanguard: The Aesthetics of Haiku in Hispanic Poetry*, Austin: The University of Texas, 1975, p. 277. Ph. D. dissertation.

(173) Min, *op. cit.*, p. 136.

(174) 大島によると、『カンテ・ホンドの歌』に、芭蕉の「海暮れて鴨の声ほのかに白し」に影響を受けたと考えられる詩句がある（大島前掲註135書、八～九頁）。

(175) 小海永二『ロルカ『ジプシー歌集』注釈』行路社、一九九八年、九一頁。

(176) Cantella Konz, *op. cit.*, p. 272.

(177) Cantella Konz, *op. cit.*, pp. 271-274.

(178) 前掲註(169)および(170)参照。

(179) 清水憲男がこれらの資料に触れている。しかし、その存在を紹介しただけで、内容に深く踏み込んだものではない。清水憲男前掲註(135)論文。

(180) 一九〇二年生まれの、ロルカの弟フランシスコ Francisco だと思われる。

(181) Federico García Lorca, *Obras Completas II*, Madrid: Aguilar, 1980b, p. 1405.

(182) カンテ・ホンドとは、アンダルシアの民謡の一種。ロルカはその一番純粋で完全な形が「ジプシーのシギリア」siguiriya gitana だと講演で述べている（García Lorca (1980b), *op. cit.*, p. 1004.）。

(183) *Ibid.*, p. 1013.

(184) *Ibid.*, p. 1013.

(185) 二〇〇〇年九月、正岡子規国際俳句賞受賞記念におけるイヴ・ボヌフォワの講演。イヴ・ボヌフォワ／川本皓嗣訳「俳句と短詩型とフランスの詩人たち」（『新潮』第九七巻一二号、二〇〇〇年一二月、一九八～一九九頁）および、正岡子規国際俳句大賞受賞記念講演、愛媛県文化振興財団ホームページ、最終閲覧二〇一五年六月一三日。

(186) *Ibid.*, p. 1017.

(187) *Ibid.*, p. 1014.

(188) ロルカは強烈な表現の無い状態を「ほどほどの調子」medio tono と呼んでいる（*Ibid.*, p. 1014.）。

(189) Federico García Lorca, *Libro de Poemas* (*1921*), Barcelona: Ariel, 1982, p. 78.

(190) Belamich (1983a), *op. cit.*, p. 9.

(191) Adolfo Salazar, "Preposiciones sobre el Hai＝kai", *La Pluma*, 6, noviembre, 1920.

(192) *Ibid.*, p. 269.

(193) Anderson y Maurer, *op. cit.*, p. 121.

(194) ロルカは一九三三年にブエノス・アイレスとハバナで行った「ドゥエンデの理論とからくり」Teoría y juego del duende と題する講演で、一九一八年から一九二八年まで「学生寮」にいたと述べている（Federico García Lorca, "Teoría y juego

del duende", *Prosa*, Madrid: Alianza Editorial, 1978.)。しかし、ギブソンによるロルカについての詳細な伝記や、デル・オジョによるロルカ全集に収められている年譜にここではしたがった。

(195) 一九二〇年六月モレノ・ビリャがクーシューの『アジアの賢人と詩人』*Sages et Poètes d'Asie* を『ラ・プルマ』誌でとりあげていることを考慮すると、この手引書とはこの『アジアの賢人と詩人』をさすものと推測される。

(196) Min, *op. cit.*, p. 133.

(197) ミンも、ロルカが「学生寮」で俳句に触れ、その「良さを満喫した」と主張している。Min, *op. cit.*, p. 133.

第三章　俳句伝播の拠点「学生寮」

一　知の最前線としての学生寮

一九一〇年から一九三六年にかけて、マドリードに「学生寮」Residencia de Estudiantes というまことに飾り気のない名前の施設があった。[1] この学生寮は、俳句のスペインへの導入期において、その伝播に貢献するための舞台となった。ところがこの重要な施設については、ロルカや映画監督のルイス・ブニュエル、画家のサルバドール・ダリらが住んでいたということを除いては、日本ではあまり取り上げられていない。

図11　学生寮外観

学生寮は、スペインの大学生の生活の質を高めるために、マドリードの小さなホテルを拠点として出発した機関で、その後、「ポプラの丘」に四棟の寮を持つに至る。出版部を一九一三年に設立し、一九二三年には「スペイン・イギリス委員会」el Comité Hispano-Inglés, さらに一九二四年には「講座・講演会運営協会」la Sociedad de Cursos y Conferencias が設置され、スペイン内外の知識人が集まる場となった。

学生寮の創立時から最後まで「寮長」を務めたのは、アルベルト・ヒメネス・フラウドである。彼は後述する自由教育学院の設立者、フランシスコ・ヒネール・

デ・ロス・リオスに請われてその任に就いた。彼は学生寮の創立に先立って、一九〇七年から一九〇九年まで毎年イギリスを訪問し、ケンブリッジ大学などの仕組みを学ぼうとした。この経験が学生寮に生かされることになる。一九一〇年の創立時、寮生は一五人であった。その中に詩人のヒメネスと、ホルヘ・ギリェンがいた。

学生寮は、「ヨーロッパの新しい文化の流れのいわば観測所」(2)となった。すでに高名な詩人もいれば、将来有望な詩人も住んでいた。講座や講演などの活動を行っていたので、スペイン内外からあらゆる分野の著名な知識人が学生寮に滞在した。例えば、経済学者のケインズ、政治家のスフォルツァ、物理学者のマリー・キューリー、アインシュタイン、ド・ブロイ、作家のジェイムズ・ジョイス、チェスタトン、ウェルズ、哲学者のベルクソン、カイザーリンク、詩人のアラゴン、クローデル、ヴァレリー、建築家のル・コルビュジエ、グロピウス、音楽家のラヴェル、ストランヴィンスキーなどである。スペイン人の高名な知識人も学生寮で行われる講演会やコンサートに足繁く通った。その中には哲学者のミゲル・デ・ウナムノ、ホセ・オルテガ・イ・ガセット、ガルシア・モレンテ、作家のエミリア・パルド・バサン、ラミロ・デ・マエストゥ、音楽家のマヌエル・デ・ファリャといった錚々たる顔ぶれが含まれていた(3)。彼らもまた、寮生と自由に語り合い、知的刺戟を与えたのである。

このような環境の中で寮生たちは、さまざまな分野の秀でた人々から多くを学んだに違いない。文学も主要なテーマの一つだった。彼らは自由に文学について語り、さまざまな作品を読み、情報を交換した。そこには当然、当時ヨーロッパで注目されていた俳句に関する知識も含まれていた。

二　学生寮の母体――「自由教育学院」――

こうした学生寮現象は単なる流行でもなければ、偶然の産物でもなかった。学生寮の母体である自由教育学院のネットワークが設立に大きな役割を果たしていた。まず自由教育学院がどのようなものであったのかを見てみよう。

スペインでは、一八七四年から王政復古の時代が始まると、それまで進められていた自由主義的教育改革が停滞する。つまり、教育が一部の特権階級のためだけのものではなく一般国民のものになりつつあった流れが途絶えてしまうのである。一八七五年には、一八六九年の憲法が保証していた教育の自由が勅令によって無効となった。大学を始めとする教育機関では、テキスト選択や授業計画に当局の認可が必要となり、キリスト教の教義や君主制に反する教育は禁止された。これに反対した教師は職を奪われた。その一人がマドリード大学で法哲学と国際法の講義を受けもっていたフランシスコ・ヒネール・デ・ロス・リオスであった。彼は捕らえられ、カディスの要塞に投獄された。釈放された後、ヒネールは自分たちの理想とする教育改革を進めるために、他の大学や教育機関を罷免されたり辞職したりした教師らと共に、一八七六年、人間形成を第一の目的とする、私立の自由教育学院を創立した。

図12　学生寮と寮生たち

ヒネールはしだいにスペインの教育界全体に影響力を持ち始め、彼の考えが反映された「科学的教育・研究推進委員会」Junta para Ampliación de Estudios e Investigaciones Científicas が一九〇七年に設立される。これは独立した学術協会で、ノーベル医学賞を受けたサンティアゴ・ラモン・イ・カハールが初代会長を務めた。一九一〇年、この委員会が大学生の生活を向上させるための学生寮を設立したのである。[4]

ヒネールの教育はドイツのクラウゼの教育哲学が基礎になっている。[5] 学生寮では、自然や、あらゆる知識とじかに接することが求められていた。だから学生たちは、絵画を学ぶためにプラド美術館へ行き、自然や歴史を学ぶために郊外へと足を伸ばした。さらに、コンサートや講演会、運動会などが盛んに行われた。つまり専門の分野だけではなく、自然科学と人文科学の垣根を越えて、さまざまな領域の学問を学ぶ機会が与えられたのである。

その他に大いに重視されたのは、寮生同士はもちろん、寮外部の人間との対話であった。ヒネールの思想とクラウゼ哲学に惹かれて学生寮と関係を持つ知識人が大勢いたことも、寮生が普段の生活の中でじかに知的刺戟を受ける助けとなった。

寮生の相手になった外部の人々には、次の三つのタイプがあった。まず第一に、学生ではないが、寮生に良い影響を与えるだろうという理由で常に寮に住むことを許された「特別寮生」。次に、自由に出入りしていた寮生の友人や寮の関係者たち。最後に、自由に滞在することのできた外部の文化人、学者などである。この側面こそ学生寮が、俳句導入期及び浸透期に重要な役割を果たすことになった直接の要因だと考えられる。この自由闊達な環境のもと、外部から持ち込まれた俳句の知識が寮内で広がり、育まれ、また寮外へと運ばれていった可能性が高い。

学生寮の下にはもう一つ、「学生寮・幼年部」Pequeña Residencia というものがあった。一九一五年に実験的に設けられたものである。そこでは大学生の年齢に達しない子供たちが、学生寮に住むだけではなく、学生寮内の学校で勉強した。この幼年部も無視できない役割を担ったことは、後に見る通りである。

三　俳句と学生寮周辺の人々

次に、学生寮の寮生やその関係者、および自由教育学院関係者で、俳句の伝播、普及にとくに深く関わった人々を取り上げてみよう。その中には、俳句の知識を伝える側の人物もあれば、俳句から創作の手掛かりを得た人物もある。また、多くの人々の仲立ちをつとめた人物もあった。ここでは、各人の役回りを検証するだけでなく、お互いの関係性や学生寮周辺のネットワークを明らかにしたいと思う。まずは前章で個別に俳句との関連性を論じた三人の大詩人たちである。

1 「特別寮生」フアン・ラモン・ヒメネス

ヒメネスは特別寮生として一九一〇年から一九一六年まで寮に住んでいたのだが、彼と学生寮との関わりを、俳句との接点という観点から取り上げている研究はほとんどない。

特別寮生というのは大学生ではないが、寮生に良い影響を与えることを期待され、住むことを許可されていた、テューターのような存在であった。「彼らはポプラの丘 Colina de los Chopos を、自分の家のように感じて、学生たちと常に接触しつつ長い年月を過ごした(6)」。その中でもっとも重要なのは、ヒメネスと後で取り上げるホセ・モレノ・ビリャである。ヒメネスは、学生寮で最初の「年配の寮生」であり、彼はセノビアと結婚するまで、マドリードにいるときは常に学生寮に住んだ。

彼は学生寮が小規模であった頃から住んでいて、寮長のアルベルト・ヒメネスに大切にされていた。学生寮のためには協力を惜しまず、「風の丘」Cerro del Viento と呼ばれる小高い土地に新学生寮を建設するときには、庭に木を植えたり、工事の監督をしたりもした。さらに、学生寮から出版物が出るようになると、「ヒメネスは「細心の注意を払って」、印刷物が簡素でありながら、良いものになるように心を配った(7)」。「ポプラの丘」という学生寮のニックネームもヒメネスがつけたものである。

期待されていた通り、ヒメネスは詩人として、また人間として寮生の良い手本となった。寮長のアルベルト・ヒメネスが次のように述べている。「フアン・ラモン・ヒメネスは彼の名前と存在の放つ威光が、どれぐらい深く良い影響を学生寮での体験に及ぼしたのか、彼自身は想像だにしていなかった(8)」。ヒメネスが学生寮において、カタルーニャの文人ドルスや、マチャードなどと俳句について語り、それをロルカから後輩詩人たちに伝えたに違いない。

2　ロルカと「アナグリフォ」遊び

ロルカは、一九一九年から一九二八年まで学生寮に在籍した。彼はそこで俳句と濃密に接触し、初期の『詩集』『歌集』『組曲』および『カンテ・ホンドの歌』の一部にそれが反映されている。

また学生寮では、寮生たちがアナグリフォ anaglifo と呼ばれる短詩を作って遊んでいたことも知られている。アナグリフォは[9]、ロルカが、ルイス・ブニュエル、ダリ、あるいは詩人ラファエル・アルベルティら学生寮の仲間たちと、盛んに作って楽しんだ「前衛主義的な気のきいた遊び[10]」である。後述のように、この詩が俳句的だという研究者もいる。

図13　学生寮内

寮生の一人であったペピン・ベリョ[11]は、アナグリフォを発明したのは、自分だったように思うと言っている。映画や写真を立体的に見るため、右と左のレンズがそれぞれ赤色と緑色になっているめがねをアナグリフォと言い、彼はそこから遊びの名前を取ったという[12]。

実際のアナグリフォを見てみよう。アナグリフォはほとんどの場合、名詞のみからなる短い文で、奇抜な思いつきを表現する。形式的には四行詩の形式である。一行目と二行目が同じことばで、三行目には必ず、「雌鶏」la gallina という単語を置かねばならない。

まず、仲間のあいだで比較的評判のよかった例を挙げる。

El búho, フクロウ、
el búho, フクロウ、
la gallina 雌鳥
y el Pancreátor.(13) そして万物創造主。

El té, お茶、
el té, お茶、
la gallina 雌鳥
y el Teotocópuli. そして テオトコプリ。

学生寮は禁酒で、皆、よく紅茶を飲んだ。Teotocópuli は画家エル・グレコの本名である。el té と el Te- の音の類似を面白がったのかもしれない。聞いている者は、また el té が出てくるのか、なんと下手なアナグリフォだ、と早合点しかねない。ところがそのあとに -otocópuli と続いて、それがエル・グレコの本名であることがわかる。一種の「ひっかけ」である。そこに皆が面白さを感じて、この作品を称賛したのだろう。また寮生らがしばしばエル・グレコが住んでいた古都トレドへ「遠征」し、酔いつぶれたこともこの作品の人気の理由の一つかもしれない。

次のアナグリフォは、アナグリフォを作る会(14)のメンバーから出来が悪いという評価を受けた作品(15)である。

El pin, ピン、

el pan,
el pun,
la gallina
y el comandante.

パン、
プン
雌鳥
そして司令官。

このアナグリフォがメンバーから評価されなかった理由は、一つの単語が二回繰り返されるべきところに、ピン、パン、プンと三つの単語があることと、これらの単語が、拳銃の弾を撃ったときのスペイン語の擬音語であり、最後の行の「司令官」と意味の上でつながるということだった。つまり、「雌鶏」で詩が切れずに最初の単語の持つコノテーションと最後の単語の意味が近すぎたことによって評価が下がったのである。

もう一つ評価の低かった例がある。

La cuesta,
la cuesta,
la gallina
y　la persona.[16]

坂道、
坂道、
雌鳥
そして人間。

坂道とは、雌鳥も人間もたやすく登ることができるものであるから評価されず、前のアナグリフォよりも劣るという評価であったという。ここでもやはり「雌鶏」が切れ字のような役目を果たしておらず、「雌鳥」も含めた三つの単語が意味的に一繋がりになっていることがアナグリフォとして成功しなかった理由だと考えられる。

特別寮生だったモレノ・ビリャによると、アナグリフォは一日中、学生寮のあらゆる所で行われ、たくさんの作品が作られたが、皆が気に入るものは余りなかった。

一見、他愛の無い遊びのようなアナグリフォが、ロルカはじめ多くの文化人の卵たち、後に碩学で堅物と目されるアメリコ・カストロまでをも巻き込む「疫病」[17]となったのはなぜだろう。それは、そこにネイティブにしかわからぬ類似する音の組み合わせの妙があったから、そして何よりも、寮生や寮周辺の人々が、自分たちの共有する体験を前提とした事物の突飛な取り合わせを喜ぶ傾向があったからではないだろうか。アナグリフォでは、pin pan pun のような擬音語や、Teotocópuli のような人名にいたるまで、原則としてすべての名詞に定冠詞がついている。それも、名詞が指しているものが参加者全員の頭の中で明らかになっている証拠であろう。

ところが、やがてロルカはアナグリフォの規則を破って四行目を長い文にした作品を作り始めた[18]。

La tonta,
la tonta,
la gallina
y debajo hay algo.

阿呆女、
阿呆女、
雌鳥
そしてその下に何かあり。

このアナグリフォも、これだけをいくら読み返しても意味がわかるものではない。おそらく、その頃、寮生たちのあいだである「阿呆女」を話題にして大笑いしたことがあったのだろう。その下に何があるかも彼らにしかわからない。言わば「楽屋落ち」の戯れ歌なのである。

次のロルカのアナグリフォはアルベルティが「バロック風アナグリフォ」[19]と呼んだものである。従来のアナグリフォに比べて、ごてごてと色々な要素が付け加えられているという意味なのだろう。

Guillermo de Torre,
Guillermo de Torre,
la gallina
y por ahí debe andar algún enjambre.

ギリェルモ・デ・トーレ、
ギリェルモ・デ・トーレ、
雌鳥
そしてその辺に蜂の群れがいるかもしれない。

これにしても、庭で蜂の巣がみつかったのか、誰かが蜂の群れに追いかけられたのか、具体的な共通の体験が念頭にあって作られたもので、部外者には理解できないものである。では、なぜロルカが長いものを作り始めたか。それは彼が、一つの形式に満足してそこにとどまり続けるタイプの詩人ではなかったということだろう。常に変化を求めていた。その姿勢がアナグリフォを作るときにも現れ始めたということができる。この作品を境にアナグリフォの流行にかげりが見え始め、しだいに忘れられていったという。単語の意味の衝突や、単純な音の類似性を楽しむというアナグリフォの特質からいって、それは当然の結果であったと言える。また、アナグリフォが学生寮内で完結し、広く一般に広がることはなかったのは、その楽屋落ち的性格を考えれば不思議なことではなかった。

図14　左からペピン・ベリョ、ロルカ、ダリ

日本とスペインの俳句の研究者であるアウリョンは、アナグリフォを取るに足りない前衛的な遊びだとみなしながらも、俳句とアナグリ

フォの共通点を二点指摘している。[20] まず一点目は、俳句とアナグリフォのどちらにも二つの要素が含まれ、それらの要素が詩の中で衝突していること。二点目は、どちらの形式も驚きに重きを置いているということである。彼はこのように類似性を認めながらも、俳句にはその句の内部に一貫性があるが、アナグリフォは、ただ勝手気儘にことばを並べているだけなので一貫性などない、あるのは驚きのみだと述べている。

アウリョンの見解はともかく、アナグリフォと俳句との関係は、あまり明確ではない。もっとも、モレノ・ビリャは、アナグリフォをシュルレアリスムの自動筆記（無意識下の世界を反映するための筆記方法）と関連性がある、革命的な精神を持った遊びだとも言っている。[21] アナグリフォの発明者を自認するペピン・ベリョもこれをシュルレアリスム的なものだと捉えている。ただし、ペピン・ベリョがこの証言をしたのは彼が一〇二歳になったときのことであり、シュルレアリスムがすでに有名な運動として歴史に名を残したあとである。このため後からシュルレアリスムと関連付けたのかもしれない。

3 マチャード一家と「自由教育学院」

マチャードの祖父アントニオ・マチャード・ヌニェスも父アントニオ・マチャード・アルバレスも共和派の自由主義者であった。一八七六年に自由教育学院を創立した人々はみな彼らの仲間であった。大学を作ろうという当初の夢は叶わず、小学校と中学校のみだったが、「もっとも進歩的で革新的な学校」であった。[22] マチャードの父も祖父も共に、子供たちにそこで教育を受けさせることを望んだ。そのため祖父マチャード・ヌニェスはマドリード中央大学の職を求め、それが実現すると、家族全員でマドリードに引っ越したほどである。父マチャード・アルバレスが、一八八〇年と一八八一年に出版した自著を自由教育学院に捧げていることからも、[23] マチャード家が自由教育学院を高く評価していることがうかがわれる。マチャードは、学院の創立者であり、自分に最先端の学問に触れる機会を与えてくれたヒネール・デ・ロス・リオスが死去したとき、その死を悼んで詩と追悼文を捧げた。

このように、マチャード自身は学生寮の寮生であったことはないが、強いつながりを保っていた。そのことについては、ロルカやダリ、あるいはブニュエルらの仲間であるペピン・ベリョらの証言がある。[24] また、アントニオ・マチャードは一九二七年、『全詩集』*Poesías Completas* を学生寮から出版している。特別寮生のモレノ・ビリャの自伝には、マチャードが学生寮の彼の部屋を訪れて、彼の詩の朗読に耳を傾けてくれたと記されている。[25] すでに見たように、マチャードは俳句に注目しており、その知識を早くから学生寮に持ち込んだと考えてほぼ間違いないだろう。

次に三大詩人以外の人々にも眼を向けてみよう。

4 「特別寮生」ホセ・モレノ・ビリャ

ホセ・モレノ・ビリャはヒメネスと同じく特別寮生であった。寮において重要な位置を占め、寮生に強い影響力を持っていた。俳句の伝播という観点からとくに重要なのは、彼が一九二〇年、『ラ・プルマ』誌にクーシューの『アジアの賢人と詩人』についての書評を書いていることである。彼は「日本の抒情的エピグラム」の章をとくに取り上げ、八句の俳句をスペイン語に訳し紹介して、すべてのスペインの詩人にこの章を読むようにと奨励してさえいる。「そのように勧めるのは、我々の詩がそれ、つまり日本の詩のようになるべきだと言うのではなく、簡素さの美しさを〔すべてのスペインの詩人に〕好きになってもらい、また、独自のスタイルを持つ国のすべてにおいて支配的な、完璧な調和に目を向けて欲しいからである[26]」。

図15　ホセ・モレノ・ビリャ

モレノ・ビリャの自伝によると、彼は「語彙集」をドルスがカタルーニャ語で書いていた頃から読んでいた。[27]したがってドルスが「語彙集」で「ハイカイ」を発表した一九〇六年以来、モレノ・ビリャが「ハイカイ」を知っていたのは当然だろう。

このように、モレノ・ビリャは俳句を学ぶことを強く勧めていたので、寮生らと詩について話すときなどにも、俳句を話題にしたに違いない。彼がディエス＝カネドと編集していた『エスパーニャ』誌では、「ハイカイ」を始め、「凝縮詩」など、俳句との関係を暗示するタイトルを持つ短詩が盛んに発表される。その雑誌は学生寮に置かれたことだろう。

5　エンリケ・ディエス＝カネド

第一章で取り上げた翻訳詩集『隣の芝生』の編訳者、エンリケ・ディエス＝カネドは、学生寮に居住していなかったが、その周辺にあって、俳句の伝播ネットワークの要として非常に重要な役割を果たした。彼はクラウゼ哲学に傾倒し、自由教育学院や学生寮の教育方針に強く共感していた。また、フアン・ラモン・ヒメネスやモレノ・ビリャ、ヘラルド・ディエゴら寮関係者とも緊密な関係を保ち、学生寮でしばしば講演もした。

まず、ディエス＝カネドの作品を見ることによって、彼の俳句への関心を確認しよう。

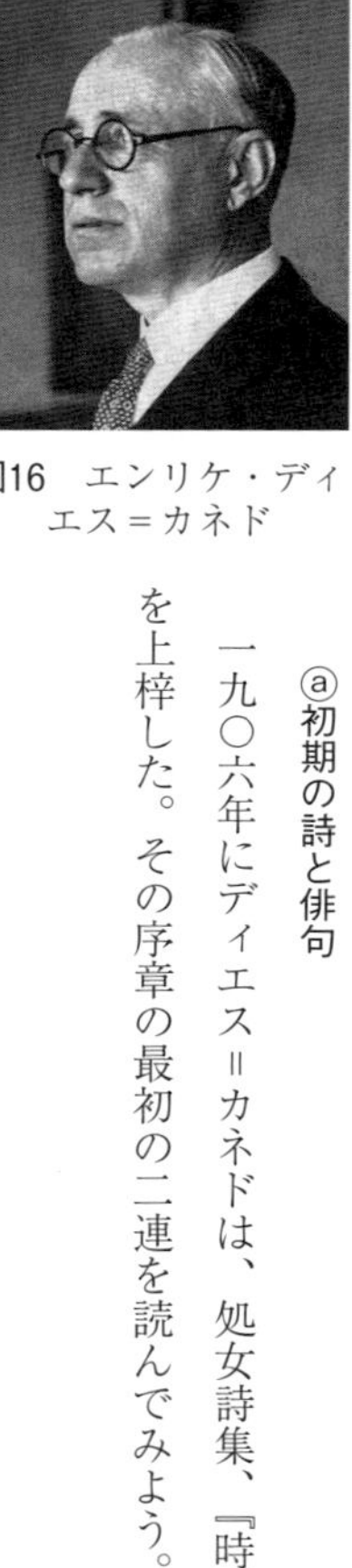
図16　エンリケ・ディエス＝カネド

ⓐ初期の詩と俳句

一九〇六年にディエス＝カネドは、処女詩集、『時間の詩』*Versos de las horas* を上梓した。その序章の最初の二連を読んでみよう。

El caballero duerme; la vida, en torno, calla.　騎士が眠る。取り囲む生命は、沈黙する。
Noche y paz. Una tregua después de una batalla.　夜と平和。戦いの後の休息。

Sobre la tierra donde reposa el caballero,　騎士が休む地面の上、
junto a su cuerpo yacen un laúd y acero.　彼の肉体の傍に、リュートと剣が横たわっている。

ディエス＝カネドはこの詩と俳句との関係について、直接には論じてない。しかし、マチャードの詩における俳句性について述べたとき、どのような詩を西洋の「ハイカイ」と呼べるかについて、自分の意見を明らかにしている。すなわち、マチャードの詩は「日本の詩の完璧で目を見張るような経済性をもってある感覚を表現し得ている」から、「西洋の「ハイカイ」」と見てよい、そしてその俳句性は、長い詩においても認めることができるし、連の一つとして「ハイカイ」を用いる例もあると述べている。(28) つまりディエス＝カネドによれば、「西洋の「ハイカイ」」は、極度に表現を切り詰めた短い詩の中で「ある感覚」が表現できていれば、必ずしも独立した一個の詩である必要はないのである。

この基準にあてはめると、右記の一九〇六年の二連は立派な「西洋の「ハイカイ」」である。それだけではない。静寂の中で兵士が「地面の上」で眠っているというイメージは、芭蕉の「夏草や兵どもの夢の跡」を想起させはしないだろうか。チェンバレンによるこの句の英訳と比べてみよう。

Haply the summer grasses are　もしかすると、この夏草は
A relic of the warriors' dream.　戦士らの夢の名残りかもしれない。

この句は、チェンバレンによって、「日本のもっとも有名な戦場の一つが歌われた芭蕉の詩行」と紹介されている。[29] そして次のような評釈が加えられている。「兵士たちの力と栄光の夢から残っているのは、彼らの墓である荒地の上で揺れる背の高い草だけ」Of the warriors' dream of power and glory, nought remains but the high grasses waving o er the moor that is their tomb.[30] 先に見たように、ディエス＝カネドは、守武の句を訳したとき、チェンバレンによる英訳と、その評釈を参考にしたと思われる。この詩の場合も、「夏草や」の句の英訳とその評釈を読んで想を得た結果ではないだろうか。兵士と休息、そして静けさが描かれた一つのイメージの詩であるという点に類似を見出すことができるかもしれない。

一連が二行であることも「ハイカイ」を思い起こさせる。一九〇六年の時点では、「ハイカイ」を三行で書く慣行は定着していなかった。[31] 実際、チェンバレンは、俳句をほとんど二行で訳している。

さらに一九一〇年、ディエス＝カネドは「蛙」Las ranas という題の詩を書いている。そこには、これまで古今東西の文学で歌われたさまざまな「蛙」が織り込まれている。例えばホメロスの作品で描かれた、アルゴス人やトロイ人の戦いの模倣をする蛙。あるいはイソップ物語に登場する、牛のように大きくなろうとする蛙や、ジュピターに自分達の王を遣わしてくれと頼む蛙などである。その詩の冒頭で、池に飛び込む蛙が詠われている。

軽やかに蛙たちが池へ
日当たりのよい縁から飛び込む。

De la ribera soleada brincan
ágilmente las ranas al estanque.

ディエス＝カネドは、この「池」に飛び込む蛙というイメージをどこから得たか明らかにしていない。しかし、芭蕉の蛙の句は、アストンの『日本文学史』、チェンバレンの「芭蕉と日本の詩的エピグラム」、そしてルヴォンの『日本文学選集』で紹介されているので、彼が芭蕉の句から詩を生み出す手がかりを得たとしても不思議はないだろう。

その後に続く詩行には、「歌う蛙[32]」が現れる。ゴメス＝カリージョは「詩の心」で『古今和歌集』の仮名序を取り上げ、「歌う蛙」を紹介した。ディエス＝カネドはそこからイメージを借用したのかもしれない。あるいは、『古今和歌集』の「仮名序」の抄訳を含むジュディット・ゴーティエの『蜻蛉集』からヒントを得たのかもしれない。先に述べたように、ディエス＝カネドはゴーティエとも友人だったし、彼が編んだ翻訳詩集に収められた和歌は、『蜻蛉集』を底本にしたと考えられるからである。いずれにせよ、この詩では、日本の詩が提出した新しい蛙のイメージが詩に盛り込まれている。

"Las ranas"

De la ribera soleada brincan
ágilmente las ranas al estanque.
Poeta, no perturbes
a las ranas del parque.
Cantan: hay un rumor de versos bárbaros
en el cantar monótono que saben.
Es pariente su ritmo
del sol que a plomo cae,

「蛙」

軽やかに蛙たちが池へ
日当たりのよい縁から飛び込む。
詩人よ、騒がすな、
公園の蛙を。
蛙は歌う。蛙が歌える単調な歌には、
野蛮な詩のざわめきがある。
似ているよ、そのリズムは
真上から注ぐ太陽、

del fango espeso, de las aguas quietas,
de los cañaverales.
Son clásicas: de argivos y troyanos
remedan los combates;
croan en Aristófanes;
quieren hacerse grandes
como el buey, en las fábulas,
o piden rey a Júpiter tonante...
¡Oh fábulas de Fedro,
largas horas de clase,
manchas de tinta, hipérbaton—palabras
desunidas que luchan pertinaces
por mantenerse lejos
de su propio lugar—rota falange
que no logran juntar los centuriones—
oh memorias!

La tarde
fulgura; junto al agua
los pasos resonantes

重い泥、静かな水、
アシの茂る沼に。
古典的な蛙だ。アルゴス人やトロイ人の
戦闘を模倣する。
蛙は鳴く、アリストパネスの作中で。
寓話では、自分を大きくみせたがる、
雄牛のように。
あるいは、雷をおこすジュピターに、王を乞い願う。
フェドロの寓話よ、
授業時間、
インクのよごれ、転置法——ばらばらの
単語は、やっきになるのだ、
自分自身の場所から距離を保つために——
歩兵隊の陣形がくずれ、
百人隊をまとめることができない——
ああ、記憶よ！

夕方が
輝く。水辺で、
響きわたる足音に

臆病な蛙は散り散りになり、
一跳びで池に飛び込む。

dispersan a los tímidos batracios
que de un brinco se arrojan al estanque.

詩人が公園へ行くと、蛙が鳴いている。この詩人とはディエス＝カネド自身だろう。蛙の声を聞きたい彼は、蛙を驚かせないようにしようと自分に言い聞かせる。蛙の声をきっかけに、これまでに文学の中に登場したさまざまな蛙を思い起こす。そして、学生時代に、「フェドロ」のラテン語訳で蛙を主人公とした寓話を読んだことに思い至る。

フェドロとは、イソップの寓話を初めてラテン語に訳したパイドロスのスペイン語読みである。語順の自由度が高いラテン語では転置法がしばしば用いられる。学生のころ、そのような自由奔放な文章の理解に苦しんだことを彼は思い出しているのだ。本来の語順を拒むかのような単語たちをまとめ上げることに四苦八苦する自分は、あたかも崩れた歩兵隊の陣形を立て直そうと空しい努力をする古代ローマの百人隊長のようだった。このような想いに耽った後、彼は再び歩き始める。すると、驚いた蛙たちが池へ跳び込んだのである。

このように詩全体を鑑賞してみると、この詩の眼目は、芭蕉の「古池や蛙飛び込む水の音」と『古今和歌集』の仮名序から得た新しい蛙のイメージと、これまでにも西洋の詩に存在した蛙のモチーフを一つの詩の中に詠い込むことであるように思われる。

さて一九二一年になると、ディエス＝カネドは、はっきり「ハイカイ」と題した詩を書いている。次の「四季のハイカイ」（アドルフォ・サラサールに捧ぐ）がそれである。[33]

Haikais de las cuatro estaciones

A Adolfo Salazar

I

En la capilla de la noche
velos de nieve
¡Primera comunión del invierno!

II

Hoy le ponen a los aleros
las golondrinas
sombreros de paja.

(Un haikai de entretiempo)
Todavía...Pero no;
mira el campo, las nubes, tu alma;
¡ya!...Pero no: todavía...

III

La tierra llega hasta el mar
y llega el mar hasta el cielo

I

夜の礼拝堂では
雪のベール
冬の初聖体拝領！

II

今日、教会の軒に
燕たちが
麦藁帽子を取り付ける。

（季節の変わり目のハイカイ）
まだ……しかしだめだ。
見よ、野原を、雲を、お前の魂を。
もういいか。しかし、だめだ。まだ……

III

大地は海に至り
海は空に至り、

y el cielo llega hasta Dios.

Ⅳ

Al escaparate todas
las riquezas del año;
liquidación por derribo.

空は神に至る。

Ⅳ

ショーウインドーには、この一年の
あらゆる富。
取り壊しのための投げ売り。

これらの詩は全体で一年の季節の移り変わりを表している。Ⅰ番の詩。夜、初雪で礼拝堂が真っ白に覆われた様子は、初めて教会で聖体拝領（キリストの体とされるパンと、血とされるぶどう酒を食する儀式）を受ける、純白の衣装をまとった少女たちのように清楚で初々しい。動詞がないこと、カトリックの国であるスペインにおいて初聖体拝領がおよそ定まったコノテーションを持つことを考え合わせると、ディエス＝カネドが自分の知識を活用して俳句的な詩を作ろうとした意図が感じられる。

次にⅡ番の詩。春になると燕が飛来し、その教会の軒下に巣をかける。麦藁帽子が逆さまになったような巣が並んでいるのが面白い。麦藁帽子が夏を連想させる。夏の休暇が待ち遠しい。「今日」のひとことが、うきうきとした気持ちを強調している。

季節の変わり目。春から夏にかけての季節か。まだ夏は来ない。野の上には入道雲がむくむくとわき上がっているのに。君の魂は先走る。しかし、まだ本格的な夏ではない。

Ⅲ番の詩。季節は秋。大地の先には海があり、その海は水平線で空と一つになる。その空は教会の上にまで広がってくる。そして自分が踏みしめる大地は教会の上の空にいる神と繋がるのである。夏が過ぎ、自分の人生もまた半ばを過ぎたと感じているのかもしれない。

Ⅳ番の詩。暮れになると町は買い物客で溢れ、大変な活気を帯びる。一年間働いて蓄えた富を人々は贈り物に費やす。ショーウインドーは華やかである。バーゲンの文字。しかし中にはその後ろに「店舗取り壊しにつき」と添え書きがあるものも。楽しく暮れが迎えられる人ばかりではないのだ。人生の悲哀をさりげなく詠み込んだところに俳句との共通性が見られる。

「ハイカイ」はこの頃すでにスペインで盛んに作られるようになっていた。それを促した中心人物の一人がディエス＝カネドであるが、これは「ハイカイ」と名づけられた数少ない詩の一つなので、彼が「ハイカイ」を実際にどのように捉えていたかを知る上で貴重な作品である。

いずれも三行詩だが、各行の音節数は八音節前後で一定せず、韻は踏まれていない。この点は今後取り上げるスペイン語詩人の「ハイカイ」と同様である。

特筆すべきは、ディエス＝カネドが季節に着目していることである。春、夏、秋、冬という並びには必ずしもなっていないが、季節の移り変わりを詠っていることに変わりはない。「季節の変わり目のハイカイ」というものまである。ディエス＝カネドが一九二〇年、『エスパーニャ』誌上で西洋の「ハイカイ」について述べたとき、季節への言及はなかった[34]。しかしこの詩で「初聖体拝領」のような語を使っているところをみると、「季語」とはっきりは意識してはいなくとも、そういう性質の要素がハイカイには必要だと考えていたのではないかと思われる。

さて、一九二八年頃から、ディエス＝カネドは、「エピグラム」と題する一連の短い紀行詩を書くようになる。これらは一九二八年に出された『アメリカのエピグラム』*Epigramas americanos*, そしてディエス＝カネドの没後、一九四五年に出版された『新しいエピグラム』*Nuevos epigramas* にまとめられた。これらの「エピグラム」

は、（一篇の「ハイカイ」と題する詩を除き）三行で書かれてはいないが、それぞれが、旅の一つの場面が詩になったものであり、警句や寸鉄詩を意味したそれまでの西洋の「エピグラム」の範疇に収まる作品ではなく、むしろまったく新しいジャンルと言っても過言ではない。それでは、彼はなぜこの作品群に「エピグラム」という題をつけたのだろうか。ディエス＝カネドにとって「ハイカイ」と「エピグラム」は同義語であった、と言う研究者がいる。(35)だがもしそうだとすれば、「エピグラム」の中に一つだけハイカイと題した作品を挿入することはなかっただろう。

それでは、ディエス＝カネドの「エピグラム」を実際に見てみよう。まず、唯一「ハイカイ」と題された詩である。

El hai-kay de Buenos Aires
La curva criolla de una voz
vuelve americana
la calle.

「ブエノスアイレスのハイカイ」
クレオールの曲がりくねった声、
通りは
突如ラテンアメリカ風になる。

ブエノスアイレスは南アメリカのパリだといわれるほど美しい。ヨーロッパ風の建物とヨーロッパ系住民——アルゼンチンへ来たのだという実感が湧いてこない。ところが、スペイン本土よりものんびりとしたイントネーションのスペイン語が聞こえてくる。声の主を見ると容姿こそスペイン生まれの人と変わらないが、現地生まれのクレオール（中南米で生まれたスペイン系の人）である。とたんに周りの風景が見知らぬラテンアメリカのものに変わったような気がしたのだ。

この作品を含めて、ディエス＝カネドのエピグラムの大部分は旅行中に書かれたものであり、題名に地名や旅先の自然が含まれている。たとえば、「夜、リオデジャネイロに入ったとき」「モンテビデオを望む」「インカの橋」「バリの踊り」「川の中の水牛」などがそうだ。ディエス＝カネドの詩とその詩の批評について研究するペレス・ソリリャによれば、ディエス＝カネドのエピグラムは、「暗示に富んだイメージに満ちた、旅行の短いスケッチである。短さと密度の高さがそれらすべての特徴である[36]」。

パスによって芭蕉の『奥の細道』が訳されるのは、ディエス＝カネドの死後である。『奥の細道』は俳句と散文で綴った旅行記であり、旅をしながら俳句を作る芭蕉というイメージは、この俳諧紀行で強くスペイン語訳の読者の記憶に刻まれたに違いない。しかし、旅をする俳人というイメージは『奥の細道』の翻訳が出る以前からあった。チェンバレンは芭蕉を「巡礼者」と定義し、アストンは「旅行者」として紹介している[37]。また、クーシューの「日本の抒情的エピグラム」においても、日本の風景を愛した俳人たちが旅をして俳句を書いていく様が次のように紹介され、旅先で作られた多くの句がそこに引かれている[38]。

俳人はそしてまた道を進む。船はめったに使わず、ほとんどつねに徒歩で行く。驟雨に打たれ、寒風に吹かれ、雪のなかも、酷暑の炎天下も、感覚を全開にしつつ、心は悦びにあふれ、精神はただ見事な句をつくることだけに集中する。その句は、やがて、山肌の岩に刻まれるか、満開の花の枝に掛けられてそよぐだろう[39]。

（金子美都子訳）

ディエス＝カネドは、このような俳人のイメージと自分の旅人としてのイメージを重ね合わせ、行く先々で詩を作ったのではないだろうか。

しかし、個々の作品自体は、ハイカイと名づけるほどには短いわけではない。だから彼は、ハイカイとは言わず、「エピグラム」と命名したのではないか。チェンバレンが俳句を「日本の詩的エピグラム」と呼んで以来、エピグラムと聞いて、警句や寸鉄詩ではなく、俳句が思い起こされる場合も多くなったに違いない。こうしてディエス＝カネドは、俳句ほど短くもなく、形式が決まっているわけではないが、簡潔な表現で旅の印象を詠う「エピグラム」という新しいジャンルを生み出したということができる。実際『アメリカのエピグラム』は、カディスから旅立つときのエピグラム「出発」に始まり、ギリシャ神話の旅人ユリシーズとイアソンを思わせる「帰還」で終わるという構造になっている。これは、芭蕉の俳諧紀行を思い起こさせる。

ディエス＝カネドは、このように段階を踏んで俳句を受容したことになる。まず、長い詩の一部に俳句を想起させる詩行を書き込み、次に「ハイカイ」を試みた。そして最後に、俳句に触発された新しいジャンル「エピグラム」を生み出したのである。彼は一九四四年に死ぬまで「エピグラム」を書き続けた。

ⓑネットワークの要

ディエス＝カネドがスペイン詩人たちのネットワークの中心になった大きな要因の一つは、その生い立ちにあった。

エンリケ・ディエス＝カネドは一八七九年一月七日、スペイン南部エストレマドゥーラ地方のバダホスで生まれた(40)。税官吏であった父親の転勤に伴い、北西部のビゴへ、続いてカタルーニャ地方のピレネー山中へ、さらにはバルセロナへと移り住んだ。この時、ディエス＝カネドはカタルーニャ語を修得し、生涯の友人となるカタルーニャの知識人たちの知己を得た。後にカタルーニャ文学の批評をしたり、それをスペイン語に翻訳し、両言語の橋渡しをしたりすることができたのは、この時の経験があったからである。

ドルスとの友情はそのめざましい一例である。一九〇五年、ディエス＝カネドは、ドルスのカタルーニャ語の小説『イジドラ・ヌネイの死』*La Mort d'Isidre Nonell* をスペイン語に訳している。ドルスが一九〇六年にハイカイを書いてスペインに紹介したことは、先に述べたとおりである。ドルスのハイカイはディエス＝カネドのネットワークを通しても広がったことだろう。

ディエス＝カネドは、二〇代の頃からパリを頻繁に訪れた。ジュディット・ゴーティエのサロンを始め、パリの知識人サークルに出入りし始めたのもこの頃からであろう。[41] 一九〇九年から一九一一年までは、エクアドール大使の秘書としてパリに住んだ。この間に、パリのオレンドルフ社から、詩集『夢の影』*Sombra del ensueño* と翻訳詩のアンソロジー『イメージ』*Imágenes* を出した。ディエス＝カネドは、自分の作品を発表するだけではなく、ヒメネスら他のスペイン詩人の作品がこの出版社から出るように骨を折った。

また、スペインの友人たちに最新の文学情報を送ることも心掛けていた。たとえば、一九一一年、彼はヒメネスから手紙[42]で『日本文学選集』について、以下のような質問を受けている。

『日本文学選集』の広告を見ました。それがよいものかどうか教えてください。さらに、そちらで出版されるものは、美術であろうが文学であろうが、〔知る〕価値のあるものは、知らせてください。

『日本文学選集』とは、手紙の日付からしてミシェル・ルヴォンがパリで出版した『日本文学選集』だと考えられる。[43] 彼はこのような依頼に答えることによって、日本文学の一角をなす俳句についての知識もスペインへ送り続けたにちがいない。

その背景には、パリ滞在以前にマドリードで築いた人脈があった。ディエス＝カネドは、マドリードで大学を卒業した後、一九〇三年に詩の賞を受けるなど、詩人としての名声を確固たるものにした。また、批評家としても徐々に知られるようになる。彼は、知識人としてアテネオ[44]などで活躍すると共に、歴史研究所や、ペンクラブ、文化関係委員会などに所属した。

また、街の「テルトゥリア」にも活発に参加し、多くの知己を得た。「そこでは、政治や文学、芸術などの現状について話され、議論された[45]」。ディエス＝カネドが通ったテルトゥリアには、『レビスタ・クリニカ』*Revista Crínica* を編集していたカルメン・デ・ブルゴス通称「コロンビーネ」が主催する文学テルトゥリアのほか、「カフェ・デ・レバンテ」Café de Levante,「カフェ・レヒーナ」Café Regina のテルトゥリアなどがある。特にレヒーナのテルトゥリアからは、何らかの形で俳句と関係のある文人が多く出た。例えば、J・J・ドメンチーナ、ファン・デ・ラ・エンシーナ、バリェ＝インクラン、ペドロ・サリナス、ヘラルド・ディエゴ、ホルヘ・ギリェンなどである。

一九〇五年頃から、ディエス＝カネドは『レナシミエント』誌 *Renacimiento,*『エル・ヌエボ・メルクリオ』誌 *El Nuevo Mercurio,*『ラ・レクトゥーラ』誌 *La Lectura* といった文芸誌にも活発に作品を掲載するようになった。中でも、『ラ・レクトゥーラ』誌が出した『クァデルノス・リテラリオス』*Cuaderonos Literarios* という増刊号の編集に携わったことは、ディエス＝カネドの俳句ネットワークの形成に大きなプラスになった。モレノ・ビリャが編集仲間であったことに加え、すでに名の知れた作家だけではなく、若い作家とも増刊号を通じて繋がりが生まれたからである。例えば、将来俳句的な詩を書くことになるヘラルド・ディエゴもその一人であった。さらに、一九〇五年に発刊される『エスパーニャ』誌では、編集局長を務めた時期もあり、スペイン内外の文学について多くの記事を書いた。『エスパーニャ』誌には、一九二〇年頃から盛んに「ハイカイ」が発表されるが、ディエス＝カネドがいたからこそ、このように俳句を広める雑誌になったのではないか。また、この雑誌ではドルスも編集者の一人であった。

第一章で見たような、パリにおけるディエス＝カネドの活躍の背景には、このようなマドリードでの、いわば「準備段階」があった。そしてパリ滞在で一回りスケールが大きくなったディエス＝カネドは一九一一年、再びマドリードに戻って来た。

ⓒふたたびマドリードで

帰国後、自由教育学院および学生寮と彼との関係は一層深まり、その肝煎りで結成された科学的教育・研究推進委員会でも、彼は中心的な役割を果たした。そして一九一三年には、学生寮の協力で科学的教育・研究推進委員会が主催した夏季コースで、「スペイン語の韻文芸術」と題する授業を行った。

ディエス＝カネドは雑誌の編集や、雑誌・新聞における発言を精力的に行っていく。一九一七年に発刊された『エル・ソル』紙や『ラ・プルマ』誌に寄稿し、俳句に関わる記事も書いた。[46] 一九二二年にヒメネスによって創刊された『インディセ』誌では秘書を務め、気難しいヒメネスの要望に応えながら編集に尽力した。また、先に取り上げた『アメリカのエピグラム』を『レビスタ・デ・オクシデンテ』誌で発表している。[47] 一九二九年から一九三〇年にかけて彼が寄稿していた『ラ・ガセタ・リテラリア』*La Gaceta Literaria* は、俳句の伝播の観点から興味深い雑誌である。というのは、『アメリカのエピグラム』の好意的な書評が掲載されたのみならず、雑誌の実務担当を一九二八年までギリェルモ・デ・トーレが務め、[48] さらにラモン・ゴメス・デ・ラ・セルナ、アントニオ・エスピナ、アントニオ・マチャード、ホセ・ベルガミンなど俳句と関係がある作品を残した詩人たちが参画していたからである。

このようにディエス＝カネドは、「学生寮」などの機関において講演や授業をし、テルトゥリアで発言をし、また、雑誌の編集に携わり、そこで執筆をすることによって、俳句に関する情報を広めることに努めた。彼が関わった場所からは、俳句を髣髴させる詩を書く詩人や、俳句に関する論文を発表する文人が多く輩出された。そこにディエス＝カネドの、ネットワークの要としての影響力が働いていたのである。

ディエス＝カネドは一九三一年、フランス文学を翻訳紹介するなどフランス文化の普及に努めたこと、長年フランス語教育に携わったことなどの功績によって、フランス政府からレジオンドヌール勲章を授与された。一九三二年にはアメリカと中南米を周遊し、アメリカでは、コロンビア大学で「近現代の演劇」「スペインの芸術」に関する集中講義を行った。一九三五年には、スペイン王立言語アカデミーの会員に選出されている。内戦勃発後はメキシコに亡命し、そこでパスと知り合った。そのことが、パスが俳句に興味を持つきっかけとなったとも考えられるのだが、その点の解明は今後の課題としたい。

6　遅咲きの詩人ホルへ・ギリェン(49)

ホルへ・ギリェンは、一八九三年に、スペインの北西部の都市バリャドリードで生まれた。二七年世代の代表的詩人の一人である。マドリード大学の哲文学部に入学し、その後グラナダ大学へ移り卒業する。学生寮の創立以来の寮生であり、ヒメネスと共に暮らした経験がある。

図17　ホルへ・ギリェン

ギリェンは大学卒業後、一九一七年から一九二三年までソルボンヌ大学でスペイン語を教えた。『エスパーニャ』誌、『ラ・プルマ』誌、『インディセ』誌、『レビスタ・デ・オクシデンテ』誌に寄稿した。彼は詩人としては遅咲きで、一九一八年にパリで詩を書き始めた。一九二八年に出版された『歌集』*Cántico* は、ギリェンによると「一九一九年、annus mirabilis（奇蹟の年）の夏、フランスのブルターニュ地方で芽生えた(50)」という。初版には七五篇の詩が収められていたが、その後版を重ねるごとに作品数が増え、一九六八年の版には、一九一九年から一九五〇年までに書かれた詩三三四篇が収められた。

ギリェンはヒメネスの詩から強い影響を受け、その跡が彼の詩にははっきりと残っていると言われている。ヒメネスとの出会いは一九一〇年、ギリェンが一七歳で学生寮に入ったときで、わずか一五人の寮生の一人がヒメネスだったから、当然、その関係は親密なものとなった。ギリェンが詩を書き始めるのは、それから一〇年近く経ってからであるが、それまでにも、常に詩を書くことを考えていたようである。「詩集を編むためならば、すべてを差し出すだろう」(51)と言っていたことにもそれが表れている。ギリェンの詩の方向性を定めた一つの要因は、一七歳の時のヒメネスとの出会いであったと言えるだろう。

また、ギリェンがパリに住んだ頃、フランス詩壇では「ハイカイ」が流行していた。それゆえ、彼はフランスの「ハイカイ」からも刺戟されただろうし、帰国後、「ハイカイ」を、スペインの詩人に伝える役目もしたに違いない。また俳句や、俳句の痕跡が見られる詩のほか、ボードレールやホイットマンにも夢中になった。

『歌集』に収められた「歌」Cántico には、俳句と共通する特徴がある。名詞、名詞句が多いこと、冠詞がないこと、動詞がない場合が多いこと、感嘆文が多いこと、一行八音節以内の短詩が多いことなどである。以下にいくつか例を挙げよう。これらは、一九三六年に出版された『歌集』第二版に収められている。

まず、「夏の町」Ciudad de los estíos の第一連を見てみよう。この作品は一九二〇年に書き始められ、一九二二年に『ラ・プルマ』誌に掲載された。同誌は、モレノ・ビリャが、クーシューの『アジアの賢人と詩人』についての書評を載せた雑誌であり、その意味でも俳句との関連をうかがわせる。なお、この作品は、七連の三行詩からなっている。

Ciudad accidental
De los estíos: damas
Sobre luz, bajo azul.

夏毎の、仮そめの町、
貴婦人たちは
光の上に、青の下に。

スペインには夏の休暇の時期にのみ人が押し寄せる小さな町がある。そのような町の天気のよいある日、青い空の下に着飾った女たちがいる。地面が太陽の光を照り返し、彼女たちは光の上に浮かんでいるように見える。「仮そめの町」には冠詞がなく、この詩には動詞もない。切り詰めた表現ではあるが、そこから得られるイメージは曖昧ではなく、くっきりとしている。

次は「眠る人」El durmienteという題の詩の一連目である。一九二〇年に左記の形で出た後、一九二二年に変更が加えられ、同じく『ラ・プルマ』誌に掲載された。

¿Cabecea el esquife？
Sí, ya la noche inmóvil
En el espacio puro.

ボートは揺れている？
そう、すでに夜は動きを止めている
純粋な空間で。

たとえばこのような状況だと解釈できるだろう——水辺で横になっている人が、少し離れたところに停泊しているボートが揺れているかとそばの人に尋ねる。夜の静けさの中でボートの揺れるわずかな音が聞こえたからだろう。ああ、揺れている、と聞かれた人は答える。ボートが揺れるかすかな音によって、夜の静けさが強調され、ボートのある空間自体が純粋なものに思えてくる。その心の底にしみこむような夜の深さと舟の動きが印象的である。

この詩も七連の三行詩からなっている。ギリェンは、「ハイカイ」と題された詩が多数掲載される雑誌『エスパーニャ』誌に寄稿していたので、俳句を意識してこれらの詩を作ったと考えるべきである。

さらに「内側」Interior という題の詩の連をいくつか例に挙げる。これは、二行の連一二で構成されている。一行目は一〇、一一音節で、二行目はほとんどの連が五音節である。一行目は長いとはいえ、コンマで二つに区切られていたり、ピリオドがあるため、読んだときに受ける印象は、先にあげた三行の連と変わらない。

Junto a la luz, la tiniebla escogida.
　La noche es mía.

光の側に、選ばれた闇
　夜は私のもの。

¡Todo extraviado en estantes oscuros!
¡Mío es el mundo!

すべては紛れこんでしまった、暗い棚に！

私のもの、世界は！


一連目。光の周りの闇は、あたかも他の多くの闇の中から選ばれてそこにあるようだ。闇は悪を表すことが多いが、「光の側に、選ばれ」ていることで、この闇には負の印象はない。その結果、自分のものになったその夜がこの上もなく良いものであることを暗示している。

二連目。暗い棚に紛れ込んでしまったものとは、悲しいことや苦しいことなども含めた過去の記憶かもしれない。それらをひっくるめて、すべてを受け入れる決心を表明しているのではないか。

二行のどちらにも感嘆符が用いられている。俳句の翻訳には感嘆符がしばしば用いられるので、俳句との関係を暗示しているかもしれない。この詩は一九二〇年に書かれ、それに少し手の加えられたバージョンが一九二三年に、『エスパーニャ』誌に掲載された。同誌は、他の章でも述べるように、スペイン詩人によるハイカイが多く発表された雑誌であり、一九二三年はちょうどその時期にあたる。それゆえ、これらの詩はそれらを意識していると考えられる。

次の二篇の最初のバージョンも『エスパーニャ』誌に一九二三年に掲載された。
まず「秋の木」Árbol del otoño の一連目と二連目である。

Ya madura
La hoja para su tranquila caída justa.
Cae. Cae
Dentro del cielo, verdor perenne, del estanque.

もう熟した
葉は、然るべく穏やかに落ちるために、
落ちる。落ちる、
池の常緑の空の内に。

ギリェンは伝統的な物事の捉え方を拒み、それまでとは異なった方向から新たに見直す。それによって詩は魅力的になる。普通、落葉は悲しいものと見られがちだ。しかし、一連目でギリェンは、葉は落ちるという正当な目的のために「熟す」と定義し直して見せる。それによって葉が散ることが、喜ばしいものに見えてくるではないか。この葉を人間の人生に置き換えて理解することもできるだろう。

二連目では、枯れた葉の落ちていく先は、空の中だという。じつは、常緑樹の映った池が落ちる先である。枯葉が、もとの緑色に戻っていくように錯覚させられるのだが、この連もまた、人間の死は終わりではなく再生だと暗示しているのではないか。

次に「秋の枝」Rama del otoño の一連目と二連目である。

Cruje Otoño.
Las laderas de sombras se derrumban en torno.

Árbol ágil,
Mundo terso, mente monda, guante en mano al aire.

秋が乾いた音をたてる。
影の斜面が周りで崩れる。

敏捷な木。
すべすべした世界、すっきりした意識、手袋を握った手は空に向けて。

秋から冬へ向かう季節に人生の移ろいを重ねた詩である。第一連の「斜面」は、詩人がすでに成し遂げた業績の比喩としての「山」の斜面。すでに影が差した斜面が自分の周りに崩れ落ちてくる。つまり、人生が秋を迎えつつあり、あちらこちらで衰えが目立つようになったことを言っているのだろう。暗いムードは二連に入ると一変する。敏捷な木は、まだまだ力が残っていることの象徴であり、世界は自分に完全に背を向けたわけでもなければ、自分の意識が濁っているわけでもない。手袋は人生の冬に備えるための防御。空に突き上げた手は、まだ負けないぞという意志の表明だろう。

この詩は先に挙げたものとは反対に、一行目の音節数が少なく、二行目の音節数が多い。これを見ると、ギリェンがさまざまな形を試みていることが分かる。ギリェンの詩は、先に述べたようにヒメネスの詩を手本とした痕跡がある。しかし、それは部分的なことであり、『歌集』という詩集全体を検討すると、「その独創性は絶対的で完全[52]」だとみなされている。詩史に詳しい詩人であるホセ・マリア・バルベルデは「ホルヘ・ギリェンの作品は、詩の歴史の上でも非常に特殊で、極端な例であり、独創的で真似のできない特異性を持っている[53]」と指摘している。

ギリェンはヒメネスと学生寮で出会ってから、詩を自ら書くまでに八年もの年数を要している。それは自分の詩のスタイルを見出すためであったのだろう。だから、たとえ、俳句からヒントを得たとしても、自分の中に一旦そうした要素を取り入れて消化した上で、さまざまな行数や、音節の詩を書いたとしても不思議ではない。スペインの俳句研究者のアウリョンはギリェンの俳句的な詩の例として、一連が三行からなる作品を主に挙げているが、そのような形式にこだわることにあまり意味はないだろう。

7　若い世代と俳句――エミリオ・プラドス――

すでに述べたように、学生寮には幼年部があった時期がある。その幼年部の第一期生に、ペピン・ベリョとエミリオ・プラドスがいる。ペピン・ベリョによると、彼の学年が中等教育を修了した年に幼年部は廃止された[54]。このように短期であったためか、幼年部に言及されることはあまりない。学生寮・幼年部の寮生を通じて、俳句が今まで考えられていた以上に早い時期に、若い詩人たちに伝播したかもしれない。

一九一五年、幼年部に入ったときプラドスはまだ一五、六歳であった。彼は、ペピン・ベリョとまもなく親しくなり、二人は「莫大な量の詩」を読んだ。二人が、中世ペルシャの詩人ウマル・ハイヤームの『ルバイヤート』*Rubaiyyat* に夢中になったことをペピン・ベリョは回想している。[55] さらにプラドスは、アラブ文化の影響をうけたアンダルシアの詩やフランス現代詩を読んだ。彼らがいかにさまざまな詩に興味を持ち、それらを読んでいたかが分かる。

また、そのころ彼はヒメネスと知り合っている。プラドスがまだ子供だったためか、この時の出会いは、従来の研究では重要視されていないようである。[56] しかし、プラドスはこの頃すでに詩に強い興味を持っていたのであるから、この時のヒメネスとの出会いが彼の詩を方向づけたにちがいない。

その後学生寮に進んだプラドスは、幼馴染のマヌエル・アルトラギレと共に、一九二五年、出版社「インプレンタ・スル」Imprenta *Sur* を創立する。そこから『リトラル』誌 *Litoral*（一九二六〜一九二九）が出版され、二七年世代の詩人の初期の本は、この雑誌の増刊号として出ることになる。[57] インプレンタ・スル社からは、ロルカの『歌集』、アルベルティの詩集『愛人』*La amante*、ノーベル賞詩人ビセンテ・アレイクサンドレとルイス・セルヌダの初期の本、ウナムノ、ヒメネス、マチャード、ペドロ・サリナス、ギリエン、ヘラルド・ディエゴの詩、プラドスとアルトラギレの作品が出版された。[58]

図18　エミリオ・プラドス

二七年世代は時として「リトラル・グループ」grupo de Litoral と呼ばれるが、それは『リトラル』誌が文学者、特に二七年世代の詩人たちの要となったからである。その中心人物の一人がエミリオ・プラドスである。二七年世代の詩人たちの多くは、学生寮と関わりがあったと同時に、マラガでの幼な馴染みだった。たとえば、プラドスとアレイクサンドレは同じ小学校で勉強した。また、アルベルティはアルトラギレの兄の友だちで、アルトラギレの家で遊んでいた。ロルカは毎年、「エルナン・コルテス」というホテルで夏を過ごしていたのだが、このホテルはアルトラギレの祖母が海辺に持っていた別荘の前に位置していた。ロルカはそこでアルトラギレと共に海水浴をしたものだった[59]。

彼らは皆、後出のホセ・マリア・イノホサの車で出かけたという。そのような機会には、ロルカはまだ出版されていない自分の歌やロマンセを暗誦して聞かせた。彼らに聞かせるために、「歌やロマンセをいくつか書く」こともあった。そのような作品をマラガの仲間の間で暗誦することによって、俳句的な詩は彼らの間で広まっていっただろう。

このようにマラガの仲間は、学生寮に住んでいなくともロルカの詩に親しむことができた。同じように、彼らは、アルベルティやプラドスからも文学の情報を得ていた。つまり、学生寮で広まっていた新しい文学の潮流に間接的に触れられたわけである。事実、アルトラギレは、自分とイノホサが文学の手ほどきを受けたのはプラドスからであり、そのころプラドスは学生寮でロルカ、ダリ、モレノ・ビリャと暮らしていた、と回想している[60]。

さて、前述のように幼年部にいたプラドスがヒメネスと出会ったとき、ヒメネスはすでにロバを主人公にした『プラテロと私』を書き、短詩も書いていた。このヒメネスの作品にプラドスが強い印象を受け、自然が彼の詩のテーマになったということも考えられる。プラドスが「自然界、特に海に魅了され[61]」た事実と、二七年世代の詩人に大きな影響を与えたヒメネスの『新婚の詩人の日記』中の有名な詩が、海をテーマにしていることも、あながち無関係だとは言えないかもしれない。

プラドスが俳句に関する情報を得たと考えうるもう一人の人物が、カタルーニャ人の作家、ジャーナリストのアウジェニ・ドルスである。彼は一九〇六年に、ハイカイをバルセロナの新聞『カタルーニャの声』の自分のコラム「語彙集」で発表している。このことについては五章で改めて詳しく述べるが、ドルスは学生寮の創立者ヒネール・デ・ロス・リオスの弟子であり、学生寮との関係も深く、講演も行っている。また、モレノ・ビリャの友人でもあった。ペピン・ベリョによると、ドルスはある年の聖週間の休暇の間中ずっと、里帰りしなかった寮生たちと、寮で昼夕と食事を共にし、ほとんど一日中一緒に過ごしたという[62]。その間に俳句が話題になっているのではないだろうか。

プラドスと俳句の関係を実証的に探るために、彼が一九二五年に出版した『時』*Tiempo*[63]をみてみよう。そこには三行からなる詩がある。

Noche

El sol, como un espejo,
por un lado es brillante
y por el otro negro.

「夜」

太陽は、鏡のよう、
片面は輝き、
もう片面は黒い。

夜に空を見上げる。太陽が見えない。実は太陽はそこにあるのだが、鏡の裏が黒いように、裏側を見せているだけなのではないか――この詩はそのような感覚ないし想像を語っているのではないだろうか。短い形式や簡潔な表現は明らかに俳句を思わせるが、他のハイカイと同様、発想やイメージはむしろ現代俳句に近いといえよう。

同詩集にある、「穏やかさ」Calmaもまた、俳句を思わせる詩である。その構成は、一連目が四行、二連目と三連目が二行、四連目が三行である。

Calma

Cielo gris.
Suelo rojo.
De un olivo a otro
vuela el tordo.

En la tarde hay un sapo
de ceniza y de oro.

Suelo gris.
Cielo rojo...

—Quedó la luna enredada
en el olivar.
Quedó la luna olvidada—.

「穏やかさ」

グレーの空。
赤い地面。
一本のオリーブの木から他の木へと
ツグミが飛ぶ。

午後には、ヒキガエルがいる
灰色と金色の。

グレーの地面。
赤い空……

月がひっかかっていた
オリーブ畑の木々の網に。
月が置き忘れられていた。

オリーブ畑の一日である。

第一連。夜が明ける頃、まだ空はねずみ色だが、太陽が昇り始め、土は赤く染まる。一本のオリーブの木から次の木へとツグミが飛んでいる。

第二連。午後には一匹のヒキガエルがでてきた。その灰色と金色が、前連のねずみ色と赤に対応している。

第三連では、地面と空の色が朝とは逆になり、地面がグレーで、空が赤となる。オリーブ畑は夕焼けに染まっている。

第四連は、月のある夜である。オリーブの木の向こうに昇った月が、オリーブの木々の枝に絡めとられている。そこに忘れられたかのように。

一日の時間の移り変わりを、それぞれの連で二つの色を対比させることによって絵画的に描いている。蛙や小鳥がそこに動きを添える。第三連までは、現在形が用いられており、景色は時間と共になめらかに変化していく。ところが、第四連になると突然、「ある状態になる」という意味の動詞 quedar の過去形が使われる。しかも、二度も出てくる。時間の流れがそこで止まるのである。月さえもオリーブの木々の枝に絡めとられた状態で動きがとれないでいる。まるで昼間遊んでいた子供たちが枝に引っ掛けて止む無く残して行ったボールのように。この連には色に関する言及はない。孤独な月の青白さだけが、辺りを静かに照らす。色彩も動きもない世界である。色彩と無色、動と静を巧みに組み合わせた詩だと言えよう。

この、月が何かにひっかかっているというイメージは、イマジズムの詩人たちも好んで用いている。俳句が一つのきっかけとなってイマジズムの詩は生まれた。それゆえ、この詩はイマジズムの詩を通して俳句に近づいているとも考えられるだろう。もっとも、これまで見てきたようにプラドスは学生寮に幼い頃から住み、ヒメネス、マチャード、ロルカ、モレノ・ビリャらと接触できる環境にあったので、一九二五年という出版年からみても、この詩の簡潔さなどの俳句性が彼らとの関係の中で培われたと見ていいだろう。(64)

さらに、プラドスが日本の詩に強い興味を持っていたことを示す傍証がある。プラドスは、日本の古典の詩を四篇訳し、友人のアルトラギレが主宰者の一人である『アンボス』*Ambos* 誌上で一九二三年に発表した。[65] それ以前にも何冊かの詩集を書きかけていたプラドスであったが、初めて彼の名前で世に出たのは、日本の詩の翻訳だった。[66]

ただ、俳句に突き動かされてできた短詩や俳句的な詩を知る機会は、学生寮以外にもあった。例えば、プラドスの兄弟のミゲル・プラドスは一九二〇年、ロンドンで勉強していたので、プラドスは彼からイマジズムについて教えてもらったかもしれない。さらに、病を得たプラドスは、一九二一年にスイスのサナトリウムで過ごした後、パリへ行き、当時のフランスの文学の潮流にじかに触れた。[67] このときにも、当時パリで流行していた俳句に接しただろう。

8　「接着剤」としてのマヌエル・アルトラギレ

一九〇五年生まれのマヌエル・アルトラギレは、「二七年世代の末っ子」といわれている。詩人であると同時に劇作家、翻訳家でもあった。印刷や出版にも携わり、後には映画のプロデュースもした。マドリードにはごく短い期間住んだにすぎず、そのときも、学生寮に滞在したわけではない。しかし学生寮にとっては、詩人として、また特に印刷・出版業者として非常に重要な人物である。

図19　マヌエル・アルトラギレ

学生寮には二七年世代の多くの詩人たちが関わっていた。エミリオ・プラドス、ルイス・セルヌダ、ロルカなど学生寮に住んでいた詩人もいる。アルトラギレはそれらの人々を結びつける「接着剤」の役目をしたとみなされている。二〇〇五年、アルトラギレの詳細な伝記が学生寮から出版されたのも、彼が学生寮の歴史を語る上で「鍵となる人物」だからである。[68]

一九〇五年にマラガで生まれたアルトラギレは、初等教育をマラガのイエズス会の学校で受けた。この学校の先輩には、哲学者ホセ・オルテガ・イ・ガセットやモレノ・ビリャ、ヒメネスがいる。また、長じて二七年世代の詩人となるホセ・マリア・ソウビロンとも小学校で出会っている。アルトラギレはこのソウビロンにイノホサを加え、三人で後に『アンボス』誌を主宰することになる。一九二一年、グラナダ大学に入り、まず哲文科に登録、次に法学部に移った。アルトラギレはここで、幼馴染みのロルカと一九二二年から一九二三年にかけて旧交を温める。ロルカもメンバーだったエル・カフェ・デ・ラ・アラメダの文学テルトゥリア「片隅」で、新しい仲間も得る。ロルカを通じて音楽家のマヌエル・デ・ファリャとも知り合った。右記のイノホサもグラナダ大学で法学部に所属していた。生涯の友となるプラドスとはそれ以前にすでに出会っていた(69)。このようにグラナダ時代に、すでにアルトラギレの文学仲間のネットワークはかなりの広がりを見せていた。

一九二三年に、イノホサとソウビロンとアルトラギレの三人は、マラガで『アンボス』誌を創刊する。これは二七年世代と呼ばれる詩人たちによる初めての雑誌である。わずか四号しか出なかったが、ピカソやジャン・コクトー、さらに、ラモン・ゴメス・デ・ラ・セルナら一流の芸術家や詩人が作品を寄せた、注目すべき雑誌である。アルトラギレ自身も散文と書評を載せた。それらはゴメス・デ・ラ・セルナの「遊びの精神(70)」espíritu lúdicoに影響を受けていた。このゴメス・デ・ラ・セルナは俳句にヒントを得た「グレゲリア」という短詩型を作った人物である。グレゲリアについては次章で詳しく取り上げるが、当時、非常に有名な詩型であったため、アルトラギレがすでに知っていたことはまず間違いない。

一九二五年、アルトラギレはマドリード中央大学に籍を移す。そして、将来二七年世代に属することになる詩人ホセ・ベルガミンの父の事務所で働き始め、やはりそこで仕事をしていたベルガミン自身と親しくなった。さらに、マラガやグラナダでの旧友であるアルベルティやロルカなどと友情を深めると共に、彼らの紹介で、学生寮の関係者とも懇意になった。

しかし、アルトラギレのマドリードでの暮らしは二ヶ月もしないうちに終わりを告げ、彼はマラガに戻る。そこでプラドスと学生寮のもう一人の友人と共に活版印刷の会社「インプレンタ・スル」社を設立する。図書館、出版社も兼ねたこの会社は、「マラガにおける、詩や芸術に興味を持つあらゆる人々の集合場所[71]」になった。一九二五年に、アルトラギレとプラドスが『リトラル』誌を創刊したこと、およびそこから出版された書物については、プラドスに関する部分で触れた。仲間の詩人たちはこの印刷所を全力で応援した。例えばラファエル・アルベルティは、自作を『リトラル』誌の付録として出版し、インプレンタ・スル社から詩集も上梓している。アルベルティは国民詩歌賞を前年に受賞した『陸に上がった水夫』*Marinero en tierra*を、あえてこの小さな出版社から出したのである。

また、スペインの黄金世紀の大詩人ルイス・デ・ゴンゴラの死後三〇〇年を記念して、『リトラル』誌がゴンゴラ特集号を出したときには、詩だけではなく、ピカソ、ファン・グリス、ダリの絵画作品や、ファリャの楽譜なども掲載された。『リトラル』誌がさまざまな芸術家に知られていたことが、これでよく分かる。

アルトラギレの活動は自分たちの印刷所だけに収まらなかった。彼は自ら他の地方の雑誌にも寄稿した。寄稿先は、ホルヘ・ギリェンが主宰者の一人であったムルシアの、『韻文と散文』誌*Verso y Prosa*, アルトラギレと親しいヘラルド・ディエゴが創刊者の一人であったヒホンとサンタンデールの『カルメン』誌*Carmen*, セビリャの『メディオディア』誌*Mediodía*, バリャドリッドの『メセタ』誌*Meseta*, ウエルバの『ハレルヤ』誌*Aleluyas*と多岐にわたる。こうしてアルトラギレはスペイン全土の詩人たちを結びつける上で大きな役割を果たした。他の地方の詩人は、マラガを訪れるときにはこの印刷所に顔を出したようである。例えば、ヒメネスも一九二五年一〇月に訪問している。詩人や芸術家のたまり場になったアルトラギレの印刷所で交換された文学の知識は、瞬く間にスペインの他の詩人たちに伝わっていったことだろう。

ここでアルトラギレ自身の詩を、俳句との関わりという観点から分析してみよう。もしそこに俳句的な要素が見出せれば、彼の広い活動範囲とネットワークを通じて、俳句の伝播は一層進んだと推論することができるだろう。

ここで取り上げるのは、『招かれた島、その他の詩』*Las islas invitadas y otros poemas* に収録された「浜辺」Playaという詩である。この作品は、アルトラギレの詩の中でも評価の高いものである。[72]

Las barcas de dos en dos,
como sandalias del viento
puestas a secar al sol.

小舟が二艘ずつ、
日に干されている
風のサンダルのよう。

Yo y mi sombra, ángulo recto.
Yo y mi sombra, libro abierto.

僕と僕の影は直角に交わり。
僕と僕の影は開かれた本。

Sobre la arena tendido
como despojo del mar
se encuentra un niño dormido.

砂の上に横たわっている
海の獲物のよう。
眠りにおちた一人の少年。

Yo y mi sombra, ánglo recto.

僕と僕の影は直角に交わり。

Yo y mi sombra, libro abierto.　　僕と僕の影は開かれた本。

Y más allá, pescadores　　もっと遠くでは、漁師が
tirando de las maromas　　黄色で、塩を含んだ
amarillas y salobres.　　太綱を引いている。

Yo y mi sombra, ánglo recto.　　僕と僕の影は直角に交わり。
Yo y mi sombra, libro abierto.　　僕と僕の影は開かれた本。

この詩は八音節の三行の連と、やはり八音節の二行の連が交互に繰り返され、合計六連からなっている。大部分の連で、何かが何かに喩えられている。

まず一連目。陸に引き揚げられた二艘のボートを「風」の巨大な足が履くサンダルと詠う、見立ての面白さが際立つ。また、夏の風、浜辺、ボート、サンダル、と季節感もふんだんに盛り込まれた、俳句的な詩ということができよう。

二、四、六連は同じ文句が繰り返されている。そこでは、「僕」と「僕の影」が直角に交わっていることに着目するのみならず、それを開かれた本に見立てるところに滑稽さが感じられる。「僕」と同じぐらい存在感がある黒々とした影を生み出すことができるのは、これまた強烈な夏の太陽である。

三連目は、砂の上の何かに目が向けられる。一体なんだろう。海の中から奪い取ってきた「獲物」のように動かぬものは。寝ている子供だということが最後の行で分かる。「獲物」という荒々しさを連想させる詩行から突

然、「眠る子供」という無抵抗な存在を表現する詩行にうつる。暴力から穏やかさへと、詩の雰囲気が大きく変化しているところに、この連のおもしろさがある。

五連目は漁師が漁をしている様子をその綱の形状だけの描写で表現している。簡潔だが、漁師の仕事ぶりが伝わってくる。

全体は六連だが、それぞれが「海岸」という題のもとに書かれた二、三行の短詩と捉えることができる点は、ロルカの『組曲』と似ている。また、三行と二行の連を繰り返し、二行の連が同じ文句を繰り返すこの形式は、ロルカの「騎乗の歌」と同じである。そして、「騎乗の歌」の収められた『歌集』は、アルトラギレの営むインプレンタ・スル社から出版されたのである。(73)

アルトラギレはヒメネスを尊敬していた。一九二八年、ヒメネスの意見を聞くために、アルトラギレは、出版したいと考えていた手書きの詩集を、ヒメネスに数回送っている。(74) すでに見たように、ヒメネスの詩には俳句の受容の痕跡が見られるものの、俳句の形式や手法がそのまま取り入れられているわけではない。アルトラギレはそのようにして出来上がったヒメネスの詩を手本としていたので、彼を通して俳句に触れていたとも言えるだろう。次に挙げるのはその過程を垣間見せてくれる、「ある女友達のための詩」Un verso para una amiga という題のわずか一行の短詩である。

Escucha mi silencio con tu boca.　　　お前の口で俺の沈黙を聞け

一九三〇年、アルトラギレがパリを二度目に訪問したとき、彼は印刷機を購入し、ウナムノ、マチャード、ギリェン、サリナスや自分の詩を印刷する。「学生寮」の人脈はなお存続していたことになる。この時書かれたのがこの非常に短い詩で、まずスペイン語で書き、それをフランス語に訳し、自分で印刷したのである。この詩は、ヒメネスの「裸の詩」を彷彿とさせる。アルトラギレは、一枚に単語を一つずつ印刷し、題名を含めて八頁の冊子としてこの詩を出版した。これはパリで発売され、クリスマスカードとして人気を博した。(75)その本の体裁は俳句とはただちに結びつかないかもしれない。しかし、この詩をヒメネスの作品と比較すると俳句的な要素を持っていることが分かってくる。まず、この詩は非常に短い。たった一一音節の詩である。内容に矛盾があり、それによってイメージを豊かにする構造をもっている。「沈黙」は聞こえない。それを「聞け」といっている。しかも話すための器官である「口」に「聞く」役割を負わせている。この矛盾した二つの語をこれほど短い詩の中で衝突させ、それをその中心に据えている点がヒメネスの詩とよく似ている。またそれは、俳句の特徴でもある。このような俳句性は、ヒメネスの詩を経由してアルトラギレの詩の中に受け継がれていると考えられるだろう。

接吻を交わしている二人を支配するのは沈黙だ。接吻をする間甘いことばを囁けないが、実は愛を囁きたいという自分の気持ちを、口を通して分かってくれ。これがこの詩の言いたいことだろう。クリスマスカードとして爆発的に売れたのも頷ける。(76)

この詩が書かれたのは一九三〇年のことであるから、その頃には俳句はスペインではよく知られて、俳句を意識した詩も生まれている。しかし、このアルトラギレの短詩の場合のように、俳句によって変貌を遂げた詩によって、さらに喚起された詩もあるのである。その意味でスペインでは、俳句はすでに伝播の第二段階に入っていたと考えることができよう。

アルトラギレは内戦が始まると海外に亡命し、主にキューバとメキシコで暮らした。一九五九年帰国するが、まもなく交通事故に遭って死去した。

アルトラギレは、俳句的な要素を持つ詩を書いた詩人の一人である。しかし、何よりも大きな彼の功績は、印刷所、出版社の仕事を通じて、学生寮周辺の詩人、そしてそれ以外のスペイン全土の詩人たちの仲介役を果たしたということである。彼自身の詩人としての才能には限界があったものの、彼がいなかったら、俳句伝播のネットワークがあれほど広く緊密に構築されることはなかっただろう。

9 「農村詩人」ホセ・マリア・イノホサ

詩人であり政治家であるホセ・マリア・イノホサは、一九〇四年、アンダルシア地方マラガの裕福な地主の家に生まれた。代表作は、一九二八年に出版されたシュルレアリスム的な詩集『カリフォルニアの花』*La flor de California* である。彼は一九三六年内戦が勃発すると、共和国側に捕らえられ、父と兄弟と共に銃殺された。

イノホサは自然豊かな環境で育った。これが、自然が彼の詩のテーマになっている要因だと指摘されている[77]。しかし前述のように、イノホサはエミリオ・プラドスから詩の手ほどきを受けている。プラドスの詩に自然描写が多いのは、俳句からの感化によるものらしいということは、すでに見たとおりである。イノホサにも同じことが言えるのではないか。

イノホサはマドリードで大学生活を送る。ロルカから友人の多くが学生寮に居たため、入寮を希望したが、かなわなかった。自由教育学院の教育方針に反対する保守的な両親が、それを許さなかったからである[78]。そこで学生寮の近くのホテルの部屋に、学生寮とまったく同じ調度をしつらえて住んだ[79]。そして寮生たちと付き合ったため、学生寮の文学的雰囲気には触れ続けていた。

図20　ホセ・マリア・イノホサ

まず、イノホサが詩を書き始めた頃の作品を取り上げたい。アルトラギレによると、当初、彼の詩は、二行から三行の短詩で、テーマは常に「田舎」であった。ヒメネスはイノホサを「はつらつとした、絵画的詩を書く農村詩人」[80] El vivido, gráfico poeta agresteと呼び、アルトラギレたちは、「「一丁上がり」の詩人」el poeta "ya está" と呼んでいた。イノホサが自分の詩を読み上げるとき、最後に「一丁上がり」と付け加えたからである。

次のような短詩がある。

Manzanita　　小さなリンゴ
Cuajadita　　中途半端に
a medias.[81]　　凝固した。

スペイン語のmanzanaという単語には「りんご」という意味と「市街地の複数の建物が形成する一ブロック」という意味がある。普通、一ブロックは「口の字」型に建物が建てられ、中心部分は中庭となる。しかし、なんらかの理由で中心部分にまで建物が建てられた場合、このブロックをmanzana cuajada（凝固したブロック）と呼ぶ。「中途半端に」ということは中庭が完全には埋まっていないということだろう（ここは、manzanaと形容詞cuajadaの両方に小さいことを表す示小辞-itaが付けられている）。manzanaはマドリードやバルセロナなどのごく限られた都市にしかないので、マラガ出身のイノホサがこの「凝固したりんご」という単語に初めて出会ったときには驚いたに違いない。その経験を踏まえ、イノホサはmanzanaの二つの意味で遊んだのではないか。日常生活ではあり得ない「凝固したリンゴ」で読者の頭に奇妙なイメージを呼び起こし、それから時間を置いて、「ああ、中庭まで建物が建ったブロックのことか」と納得するような仕掛けをしたのである。

アルトラギレによると、イノホサはスペイン人として最初にシュルレアリスムの詩を書いた詩人であるが[82]、それは後にイノホサがパリへ行き、シュルレアリスムの詩人たちと出会ってからのことである。この短詩はそれ以前のものであろう。この三行の「たどたどしい[83]」詩を書くきっかけは、イノホサがプラドスを通して、学生寮で流行していたアナグリフォなどの詩を知ったことからではないだろうか。また、ヒメネスやロルカと親しかったイノホサは、当然、彼らの俳句的な詩を読んでいたはずである。

イノホサが一九二四年に執筆し、一九二五年に出版した『田舎の詩』*Poemas del Campo* の詩も「はつらつとした、絵画的詩を書く農村詩人」の名に相応しいものである。一部を引用する。

Almendros en flor　　アーモンドが満開
la primavera se acerca.　　春が来る。
Cerezos en flor　　桜が満開
la primavera está plena.　　春真っ盛り。
Granados en flor　　ざくろが満開
ya se aleja la primavera.　　もう春が去る。

素朴な詩かもしれないが、花と季節の移り変わりの表現のみで詩を成り立たせている点が、俳句を思い起こさせる。

これまでイノホサが俳句に触発されたとする研究はないようである。しかし、プラドスの指導を受けて、三、四行の短詩を書き始めたことや、自然を重要なテーマにした詩を書いたことなどから見ると、直接的、あるいは間接的に俳句に繋がると考えていいのではないか。

図21　学生寮周辺の人々
左から２人目がホルヘ・ギリェン、続いてガルシア・ロルカ、右端がペピン・ベリョ。

10　そのほかの学生寮周辺の人々

このほか、学生寮とその周辺にあって俳句との関連で注目される人々には、ペピン・ベリョ、アドルフォ・サラサール、ラファエル・アルベルティなどがある。

幼年部以来の寮生であったペピン・ベリョは、詩人ではなかったが、機知に富む人物であり、常に寮生たちの間に新しい流行をもたらした。その一つが、ロルカの項で取り上げたアナグリフォである。また、二〇〇八年に一〇三歳で死去したペピン・ベリョは、学生寮とその周辺の人々、また俳句に関する事項の貴重な語り部でもあった。彼の証言のおかげで、我々が知ることができる事柄は少なくない。

すでに見たように、『ラ・プルマ』誌にハイカイに関する記事を掲載していた音楽家サラサールは、学生寮では二度講演しているほか、寮生、特にロルカらとの結びつきが非常に強かった。アルベルティは寮生ではなかったものの、学生寮に日々通い、ロルカと仲がよかった。その後、『満潮』*Plenamar*,『日々の雑歌』*Versos sueltos de cada día* などの詩集に俳句的な詩を収めている[84]。

（1）学生寮は、創建当時の精神と活動を受け継ぐために一九八六年、再開された。
（2）アルトゥロ・ラモネダ編著／鼓直、細野豊訳『ロルカと二七年世代の詩人たち』土曜美術社出版販売、二〇〇七年、二六頁。
（3）Antonio Jiménez Landi, "Alberto Jiménez Fraud, un humanista de acción", *Homenaje a Alberto Jiménez Fraud en el Centenario de Su Nacimiento (1883-1983)*, Madrid: Secretaría de Estado de Universidades e Investigación, Ministerio de

Educación y Ciencia, 1983.

(4) 自由教育学院については、以下を参考にした。Margarita Saenz de la Calzada, *La Residencia de Estudiantes*, Madrid: Consejo Superior de Investigaciones Científicas, 1986. Germán Bleiberg, *Diccionario de Historia de España*, 2, Madrid: Alianza Editorial, 1979, p. 483. La Residencia de Estudiantes のホームページ http://fundacionginer.org/historia.htm（最終閲覧二〇一五年六月一四日）、José Luis Gómez-Martínez のホームページ http://www.ensayistas.org/ 内の la cuestión universitaria の項目（最終閲覧二〇一五年六月一四日）。原誠ほか編『スペインハンドブック』三省堂、一九八二年、三八六～三八七頁。Americo Castro, "Homenaje a una sombra ilustre", *Homenaje a Alberto Jiménez Fraud en el Centenario de Su Nacimiento (1883-1983)*, Madrid: Secretaría de Estado de Universidades e Investigación, Ministerio de Educación y Ciencia, 1983.

(5) クラウゼ哲学は「自然への愛と教育における女性の権利を唱えていた。それは、非宗教派にとっても、進歩派のキリスト教徒にとっても魅力があった」が、カトリック教会から非難された（Ian Gibson, *Ligero de equipaje*, Madrid: Aguilar, 2006, p. 35.）。

(6) Saenz, *op. cit.*, p. 112.

(7) *Ibid.*, p. 113.

(8) *Ibid.*, p. 114.

(9) アナグリフォについては以下の文献を参考にした。Rafael Alberti, *La Arboleda Perdida: Memorias*, Barcelona: Seix Barral, 1978. José Moreno Villa, *Vida en claro*, Madrid: Visor Libros, 2006. Pedro Aullón de Haro, *El Jaiku en España*, Madrid: Ediciones Hiperión, 1985, 2002, pp. 39-40.

(10) Aullón, *op. cit.*, p. 45.

(11) 本名はホセ・ベリョだが、通常愛称を用いてペピン・ベリョと呼ばれるので、本書では以後ペピン・ベリョと書く。

(12) David Castillo, Sardá Marc. *Conversaciones con José "Pepín" Bello*, Barcelona: Editorial Anagrama, 2007, p. 64.

(13) モレノ・ビリャによる作品。

(14) アルベルティによれば、アナグリフォの会は主に寮のロルカの部屋で行われたという（Alberti (1978), *op. cit.*, p. 214.）。

(15) *Ibid.*, p. 214.
(16) アルベルティによれば、ペピン・べリョ Pepín Bello の作品である可能性がある（*Ibid.*, p. 214.）。
(17) *Ibid.*, p. 215.
(18) Moreno Villa, *op. cit.*, pp. 88-89.
(19) Alberti (1978), *op. cit.*, p. 216.
(20) Aullón, *op. cit.*, p. 45.
(21) Moreno Villa, *op. cit.*, p. 214.
(22) Gibson (2006), *op. cit.*, p. 56.
(23) *Ibid.*, p. 54.
(24) Castillo, Sardá, *op. cit.* この本はロルカたちの仲間であるペピン・べリョが二〇〇六年一二月、一〇二歳のときに受けたインタビューを元にして書かれている。
(25) Moreno Villa, *op. cit.*, p. 68.
(26) J. M.V., "Paul-Luis Couchoud,—*Sages et Poètes d'Asie*—París, Calmann-Levy", *La Pluma*, el junio de 1920, p. 46. この論説は、J. M.V. の署名で発表された。
(27) Moreno Villa, *op. cit.*, p. 67.
(28) Enrique Díez-Canedo, "Antonio Machado, poeta español", *El Sol*, Madrid (20 de junio de 1924).
(29) Basil Hall Chamberlain, "Bashō and the Japanese Poetical Epigram", *Transactions of Asiatic Society of Japan*/the Asiatic Society of Japon.—Reprint ed. vol. 1 (1872)-v.50 (1922). Yushudo, 1964-1965, p. 305.
(30) 下線部は原文のまま。ouer か o'er のミスプリントと思われる。
(31) 一九〇二年、アストンの『日本文学史』をフランス語に訳したヘンリー＝D・デイヴレーはハイカイを三行で訳し、チェンバレンの「芭蕉と日本の詩的エピグラム」の抄訳を一九〇三年に行ったクロード・メートル、および一九〇六年に俳句論「日本の抒情的エピグラム」を発表したクーシューもこれに従った。このようにハイカイが三行で書かれる傾向が生まれつつあったものの、まだ定着していたわけではなかった。クーシューの俳句論が掲載された雑誌『レ・レットル』

誌 *Les Letres* の主宰者であり、詩人でもあるフェルナン・グレッグが、ハイカイを四行で書いていることからもそれがうかがえる（金子美都子「訳者解説」ポール＝ルイ・クーシュー／金子美都子、柴田依子訳『明治日本の詩と戦争——アジアの賢人と詩人——』みすず書房、一九九九年、二八三〜二九〇頁）。

（32）チェンバレンの「芭蕉と日本の詩的エピグラム」にも、芭蕉の「古池や蛙飛び込む水の音」の紹介にあたって、日本人には、蛙の声が歌のように聞こえるのだという記載がある（Chamberlain, *op. cit.*, p. 279.）。

（33）この詩は『ラ・プルマ』誌に掲載された。

（34）Enrique Diez-Canedo, "La Vida Literaria", *España*, núm. 284（1920）, pp. 11-12.

（35）Jesús Rubio Jiménez, "La difusión del haiku: Diez-Canedo y la revista España", *Revista de Investigación Filológica*, XII-XIII, 1987, p. 90.

（36）Elda Pérez Zorrilla, *La poesía y la crítica poética de Enrique Díez-Canedo*, La Universidad Complutense de Madrid, 1998, p. 98. Tesis doctoral.

（37）Chamberlain（1902）, p. 281.

（38）クーシュー前掲註(31)書、六一〜九〇頁。

（39）同右、六九頁。

（40）以下、特記ない場合は、次の文献の記述に従う。Pérez Zorrilla, *op. cit.*, pp. 31-62.

（41）ジュディット・ゴーティエが亡くなった翌年の一九一八年、ディエス＝カネドは、「ジュディット・ゴーティエ」Judith Gautier と題する論説を『エスパーニャ』誌に掲載した。ディエス＝カネドは、彼女の家を訪問したときの思い出も盛り込みつつ、彼女の人生を振り返っている（Enrique Díez-Canedo, "Judith Gautier", *España* 143, enero de 1918.）。

（42）Jiménez（2006）, *op. cit.*, p. 248.

（43）Alegre Heitzmann, *op. cit.*, p. 248.

（44）一九一三年からディエス＝カネドは事務局長を務めるなどアテネオとは関係が深かった。

（45）Pérez Zorrilla, *op. cit.*, p. 32.

（46）ディエス＝カネドはこのほか、『ラ・ボス』紙 *La Voz*『インディセ』誌などにも寄稿した。

（47）一九二三年に哲学者ホセ・オルテガ・イ・ガセットが創刊した雑誌。当時のスペインの知性を代表する雑誌である。ディエス＝カネドは雑誌の創刊時から関わりを持ち、文学、演劇、芸術などについての記事を書いた。

（48）前衛詩人。「ハイカイ」を書き、学生寮に住んだ。彼は一九二七年八月にアルゼンチンへ行き、ホルヘ・ルイス・ボルヘスの姉妹であるノラ・ボルヘスと結婚する。トーレがハイクを書いた影響だろうか、ボルヘスもハイクを書いている。

（49）ギリェンの伝記については主に次の文献を参考にした。José Manuel Blecua, "Introducción", *Cántico*, Madrid: *Editorial Biblioteca Nueva*, 2000, pp. 11-74.

（50）*Ibid.*, p. 12.

（51）*Ibid.*, p. 12.

（52）Blecua, *op. cit.*, p. 16.

（53）*Ibid.*, p. 16.

（54）「学生寮・幼年部」については以下の二冊を参考にした。Castillo, Sardá, *op. cit.*, pp. 23-25. Emilio Prados, *Poesías completas*, Madrid: Visor Libros, 1999, p. 18.

（55）Castillo, Sardá, *op. cit.*, p. 24.

（56）Carlos Blanco Aguinaga, "Vida y obra" en *Poesía completas I*〔de Emilio Prados〕, Madrid: Visor Libros, 1999, p. 18.

（57）*Ibid.*, p. 32.

（58）*Ibid.*, p. 32. Manuel Altolaguirre, *Obras completas*, I, Madrid: Ediciones Istmo, 1986, p. 46.

（59）*Ibid.*, p. 46.

（60）*Ibid.*, pp. 46-47.

（61）アルトゥロ・ラモネダ前掲註（2）書、三〇五頁。

（62）Castillo, Sardá, *op. cit.*, p. 127.

（63）Emilio Prados, *Poesías completas*, Madrid: Visor Libros, 1999. プラドスの詩の引用はすべてこの全集から行った。

（64）プラドスの伝記には「自然」という語が頻出する。プラドスは、子供の頃から自然を愛し、「植物が生えたり枯れたりすることや、虫の活動を夢中になって眺め」「生死の神秘が彼の人格形成と詩の根本となった」。さらに小学校の頃には学校へ行くよりも、家で「自分の部屋で飼っていた、キジバトやコオロギ、さらに植物の世話をする」ほうが好きだったという（Blanco Aguinaga, *op. cit.*, p. 13.）。一二歳の時、プラドスは家族と共にマラガの山の村で一年暮らした。その時、村の子供と共にヤギや馬やウサギの世話をしたり、畑仕事をし、「自然の現実と神秘」を学んだという（*Ibid.*, p. 14.）。子供が山や川で遊び、自然の中の生き物を愛することは珍しいことではないが、プラドスの伝記では、それが極端に強調されている。それまでの西洋の文学ではあまり取り上げられなかったような形で自然が彼の作品の中に現れたため、その理由が彼の幼年時代に求められたのではないだろうか。

ホセ・フアン・タブラーダについての研究書においても、タブラーダが子供の頃から昆虫が好きだったことが書かれている（太田靖子『俳句とジャポニスム――メキシコ詩人タブラーダの場合――』思文閣出版、二〇〇八年、二二一～三六頁）。ガルシア・ロルカの研究書も例外ではない。いかにガルシア・ロルカが自然を愛したかが、昆虫や鳥と詩人との幼い頃の交流などの例と共に、繰り返し紹介されている（José Luis Cano, "Prólogo", *Romancero gitano, Poema del cante jondo*, Madrid: Espasa-Calpe, pp. 7-32.）。この詩人たちは、自分の気持ちを表現するために虫や自然を利用しているのではなく、それら自体を客観的に描写している。それまでの西洋の詩ではこのような表現はされてこなかったため、この自然を見つめる視線には俳句が影響を及ぼしていると考えられるのではないか。しかしそれに気づかない伝記作者たちは、彼らの詩の表現の特殊性を彼らの幼年期に求めざるを得ないようだ。

(65) 七世紀のオウジ（皇子?）Oziによる「不透明な歌」La canción opaca, フジワラ ノ ヒロツグ（藤原広嗣?）Fujiwara No Hirotsugu による「花盛りの枝」Rama en flor, 九〇三年に書かれた詠み人知らずの「情熱的な考え」Pensamiento apasionado, 無名の女官 cortesana desconocida による、「月を眺めて」Mirando a la luna の四篇である。

(66) Blanco Aguinaga, *op. cit.*, p. 32.

(67) *Ibid.*, pp. 27-28.

(68) "Advertencia editorial", *Viaje a las islas invitadas. Manuel Altolaguirre (1905-1959)*, Madrid: Publicaciones de la Residencia de Estudiantes, 2005.

(69) ほとんどの二七年世代の詩人たちはそれぞれ、グループ内に特に関係の深い詩人を一人持っていた。二人一組の詩人の集まりが二七年世代を構成しているといっても過言ではないほどである。例えば、ロルカはアルベルティと一組であった。

同様にセルヌダとアレイクサンドレ、サリナスとギリエン、ダマソ・アロンソとヘラルド・ディエゴ、アルトラギレとプラドスが一組をなしていた（Castillo, Sardá, *op. cit.*, p. 119.）。

　アルトラギレと彼の相棒のプラドスの足跡は重なるところが多い。しかし、アルトラギレの活動の範囲はプラドスより広範囲であり、より多くの詩人たちを結びつけた。

(70) James Valender, "Cronología", *Viaje a las islas invitadas. Manuel Altolaguirre*（*1905-1959*）, Madrid: Publicaciones de la Residencia de Estudiantes, 2005, p. 108. アルトラギレの人生についてはこの文献を参考にした。

(71) *Ibid.*, p. 109.

(72) *Ibid.*, p. 112. アルトラギレの友人の詩人であり作家であるホセ・ベルガミンに言わせれば、この詩は「完璧な小さな詩」であり、「その声と抑揚――それは、短く、軽く、深い――は、この瞬間までけっして聞かれることのなかった、純粋極まる詩に属するもの」である（José Bergamín, "Homenaje y recuerdo", *Viaje a las islas invitadas. Manuel Altolaguirre*（*1905-1959*）, Madrid: Publicaciones de la Residencia de Estudiantes, 2005, p. 55.）。

(73) 「騎乗の歌」の場合、繰り返される連は二種類あり、それが交互に繰り返されている。

(74) Valender, *op. cit.*, p. 116.

(75) Altolaguirre（1986）, *op. cit.*, p. 65.

(76) アルトラギレによると、彼の作品の中で商業的に一番成功したのが、この冊子である（*Ibid.*, p. 65.）。

(77) José García Rodríquez, "José María Hinojosa", *Jábega*, núm. 34, 1981, Centro de Ediciones de la Diputación de Málaga, pp. 29-31.

(78) *Ibid.*, p. 29.

(79) Castillo, Sardá, *op. cit.*, p. 35.

(80) Altolaguirre（1986）, *op. cit.*, p. 54.

(81) *Ibid.*, p. 54.

(82) *Ibid.*, p. 56.

(83) *Ibid.*, p. 54.

(84) José Maria Balcells, "Poesía japonesa y poesía occidental", *Historia y Vida,* extra núm. 68, Barcelona: Historia y Vida, S. A., 1993, pp. 139-140.

第四章　「ウルトライスモ」と「グレゲリア」の役割

一　「ウルトライスモ」とは

「ウルトライスモ」とは、一九一八年にマドリードで起こった詩の革新運動である。運動にはスペインと中南米の詩人が参加した。詩人たちは同じ理想を共有していたわけではなく、ただ先行する「モデルニスモ」から抜け出した新しい詩を書くことを目標としていたに過ぎない。だから具体的な理論は持たなかったが、改革のための新しい技術が必要だという点では意見が一致していた(1)。中心となったのは、文学者ラファエル・カンシノス＝アセンスである。カンシノス＝アセンスは一九一四年に小説『七本枝の燭台』*El Candelabro de los siete brazos* を出版して以来、大衆向けの小説、翻訳などを手がけ(2)、さらに、文学批評も盛んに行った。特に夕刊紙『スペイン通信』*La Correspondencia de España* の文芸批評では、多くの読者を獲得した。特に若い世代に人気があり、その尊敬を勝ち得た。彼が毎週土曜日にマドリードのカフェ「カフェ・コロニアル」で主宰したテルトゥリアには、文学を志す若者が集まった。

このテルトゥリアのメンバーがカンシノス＝アセンスにしたある質問が、ウルトライスモ宣言の元となった。「ラファエル、あなたは、スペインの政治と知的未来についてどういう意見を持っていますか？(3)」という質問がなされる。これに対して、カンシノス＝アセンスは答える。「ロマン主義を超える詩においてのみ、知的未来があると思う」。さらに、カンシノス＝アセンスは続ける。「それ以外は、古い、古い、古い。白いあご髭をすでに蓄えていて、それが足にまで届いている。詩は、レトリックを完全に捨て去らねばならない。演説になっては絶対にいけない」(4)。

しかし、この「宣言」では、ウルトライスモがロマン主義とレトリックを批判するものであることはわかるが、どのような手法によって、何を目指すのかということがもう一つはっきりしない。トーレの「ウルトライスモの起源」(5)の次の一節は、その点を補おうとしたもののように読める。

ウルトライスモの詩の理論をまとめて言えば、（中略）次のようになる。まず、新しいテーマを導入して抒情詩に組み込むことである。そのために、イメージと隠喩を今以上に高く評価し、逸話や、小説的叙述、熱情的レトリックを極力排除する。第二に、感傷的なものを排除するが、現代社会において感傷の故意的不純物として存在する風刺は保持する。ただし、あくまでも、斜に構えた見方をすること。そうすることで、論理的な談話の継続を断ち切り、断片的な認識をくっきりと際だたせることで逆に、純粋な抒情性があふれ出るようにするのである。このような、無邪気であると同時に大胆な熱意が、我々を支配していた。ホルヘ・ルイス・ボルヘスも書いているではないか。「我々は郷愁の蜜に酔いたいわけではない。あらゆるものの開花を見たいのだ」と。

イマジズムの影響が感じられる言説である。しかしながら、このようにことばを尽くしてもなお、何を排除し、何を残すのかが少し具体的にわかるだけである。その結果得られるのが「純粋な抒情性」ぐらいだ、というのではさびしい限りだと言わざるを得ない。要するに、彼らはモデルニスモからの脱却を標榜し、新しい詩を求めたにもかかわらず、結局はそこに到達することができず、モデルニスモよりも古臭い詩を書く者さえ出てくる有様であった。ウルトライスモの詩人たちよりも、モレノ・ビリャやディエス＝カネドのほうがよほど革新的でもあった。[6]

オルテガなどは「「ウルトラ」という前衛文学運動の中で、唯一値打ちのあるのはその巧みな命名だけであった[7]」と切って捨てている。

当時はヨーロッパ先進諸国で産業が発達し、合理主義や個人主義が勢いを増しつつあった。他国では新しい世界観を反映する文学が起こっていたが、スペインにはそれがなかった。そのため、「ウルトラ主義者たちもまた、新しい世界の代弁者になることを望み、そのための新しい声を捜し求めた[8]」。しかし、残念なことに、理想を実現しうる優れたリーダーや詩人に恵まれなかったことがウルトライスモの不運であった。

二 「ウルトライスモ」と俳句

このようにウルトライスモは、多くの優れた詩人を輩出した華やかなモデルニスモと二七年世代の狭間にあって、まことに影が薄い。とはいえ、スペインでの日本の俳句の影響を考えるためには、簡単に見過ごすわけにはいかない。

というのは、第一に、画期的に短い詩を書いたヒメネスとゴメス・デ・ラ・セルナが、ウルトライスモの先駆者だと見なされているからである。両者ともに俳句に触発されて短詩を書き始めた可能性があり、その流れをウルトライスモの詩人たちが受け継いでいると考えられる。そして第二に、ウルトライスモの詩人の多くがハイカイと称する詩を書いているからである。

グロリア・ビデラは、『ウルトライスモ』*El Ultraísmo* の中で、この世代を無視すると、モデルニスモから二七年世代への移り変わりが説明できないと指摘している。[9] これまで見てきたように、俳句がスペイン詩に浸透していったのは、モデルニスモの時代から二七年世代にかけてのことだから、その意味でもぜひウルトライスモを検討しておく必要がある。

現に、トーレの「ウルトライスモの起源」から先に引用した、「イメージと隠喩を今以上に高く評価し、逸話や、小説的叙述、熱情的レトリックを極力排除する」という点と、「論理的な談話の継続を断ち切り、断片的な認識をくっきりと際だたせることで逆に、純粋な抒情性があふれ出るようにする」という部分には、まさに俳句の特徴と共通したものがある。つまり、それまでの西洋の詩が一般に長く論理的であったのに対し、ウルトライスモが目標とする詩は、断片的であるが、細部がくっきりと現れる、という俳句との共通点を持っていると考えられるのである。

それでは実際に、俳句に触発されたとみられる、ウルトライスモの詩人の作品を見ていこう。ただし、ウルトライスモの詩人ではないが、この運動に接近していた詩人の作品もここに含めることにする。

1　ウルトライスモ詩人ギリェルモ・デ・トーレ

まず、トーレが一九一八年から二二年にかけて書いた詩を集めた詩集『プロペラ』*Hélices*（一九二三）から「ハイカイ」Hai-kais と題された詩を取り上げよう。

Otro árbol, con las manos
en los bolsillos, se ciñe
los collares del viento.

もう一本の木は、両手を
ポケットに入れ、風のネックレスを
身につける。

La tijera del viento
corta las cabelleras
de las espigas más esbeltas.

Su cuerpo tan ingenuo
se deslíe entre las olas.
Y el mar rebosa de azules.

Un árbol oblicuo sacude
mareado sus melenas,—hojas
amarillas del otoño.

Mi corazón adelanta la hora:
Si no acudes me clavaré la espada
del recuerdo: harakiri.

Adiós, japonesismos de Occidente,
escritos sin grafía vertical
y para ojos sin oblicuidad

風のはさみが
極めて細身の穂からできた
髪を切る。

風のかくも無邪気な肉体が
波の間を滑る。
そして、海は青であふれる。

自分の長い髪にうんざりして、
一本の傾いた木は、振り落とす、
秋の黄色い葉っぱを。

僕の心は時間を追い越す。
お前が駆けつけないなら、僕は自分に
突き刺すだろう、記憶の刀を。ハラキリ。

縦書きでなく書かれた、
目尻がつり上がっていない目のための
西洋の日本趣味よ、さようなら。

図22　ギリェルモ・デ・トーレ

まず、四連目まででは、風が冷たくなってきた晩秋の情景が、擬人法をたっぷりと用いて描かれている。ここまでの内容はこれといった意外性もなく理解が容易である。しかし五連目に至って人物が登場すると、急に雰囲気が変わり、解釈が必要となる。男は女と待ち合わせをした。しかし、女はなかなか現れない。時間の経過が遅く感じられ、急いた男の気持ちはまるで時間を追い越してしまうかのようである。もう来ないかもしれない、と思うと、それまでの楽しい記憶がかえって心を苛む。ハラキリの痛みとはこんなものなのだろうか。最後の連はいささか突飛であるが、「ハイカイ」によって、これまでの西洋の詩とは決別したいという決意の表明であろう。これまでの詩は、「目尻がつり上がっていない」西洋人のために、「縦書きでなく」横書きで書かれた、日本の事物を取り込んだだけの薄っぺらなものであったが、今後は、西洋独自の「ハイカイ」を書くんだという意思をこのハイカイにこめているのではないか。こう考えると、あるいは前の連の女は、なかなか実現できない、この西洋独自の「ハイカイ」の比喩なのかもしれない。

2　アントニオ・エスピナの「版画」

次は、一九二〇年に発表されたアントニオ・エスピナ(10)の「版画」(11) Aguatinta である。

Aguatinta

La nube en lo alto
Da la sensación

「版画」

高みに雲を頂いて
太鼓を叩いているドン・ニカノールのような

De un Don Nicanor tocando el tambor.
Ríe el casucho
Del gran rascacielos
Con su dentado balconaje negro.

印象だ。
あばら家が嘲笑う、
そんな大摩天楼を
黒ずんだ味噌っ歯のバルコニーを剝き出しにして。

吹き口から息を吹き込むと人形が太鼓を叩く、ドン・ニカノールというおもちゃがある。この人形は細長く、黒い雲のような頭髪をしている。第一連では黒い雲のかかった摩天楼をこの人形に見立てている。太鼓は雷鳴であろう。一方、第二連では、あばら家が「背の低い自分は雷に脅かされることはない」、とせせら笑っている。ぼろぼろのバルコニーが味噌っ歯に見立てられている。

また、一九二一年には、アントニオ・エスピナは「同心円」[12] Concéntricas という題で三つの詩を『エスパーニャ』誌上で発表しており、そこには、「ほぼ「ハイカイ」」Casi 'Haikais' という三連からなる作品がある。次はその二連目である。

La casita aislada
Tan sola
Que parecía que no estaba.

小さな一軒家
あまりにも孤独なので
まるでそこに無いかのよう。

人里離れた小さな一軒家。周りには何もない。景色の中に飲み込まれ、よく目を凝らしてみないと、そこに家があるとは分からないぐらいだ。「ほぼ「ハイカイ」」と名づけているので、エスピナにとってこの詩がハイカイに近いものであることは確かだろう。先に見た「版画」も俳句的な詩だとみなされているが[13]、それに比べても余分な要素が削り落とされている点がより俳句に近いといえるかもしれない。ただ「版画」にある、見立て、そして見立てによって生み出される物語性と滑稽味がここには欠けているという見方もできるだろう。

3　フランシスコ・ビギの「僕の初めてのハイカイ」

一九二二年、ウルトライスモの詩人、フランシスコ・ビギの「僕の初めてのハイカイ」[14] Mis primeros hai-kais が『エスパーニャ』誌に掲載された。それぞれに題のついた八篇の三行詩で、まるで「ハイカイ」を紹介するかのような詩である。以下はその最初の四連と最終連である。

1

Definición

Hai-kai verso japonés:
Todo el paisaje en el espejo
de una gota de agua.

2

Estilo Xènius

El viento es director de ceremonias:

1

「定義」

ハイカイは日本の詩
景色はまるごと、一粒の水滴
の鏡の中に。

2

「シェニウスのスタイル」

風は式典の演出家

Siempre que atravesamos los maizales
inclina reverente las panojas.

3

Ejemplo

Martillo de la fragua:
Siempre cerca del fuego
y trabajar cantando.

4

Alegría infantil

Lluvia, Sol, Arco-iris:
Hemos salido del colegio
y mañana ¡es Domingo!

8

Triste y perogrullesco

Otro síntoma de vejez:
Cuando vuelva a escribir Hai-kais

僕達がとうもろこし畑を通り過ぎる度に
うやうやしく穂を下げさせる。

3

「作例」

鍛治屋の金槌
いつも火のそばで
働いている、歌いながら。

4

「子供の喜び」

雨、太陽、虹、
ぼくらは学校から出てきたところなんだ
で、明日は、日曜日！

8

「さみしく、自明の」

老いの兆候がもう一つ
僕が今度ハイカイを書くときには、

それはもう初めてではないのだ!

¡Ya no será por primera vez!

作者の、「ハイカイ」を書こうという意気込みにあふれた詩である。一連目でビギは「ハイカイ」を定義している。「ハイカイ」は、景色を極端に少ないことばで余すところなく表現する日本の詩だという。次の連の題名にあるシェニウスとは、ドルスのペンネームである。ビギは自分がシェニウスのスタイルだと理解している方法でこの連を作り、彼へのオマージュとしているのだろう。第三連は、「例」と題されている。つまり、第一連の定義に従い、またシェニウスのスタイルを考慮しつつ、自らの「作例」を載せたものと思われる。鍛治屋の金槌を擬人化したこの連は、後に紹介するゴメス・デ・ラ・セルナの「グレゲリア」を彷彿させる。ゴメス・デ・ラ・セルナはすでにグレゲリアを発表し始めており、それに触発されたと考えることもできよう。第四連になってようやく景色を「まるごと」歌い込んだ詩となる。そして週末を控えた児童のうきうきした気分が添えられる。最後の連では、こうして「ハイカイ」を書いた。これで自分は老年に達して振り返ってみたとき、「ああ「ハイカイ」を書いておけばよかった」と後悔することはあるまい、という一種の満足感が表現されている。つまり、この詩は、出会いから、習作、会得、そして将来の予想までを含むビギの「俳句遍歴」を詠ったものだと解釈できるだろう。当時の詩人が俳句にいかに大きな関心を寄せていたかということを示す史料としては重要だが、詩としては面白みに乏しい。

4　アドリアノ・デル・バリェの「七色のハイカイ」

一九二三年、アドリアノ・デル・バリェが「七色のハイカイ」[15] Hai kais en siete colores を同じく『エスパーニャ』誌に寄稿する。第四連、五連、六連は四行で、それ以外は三行で構成されている。

1

En la escarchada claridad del cielo
se abrió la estrella de tres puntas como
si fuera un trébol.

砂糖の衣をまとった空の明るさの中で
咲いた、三つの角のある星が、まるで
クローバーのように。

2

Quiero asomarme en mis sueños
al ventanal de colores
de los recuerdos...

夢の中で覗いてみたい、
思い出の
色つき窓から顔を出して……

3

Por la pradera corrías,
ligera y blanca,
detrás del viento.

草原をお前は走っていた
軽やかに白く、
風を追って。

4

Arco Iris, "domus áurea"
alhambra abierta en el cielo:
en sus jambas de colores

虹、「黄金宮殿」、
空に開いたアルハンブラ。
天然色の脇柱に、

se enredaban tus cabellos...

絡みつく、お前の髪……

モデルニスモの詩の特徴が、色彩性豊かな表現や、エキゾチックな世界の歴史と伝統を主題とすることであるとすれば[16]、この詩はかなりモデルニスモ的である。まずタイトルが非常に色彩的である。第一連は、おそらくは夕暮れの甘ったるいピンク色の空、金または銀の星、そして比喩として用いられているクローバーの緑、と淡いながらも色彩豊かな情景描写である。二連でも色彩が重要な役割を果たしている。三連は内容こそ平凡であるが、描写は簡潔でもっとも俳句に近いと言えよう。ただ、最後の連は、モデルニスモの見本のようなものである。

こうして見ると、この詩は「ハイカイ」と題されてはいるが、モデルニスモの伝統を引きずっているとみなさざるを得ない。ウルトライスモの詩人たちの限界を示す好例と言ってもいいのではないだろうか。

5 「ウルトライスモ」の雑誌と俳句

このように、「ウルトライスモ」系の雑誌が俳句の普及に大きな役割を果たす。ここではそれら雑誌の系譜を辿ってみよう。

まず、カンシノス＝アセンスや、トーレ、ボベダら前衛的な詩を書く詩人たちは、『ロス・キホーテス』*Los Quijotes*という雑誌で作品を発表し始めた。ウルトライスモ宣言がなされたころ、彼らは、『ロス・キホーテス』誌の廃刊と共に創刊された『ギリシャ』誌*Grecia*に活動の場を移す[17]。『ギリシャ』誌は当初、モデルニスモの雑誌だったのだが彼らの合流によって徐々にウルトライスモの雑誌になっていった。

一九二〇年、『ギリシャ』誌は、その拠点をセビリャからマドリードに移す。本拠地の変更を発表する記事において、バンド・ビリャールは、『ギリシャ』誌はウルトライスモの雑誌であると明言し、「ウルトラ万歳」で締めくくっている。[18]

『ギリシャ』誌以外に、ウルトライスモにとって重要な役目をしたのは、『セルバンテス』誌である。この雑誌は一九一六年にマドリードで創刊された。『ギリシャ』誌と同じように、当初はウルトライスモの雑誌ではなかったが、一九一九年にカンシノス＝アセンスが率いるようになって、ウルトライスモの雑誌となる。参加メンバーは『ギリシャ』誌とほぼ同じである。[19] 一九一九年一月に、カンシノス＝アセンスは、『セルバンテス』誌に、「三行からなる日本の詩」[20]について触れた箇所のあるマックス・ジャコブの『骰子筒（さいづつ）』の序文のスペイン語訳を掲載した。[21] そこで彼が俳句に言及したことが、スペインへの俳句紹介のきっかけになったという説もある。[22] しかしこれまで見てきたように、それよりはるか以前にスペイン詩人が俳句を詩に取り入れていた事実があるため、これは正しくない。とはいえ、マックス・ジャコブのプロローグによって彼らフランス人たちが俳句を高く評価していたことが分かったわけであり、このプロローグが大きな意義をもっていたことに変わりはない。

さらに、一九一九年の三月には、セサル・アロヨが『セルバンテス』誌上で、「ラテンアメリカの新しい詩」[23]という論考を発表した。その中でアロヨは、タブラーダの『ある日……』の序文と一一篇の三行詩を出版に先立って紹介し、それら三行詩についての説明も加えた。[24]

すでに何度も登場している雑誌『エスパーニャ』はウルトライスモの雑誌ではないが、ここまで見てきたように、ウルトライスモの詩人たちにも活動の場を提供していた。なお、この雑誌の編集長はディエス＝カネドである。また、ロルカやヒメネスも寄稿し、短い詩を発表している。つまりこの雑誌において、ウルトライスモの詩人たちとそれ以外の詩人たちの、俳句を介した接触があったと言えるだろう。

三　ラモン・ゴメス・デ・ラ・セルナと「グレゲリア」

ウルトライスモの成立に大きな影響を及ぼし、また、俳句の伝播においても多大な貢献を果たした詩人ラモン・ゴメス・デ・ラ・セルナと、彼が編み出した詩法「グレゲリア」[25] greguería について、ここで触れておかねばならない。

ゴメス・デ・ラ・セルナは、一八八八年、マドリードの裕福な家庭に生まれた。早くから文学に高い能力を発揮し、一九〇四年に、処女作『火中に入る』*Entrando en fuego* を発表する。大学では法学を修めたが、その資格を活かす仕事にはつかなかった。一九〇八年に父が彼のために『プロメテオ』[26]誌 *Prometeo* を創刊してくれたからである。この雑誌は、「若い彼が文学的実験をし、ヨーロッパで現れ始めた前衛の重要な文献を翻訳する場として役立った[27]」。

成人した後、ゴメス・デ・ラ・セルナは、一九三六年にアルゼンチンに移り住むまで、生活の基盤をマドリードにおいた。そこでは、親友たちの住む学生寮にも出入りしていた。またこの時期、彼はヨーロッパ各地を頻繁に訪れた。なかでもパリとポルトガルのエストリルには何度も滞在した。エストリルに家を持ち、パリにアパートを借りていたこともあった。

図23　ラモン・ゴメス・デ・ラ・セルナ

一九一二年、ゴメス・デ・ラ・セルナは、マドリードで文学のテルトゥリアを始め、一九三六年にスペイン内戦が始まるまで、それを途切らせることはなかった。不在のときも、手紙でテルトゥリアに参加した。一九三六年内戦勃発と共に、ブエノス・アイレスへ移り住み、そこで一九六三年に没する。

ゴメス・デ・ラ・セルナは、ヨーロッパの前衛的な文学を紹介することによって、新しい潮流をスペインに広めた。また、彼の主宰する文学のテルトゥリア「ポンボ」Pomboで、若い詩人たちにその知識を伝えた。例えば、彼のテルトゥリアの常連にはトーレがいる。[28]すでに見たように、トーレは、後にウルトライスモの中心となった人物であり、学生寮でロルカら詩人たちに影響を与えた人物でもあった。一九〇六年、「ハイカイ」の実作をし、スペインに初めて「ハイカイ」を紹介したカタルーニャのアウジェニ・ドルスもポンボに立ち寄ったことがあった。文筆家だけではない。パブロ・ピカソや、マリー・ローランサン、フリオ・ロメロ・デ・トーレスなどの画家も参加したことがある。さまざまな国の作家や芸術家がこのテルトゥリアに立ち寄ったのである。「彼の世代のあらゆる作家の中で、彼だけが国際色豊かな雰囲気を作ろうと努めた」と、オクタビオ・パスが彼のテルトゥリアを評している。[29]

ゴメス・デ・ラ・セルナが一九一〇年から書き始めたグレゲリアという短詩型には、俳句の影響が見られる。その根拠は、第一に彼自身がそう述べていることである。ゴメス・デ・ラ・セルナは「グレゲリアが何かの何かを持っているとしたら、ハイカイの何かだ。ただ、散文で書かれたハイカイだ[30]」という。さらにこうも述べている。「ハイカイは、グレゲリアの露でしかない。桑の葉で養分をとる蚕から、絹ができるように、グレゲリアの葉からハイカイはできているのだ」。そして「グレゲリアは、日本からくる水中花のようである。アルディーテ貨幣のよう〔につまらない物〕でありながら、水に入れられると水を吸い込み、膨らみ、花となる[31]」。つまり彼は、俳句の暗示性の高さをグレゲリアが持っていることを示唆している。また、彼は「隠喩+ユーモア=グレゲリア[32]」Metáfora + Humor = Greguería と定義している。

第二に、グレゲリアは西洋のそれまでの詩に比べると、極端に短い詩型である。

第三に、俳句と関係があるといわれているイマジズムとグレゲリアの間には、共通点がある。

1　「グレゲリア」――革新的短詩――

ゴメス・デ・ラ・セルナによると、一九一〇年の暑い午後、マドリードのプエブラ通りの家で、彼はグレゲリアを思いついたという。ゴメス・デ・ラ・セルナは、さまざまな機会にグレゲリアの語源についていろいろなことを語っている。自分でもこれといった確固たる定義は持っていなかったようだ。たとえば一九六〇年版の『グレゲリアス』[33]の序文ではこう述べている。「なぜグレゲリアスという名前なのか？　このジャンルを発見したとき僕は、それに上手い名前をつけるには、内省的でなく、あまり使われてもいない単語を見つけなければならないと思った」。その結果、脈絡もなく頭に浮かんだのが「グレゲリア」だった。「古い辞書によれば、母豚の後をついていく子豚たちが上げる鳴き声を意味する」。それを彼は「生き物や事物が、無意識のうちに発する不可思議な叫び」を指すために使った。この古い辞書の中に埋もれた、もはや何ものをも意味しない単語を彼は自分の新しいジャンルの文学の名に変えたのである。要するに、「グレゲリアは唯一無二のものであって、「グレゲリア」という名前でなければ、いくらグレゲリアであろうともがいても無駄なのである」というように、極めてユニークなものということを表していると考えてよいだろう。

作品が初めて発表されたのは、一九一二年、『プロメテオ』誌の三二号においてである[34]。その後、一九六三年に亡くなるまで、ゴメス・デ・ラ・セルナはグレゲリアを書き続ける。単独で発表するのはもちろんのこと、小説やエッセイ、伝記や演劇など他のジャンルの作品中にも挿入した[35]。

グレゲリアとは、どのような文学なのか、主にロドルフ・カルドナの説に沿って概観してみたい。

El cisne mete la cabeza debajo del agua para ver si hay ladrones debajo de la cama.

白鳥は水中に頭を沈める、泥棒がベッドの下にいないかを確かめるために。

カルドナはこれについて「ここには、筋の通らない並置がある。それを正当化するのは、似通った動作が生み出す連想である」と言っている。(36)

ゴメス・デ・ラ・セルナは、「グレゲリアのプロセスを定義しようとするとき、それが頭の中で無理に作り出されたものではなく、連想による潜在的なもの——つまり思いがけないものや、偶然の産物——であるという側面を強調した」。グレゲリアは「物と魂が本当に偶然に出会ったときに、それらが発する致命的な叫びであるにすぎない」。つまり、グレゲリアは故意に作られるものではなく、「ある物 una cosa やある対象 un objecto など、それがなんであれ、それらが我々の想像力のなかで、作り出す瞬間的な印象から自然に湧き出る」ものであり、「その印象は、純粋に視覚的な連想を我々の中に引き起こす」ものなのである。(37)

川本はイマジズムについて、「個々の具体的な経験に即してあらたに発見された比喩そのものが、詩の眼目であり、それこそが、読者に伝えたい肝心のメッセージだというのです」(38)とエズラ・パウンドのイマジズム論について解説しているが、このグレゲリアの定義には、まったく重なるものではないにせよ、共通する部分があると言えよう。グレゲリアを初めて英語に翻訳したのがF・S・フリントであったのもけっして偶然ではないのである。(39)

さらにカルドナは、視覚的なグレゲリアの例として次の作品を挙げている。

En el cisne se unen el ángel y la serpiente.　　白鳥においては、天使と蛇が結びついている。

白鳥の羽とその白さが天使のようであり、首が蛇のようだということが表されているが、このように視覚的な印象を説明すると面白味がなくなり、「このグレゲリアにある詩情」が失われる、とカルドナは、グレゲリアが何よりも「詩」であることを強調している。天使の純粋さや無垢さと、蛇のずるさが白鳥の中で共存している。視覚的なおもしろみと、意味が複雑にからみあうこのグレゲリアは一篇の詩だということだ。ただ、このグレゲリアが視覚的であるかどうかについては意見の分かれるところかもしれない。これは形態的であると同時に象徴的、宗教的でさえあり、むしろ先の泥棒のグレゲリアの方がよほど視覚的であるという見方もできるだろう。それに引き替え、次のグレゲリアは聴覚に働きかける作品であるという指摘は素直に受け入れられる。

La liebre es libre.

野うさぎは野放し

「ある単語の音が、ある連想を我々にもたらし、それがその内部の論理によってその物に結びつけられる。その時、美しい頭韻を持つ「野うさぎは野放し」のごとく、真に詩的な効果を生み出す」[40]。つまり音の類似によってのみ成立するグレゲリアもあるのである。

日常生活で誰もが一度は体験しているが、はっきり意識していなかったようなこと、言われて初めてはっとするようなことをグレゲリアにした作品も多い。

El fotógrafo nos coloca en la postura más difícil con la pretensión de que salgamos más naturales.

写真家はこの上なく難しいポーズを我々にとらせる、より自然に写るようにと。

ここには「この上なく難しい」ということと、「より自然」ということの間にパラドックスが存在する。カルドナは次のグレゲリアは哲学的だというが、むしろ、少しナンセンスな諧謔として受け取るべきだろう。

Si el hombre tiene tanto miedo a la muerte, ¿por qué se mata? —Porque al quitarse la vida se quita el miedo.

人は死を恐れるのであれば、何故自殺するのか。それは、生命が奪われると、恐怖も奪われるからだ[41]。

グレゲリアには、一行から二ページまでのさまざまな長さのものがある。時代が経るにしたがって徐々に短くなる傾向があり、後にはほとんどの作品が一行になる。短いグレゲリアに並置があることはすでに述べたが、長い「手の込んだグレゲリア[42]」にも並置があることがある。その場合にも、短い作品同様、矛盾した二つの行為を結びつけることによって真実味を帯びさせる。これらの「手の込んだグレゲリア」の佳作は、「詩的でユーモラスなイメージを生み出す[43]」とカルドナは述べている。ここでも、グレゲリアが単なる警句や諺ではなく詩的なものであることが示唆されている。

こうして見てくると、グレゲリアはどれも、やんわりとユーモアを含んでいるように思われる。川本が言うように「(連歌に対する)俳諧の本領は「滑稽」に」あるのならば、そしてその「滑稽」がげらげらと笑うようなcomicなものを指すのでないとすれば[44]、まさにこの点にこそグレゲリアと俳句の共通点があると言えるのではないか。

2　イマジズムとグレゲリア

グレゲリアはイマジズムの詩と比較されることがある。どちらも一九一〇年代に書かれ始めた短詩であり、共に作者自身が「俳句と関係がある」と述べているからである。[45]また、すでに指摘したように、ゴメス・デ・ラ・セルナのグレゲリアの定義にパウンドのイマジズム論と似た部分があるからでもある。両者間の違いは、イマジズムが「主としてイギリスで流行し、あっというまに消え去った英語詩の近代化運動[46]」であったものの、運動として広がりを持ったのに対し、グレゲリアはゴメス・デ・ラ・セルナによって半世紀近くにわたり、ただ一人で黙々と書き続けられた個人的な営みであったことである。

では実際に、イマジズムの作品とグレゲリアを比べてみよう。構造的にはどちらも、主に二つの部分から構成されている。

作詩法を見るために次のエズラ・パウンドによるイマジズムの代表的な詩と最初に紹介した泥棒のグレゲリアを比べてみる。

The apparition of these faces in the crowd:
Petals on a wet, black bough.

人ごみのなかに、つと立ち現れたこれらの顔――
黒く濡れた枝に張りついた花びら。　（川本皓嗣訳[47]）

この一行目と二行目は、二つの異なったイメージではない。川本によると、これは「単一イメージの詩」one image poem であり、「重置法」super-position によって、「ある観念を別の観念の上に重ね」られている。[48]つまり、「イメージとは比喩」であり、二行目は一行目の比喩なので単一イメージということになる。他方、グレゲリアでは二つの異なったイメージが「並置」yuxtaposoción されると言われる。たとえば、最初のグレゲリアの、白鳥とベッドの下をのぞく人間である。「重置」と「並置」と呼び名は異なっているが、基本的にはほぼ同様の作詩法を指すと見ていいだろう。

もう一つ、イマジズムの詩もグレゲリアも、共に月の詩が多いという共通点がある。[49] 川本によると、イマジズムの詩人たちは、「語句のもつロマンチックな連想、それも文化のなかで固定した連想を最大限に利用している」という。例えば、「伝統的な満月のイメージ(青白く、冷たく、高貴で近寄りがたい)」に逆らって、月を「垣根に寄りかかった赤ら顔の健康なお百姓の顔」にたとえると、我々は「認識のショック」を味わうという。[50] つまり、伝統的な固定観念を利用して詩を作っているわけであり、これはグレゲリアでも同様である。

El gato cree que la luna es un plato de leche. Si los gatos se subiesen unos sobre otros, llegaría a la luna.

猫は月をミルク皿だと思っている。猫が猫の上に乗って行けば、最後は月に届くだろう。

ここでは、古典的な月のイメージと卑近なミルク皿が、「真っ向から衝突」している。ただし、イマジズムには希薄なユーモアがこのグレゲリアにはある。

A la luna sólo le falta tener marco.

月には、額縁だけが足りない。

ここでも美しい月に見とれる古典的な心持ちを茶化している。

川本によると、パウンドは、イマジズムの原則として、「リズムについては、メトロノームの進行ではなく、音楽的フレーズの進行にしたがって組み立てること」と主張している。これは、「メトロノームが刻むような機械的なリズム（決まりきった韻律）ではなく、楽想によってさまざまな変化を示す音楽のリズムにならって、個々の詩句の内容と表現に即した、より自由でしかも緊密なリズムの構成を工夫せよという」ことを意味し、「自由詩」vers libre への呼びかけだという。(51) 一方、前述のように、ゴメス・デ・ラ・セルナも、グレゲリアを「散文のハイカイだ(52)」と呼び、グレゲリアでは、押韻せず、決まった音節数もないことを強調している。

このようにイマジズムとの共通点の多さも、グレゲリアの俳句性の高さを示唆するものである。

（1） Gloria Videla, *El ultraísmo*, Madrid: Editorial Gredos, 1971. Guillermo de Torre, "Génesis del Ultraismo", *Historia y Crítica de la Literatura Española*, vol. VII, Barcelona: Crítica, 1984, pp. 234-238. Gerald G. Brown, *Historia de la Literatura Española*, vol. 6, Barcelona: Editorial Ariel, 1980. 等を参考にした。

（2） Torre, *op. cit.*, p. 234.

（3） Videla, *op. cit.*, p. 32.

（4） *Ibid.*, pp. 32-33.

（5） Torre, *op. cit.*, p. 238.

（6） Juan Manuel Bonet, "Fragmentos sobre Rafael Cansinos Assens y *El Movimiento V. P.*" *El movimiento V. P*, Madrid: Arca Ediciones, 2009.

（7） Videla, *op. cit.*, p. 36.

（8） *Ibid.*, p. 14.

（9） *Ibid.*, p. 14.

（10） ビデラによると、アントニオ・エスピナは、ウルトライスモの詩人に近かったが、その運動には参加しなかった（Videla, *op. cit.*, p. 165.）。一方、ルビオは彼をウルトライスモの詩人だと見なしている（Jesús Rubio Jiménez, "La difusión del haiku: Díez-Canedo y la revista *España*", *Revista de Investigación Filológica*, XII-XIII, 1987, p. 85.）。

（11）Antonio Espina, "Aguatinta", *España*, 273, 1920.

（12）Antonio Espina, "Concentricas, Casi 'Haikais'.", *España*, 298, 1921.

（13）Rubio, *op. cit.*, p. 92.

（14）Francisco Vighi, "Mis primeros hai-kais", *España*, 311, 1922.

（15）Adriano del Valle, "Hai kais en siete colores", *España*, 372, 1923.

（16）スペインの文学者ホセ・ガルシア・ロペスはモデルニスモ（モダニズム）が扱うテーマについて次のように述べている。「ロマン主義者と同じように、モダニズムの詩人は日常的なものから逃避し、非現実的な世界に閉じこもる。彼らは歴史と伝統を主題として、東洋、古代ギリシャ、中世、ヴェルサイユといった遠きはるかな絢爛たる世界を着想する」。また、文体については、「色彩性と音楽性はモダニズムにおいて大きな重要性をもつ。色彩についていえば、詩人はもっとも華美な色を用い、豊かな配色でその歴史絵巻を浮かびあがらせたり、あるいはうっすらとぼかした色調でその洗練された雰囲気を作り上げる」と述べている。ホセ・ガルシア・ロペス／東谷穎人、有本紀明訳『スペイン文学史』白水社、一九七六年、二六四頁。

（17）Videla, *op. cit.*, p. 35, p. 42. 一九一八年一〇月に創刊された『ギリシャ』誌の社主はイサアク・デル・バンド・ビリャール、編集長はアドリアノ・デル・バリェであった。一九一九年四月には、カンシノス＝アセンスも編集に参加する。

（18）*Ibid.*, p. 51.

（19）*Ibid.*, p. 51.

（20）当時ハイクは三行で書かれるのが一般的であった。

（21）Max Jacob, "Préface de1916." http://www.dllc.unicas.it/sibilio/corso/preface_de_1916.htm においてフランス語の原文を確認（最終閲覧二〇一一年三月二四日）。スペイン語訳は、「最先端のフランス文学」という題名で『セルバンテス』誌上で発表された（Rafael Cansinos-Assens, "Novísima literatura francesa", *Cervantes*, enero 1919, pp. 55-61.）。

（22）例えば、ルビオ・ヒメネス（Rubio, *op. cit.*, p. 86.）。さらにミン（Yong-Tae Min, "Lorca, poeta oriental," *Cuadernos Hispanoamericanos*, 358, 1980, p. 129.）。

(23) César E. Arroyo, "La nueva poesía en América: La evolución de un gran Poeta", *Cervantes*（agosto 1919), pp. 103-113.

(24) これらの雑誌には新しい詩を求める詩人達が集まり、ウルトライスモ以外の詩も寄せられた。また、外国の詩が紹介され、そのスペイン語訳も掲載された。メンバーには、スペインの一流の詩人や作家も含まれている。トーレ、ヒメネス、アントニオ・マチャード、ゴメス・デ・ラ・セルナ、ヘラルド・ディエゴ、モレノ・ビリャ、アルベルティ、ギリェン、ダマソ・アロンソ、ロルカらである。次に取り上げるゴメス・デ・ラ・セルナのグレゲリアもこれらの雑誌で発表された。ただし、ウルトライスモの一時的流行が過ぎ去ったときに、その運動に参加したことを後悔した者もいた。例えば、ボルヘスは、「不毛な詩を入念に作ったことや、ウルトライスモ的な誤りを犯したことを悔やんだ」（Videla, *op. cit.*, p. 146.）と述べている。このほか、『ウルトラ』誌 *Ultra*, 『ウルトラ・デ・オビエド』誌 *Ultra de Oviedo*, 『コスモポリス』誌 *Cosmópolis*, 『エスパーニャ』誌 *España*, 『タブレロス』誌 *Tableros*, 『ペルセオ』誌 *Perseo*, 『反射鏡』誌 *Reflector*, 『オリソンテ』誌 *Horizonte*, 『頂点と滑り台』誌 *Vértices y Tobogán*, 『窯元』誌 *Alfar*, 『パラボラ』誌 *Parábola*, 『ロンセル』誌 *Ronsel* などの雑誌にもウルトライスモの作品が発表された（Videla, *op. cit.*, pp. 57-64.）。

(25) グレゲリアには散文もあるが重要性が低いので、ここでは扱わない。

(26) Rodolfo Cardona, "Presentación general de Ramón", *Greguerías*, Madrid: Ediciones Cátedra, 1979, p. 11.

(27) *Ibid.*, p. 11.

(28) カンシノス＝アセンスがゴメス・デ・ラ・セルナにトーレを紹介した。トーレはカンシノス＝アセンスの次の手紙を携えて「ポンボ」に現れた。「あなたは幸運な人だ。こんなにお若いあなたに、私が自分の弟子を任せるのだから！」"Oh! Dichoso usted a quien todavía tan joven le puedo hacer el envío de un discíplo." Ramón Gómez de la Serna, *Pombo*, Madrid: Visor libros, 1999, p. 138.

(29) Cardona, *op. cit.*, p. 12.

(30) Ramón Gómez de la Serna, *Total de greguerías*, Madrid: Aguilar, 1962, pp. 35-36.

(31) Fernando Ponce, *Ramón Gómez de la Serna*, Madrid: Unión Editorial, 1968, p. 80.

(32) Cardona, *op. cit.*, p. 20.

(33) Ramón Gómez de la Serna, *Greguerías, selección 1910-1960*, Madrid: Espasa-Calpe, Colección Austral, 1960.

(34) Fernando Ponce, *Ramón Gómez de la Serna*, Madrid: Unión Editorial, 1968, p. 72.
(35) *Ibid.*, p. 79.
(36) Cardona, *op. cit.*, p. 15. このような「筋の通らない並置」は、潜在意識から生まれたとも考えられ、その場合、ゴメス・デ・ラ・セルナはシュルレアリズムの先駆をなすことになると、カルドナは論じる。ゴメス・デ・ラ・セルナが最初にグレゲリアを書いたのは、シュルレアリズムが起こる以前の一九一〇年だったからである（*Ibid.*, p. 15.)。ただ、シュルレアリズムに通ずるような要素を持つグレゲリアは少なく、この指摘には疑問の余地がある。
(37) *Ibid.*, p. 15. ジャーナリストであり、かつ詩人、作家でもあるフランシスコ・ウンブラルによると、「グレゲリアスは「アニミズム」、つまり物にアニマ（魂）を吹き込むもの」である（Francisco Umbral, *Ramón y las vanguardias*, Madrid: Espasa-Calpe, 1978, p. 227.)。
(38) 川本皓嗣『アメリカの詩を読む』岩波書店、一九九八年、二一六頁。
(39) Cardona, *op. cit.*, p. 26. F・S・フリントは、イマジズムの代表的詩人の一人。
(40) *Ibid.*, p. 16.
(41) *Ibid.*, p. 16.
(42) *Ibid.*, p. 18.
(43) *Ibid.*, p. 20.
(44) 川本皓嗣『日本詩歌の伝統——七と五の詩学——』岩波書店、一九九一年、八七～八九頁。
(45) 「イマジズムの運動のきっかけをつくったのは、若くして戦死したイギリス人のT・E・ヒューム、強烈な個性で運動を導き、そして切り捨てたのは、当時ロンドンにいたアメリカ人のエズラ・パウンドである」（川本皓嗣「伝統のなかの短詩型」『歌と詩の系譜』中央公論社、一九九四年、二二四頁）。パウンドが一九一三年に発表した「地下鉄の駅で」がイマジズムの詩の中でもっとも有名であり、これをパウンドは「発句のような」hokku-like 二行詩だと言っている（川本前掲註38書、二〇九頁）。
(46) 川本前掲註(45)書（一九九四)、二二四頁。
(47) 同前書、二〇四～二〇五頁。

（48）同前書、二〇九頁。

（49）同前書、二一六頁。

なおカルドナが引いているRichard Lawson Jackson, *The Greguería of Ramón Gómez de la Serna: A study of the genesis, composition, and significance of a new literary genre*, Ann Arbor (Univerity Microfilms, Inc), 1963. は、グレゲリアを女や子供、人種や民族、月や星など、約二五のテーマに分類している。テーマの多くが、「抒情詩の古典的なテーマ」で、中でも頻繁に取り上げられているのが、「月」だという。グレゲリアでは、月の他にも雲や、太陽、神、白鳥、虹、生と死など、古典的抒情詩で詠われるテーマが頻繁に現れる（Cardona, *op. cit.*, p. 25.）。

（50）川本前掲註（45）書（一九九四）、二四五頁。

（51）川本前掲註（38）書、二二五頁。

（52）Cardona（1962）, *op. cit.*, p. 36.

第五章　カタルーニャの詩人・文化人と俳句

一　カタルーニャ語の位置づけ

これまでスペイン語圏への俳句の伝播の研究でまったく見過ごされてきたのが、カタルーニャ語[1]文学の役割である。

スペインは多言語国家であり、現在、そこにはスペイン語以外に、カタルーニャ語、ガリシア語、バスク語などが存在する。カタルーニャ語はバルセロナを中心とするスペインのカタルーニャ自治州、マリョルカ島などのバレアレス自治州、バレンシア自治州などで使われている。また、その言語圏は国境を越えて、南フランスのピレネー・オリアンタル州やイタリアはサルジニア島のアルゲロ市にも及んでいる。言語人口は約六〇〇万人と見積もられている。スペイン語とカタルーニャ語はいずれもラテン語から派生したロマンス語で近い関係にあり、とくに書き言葉においては違いが少なく、相互理解が可能である。ラテン語の素養がある知識人にとっては、なおさら理解が容易である。

ピレネー山脈の東の端にあるカタルーニャ地方は、古くからフランス文化とスペイン文化の橋渡し的な役割を担ってきた。またカタルーニャ、とくにバルセロナは、近代以降はスペインの産業の中心地として経済力を蓄え、独自の高い文化を育んできている。このことからも、フランスにおけるハイクの流行と、そのスペインへの伝播を考える上で、カタルーニャが単なる仲介者以上の重要な役割を果たしたことが、よく理解されるだろう。

本章では、広義でのスペイン文化圏へのハイク伝播の先駆者であったジュゼップ・カルネーとアウジェニ・ドルス、徹底してハイクの可能性を追求した詩人ジュゼップ・マリア・ジュノイ、そしてハイクを取り入れて独自の境地を拓いた詩人ジュアン・サルバット＝パパサイットの四人を取り上げて、成果と貢献を確認していきたい。

二　ハイカイの紹介者ジュゼップ・カルネー

一八八四年、バルセロナで生まれたジュゼップ・カルネーは、非常に早熟な少年で、一二歳で雑誌に詩や評論を書き[2]、一八歳で法学の学士号、二〇歳で哲学・文学の学士号を取得した。十九世紀末以降多くの雑誌に関与したカルネーは、『カタルーニャの声』紙には一九〇二年から定期的に寄稿し、一九二八年に降板するまでに、合計一五〇〇本の記事を書いた。その一部は書籍として出版された。

詩人としては、十代でバルセロナの文芸競技会「花の宴」で準優勝し、二〇歳で処女詩集『詩人たちの本』*Llibre dels poetes* を出版している。翌年、『初めてのソネットの本』*Primer llibre de sonets* を世に出し、一九〇六年には、『美味しい果物』*Els fruits sabrosos* を上梓した。これによって彼の詩人としての名声とノウサンティズマ（一九〇〇年主義）の旗手としての立場が確かなものとなる。ノウサンティズマは、ロマン主義的なムダルニズマ（近代主義）を超える試みとして生まれた、ギリシャ、ローマの芸術を規範とする新古典主義的芸術運動である[3]。一九一〇年頃にはカルネーは詩の世界の「プリンス」と呼ばれたほどであった。一九一八年頃がカルネーの絶頂期で、著名な詩人であり批評家であったジュアキム・フルゲラによると、「彼〔カルネー〕の作品群は、一つの文学運動に匹敵する[4]」もので

図24　ジュゼップ・カルネー

あった。
一九二〇年、カルネーは、外交官試験に合格し、以後、スペイン内戦後の一九三九年にメキシコへ亡命するまで、世界各地で領事として働く。さらに、スペインの雑誌にも寄稿し続けるとともに、詩集、散文集、戯曲なども活発に発表した。

すでに第一章で見たように、そこでカルネーは、ポール＝ルイ・クーシューの「日本の抒情的エピグラム」を一九〇六年六月一五日付けの『カタルーニャの声』で紹介した。

カルネーは、俳句を「きわめて独特な詩のジャンル、気まぐれな小さな骨董品」と形容した後に、次のように説明を進めていく。

「ハイカイ」は三行詩である。最初の詩行が五音節で、二行目が七音節、三行目が五音節である。韻律的には、スペインの「セギディージャ」の最後の三行と同じである。ハイカイはその詩的性格からして、二行連句 distich やことわざ、あるいは、古典的な意味のエピグラムではないし、現代的な意味でのエピグラムでもない。ハイカイは完全に客観的なものである。繊細な世界の小さく美しい事どもを、優美で（最近の用語でいえば）「主知主義的な」*arbitraria*[5] 捉え方をしたものだ。それはとても洗練された形で心に響くので、たいていの鈍感な男たちは「べつに何とも感じない」ことだろう。私はこの一文を、そんな者たちのために書いているのではない。エキゾチックな日本の、まれで、極めて小さな花であるハイカイを讃えるために書いているのだ。

図25　『カタルーニャの声』1906年6月15日（カルネーによる紹介は右下「Els Haïkaï」）

カルネーはクーシューの記事を要約しているだけではない。七音節と五音節からなるスペイン民謡セギディージャと俳句との類似性を指摘し、この頃、ノウサンティズマ（一九〇〇年主義）の芸術家たちが使い始めていた概念を援用して「主知主義的な[6]」詩だと言っている。つまり俳句を単に風変わりな東洋の詩形として受け止めているのではなく、カタルーニャの新しい芸術潮流に合った新しい詩として好意的に評価しているのである。

さらには「水底を見て来たかほの小鴨かな」（内藤丈草）、「浦風や巴をくづすむら千鳥」（河合曾良）、「落花枝(らっかえだ)に帰ると見れば胡蝶かな」（荒木田守武）、「寂として客の絶間のぼたん哉」（与謝蕪村）の四句の翻訳に適切なコメントを加えたうえで、次のように絶賛する。「つまりハイカイは、きわめて短いことばで日常的な物事の中にあるすばらしさを我々に鑑賞させてくれるのだ。我々の世界観を、その率直さと洞察力によって退屈さから解放し、若返らせてくれるのだ[7]」。

三　アウジェニ・ドルスの役割

紹介者としてのジュゼップ・カルネーの役割もさることながら、それに呼応する形で記事を書いたアウジェニ・ドルスの役割も、俳句の伝播という観点からは、それに劣らず重要である。

図26　アウジェニ・ドルス

ジャーナリスト、哲学者、作家、評論家と、さまざまな顔を持っていたアウジェニ・ドルスは一八八二年、バルセロナに生まれた。若い頃には、当時流行していたムダルニズマ（近代主義）に傾倒していたが、その芸術至上主義、耽美主義に飽き足らず、やがて袂を分かって、独自にノウサンティズマ（一九〇〇年主義）を提唱するようになった。ドルスの主な発言の場は、一九〇六年からカタルーニャの新聞『カタルーニャの声』に連載したコラム「語彙集」であった。彼は「シェニウス」の筆名で時事問題から芸術論、哲学論にいたるまで、幅広いテーマを扱い人気を博した。彼はまた、学問の世界や政界でも次第に重きをなすようになり、カタルーニャのアカデミーに相当するカタルーニャ学術院の院長も務めている。一九一一年には『立派な女』*La Ben Plantada* という、エッセーと小説の中間のような奇妙な作品を書いた。(8)

アウジェニ・ドルスは連載中の人気コラム「語彙集」の中で、一九〇六年六月二三日、「ロケット花火讃歌、聖ヨハネ祭の夜に(9)」という一文を書いた。前述のジュゼップ・カルネーの記事を受けたものだが、ドルスはそこで「ハイカイ」を取り上げたばかりか、自作の「一種のハイカイ(10)」まで披露している。

一年で一番夜が短い聖ヨハネ祭の夜、スペインではたき火を焚き、花火を楽しむ。このコラムはその様子を詠う「ロケット花火、ロケット花火、完璧なリズム ritme の喜びと軽快さよ」という一行で始まっている。当時の文学潮流に詳しい者なら、これが「リズム」という概念を用いて花火以外のものをも説明しようとする試みだと察しただろう。

おそらくここでいう「リズム」とは、カタルーニャのムダルニズマ（近代主義）を代表する詩人の一人、ジュアン・マラガイが唱える芸術上の概念を取り入れたものだからである。マラガイによると、「リズム」とは、エネルギーを行動や作品に結晶させるための普遍的な推進力を意味する。(11)

続いて次のように述べる。

ロケット花火よ。お前をモーツアルトやラファエルの軽快な人生以外の何に譬えることができようか。線状であるが故に単純であり、カーブがあるが故に優美、そして天命という則に従っているために容易な彼らの人生以外の何に。モーツアルトの人生はそのようなものだったそうだ。優美さ、恋愛、友情、微笑――ラファエロの人生も同様だった。どちらも短いが完璧な人生だ。まさに人生のエピグラムだ。完璧な故に短いのだ。「神々に愛される男は夭折する」と諺はいう。ロケット花火もまた神々のお気に入りなのではないか。(12)

ドルスは、ロケット花火をモーツアルトやラファエロの「軽快な人生」に譬える。「線状」とは人生の目的がはっきりしていてそこへ向かって突き進んでいくこと、「カーブ」は恋愛その他、人生の紆余曲折を言っているのだろう。ドルスがモーツアルトとラファエロの人生を「人生のエピグラム」と形容していることに注目したい。つまり、エピグラムが「短いが完璧」で神々に愛されているものだ、と言うわけである。そして、この場合、「エピグラム」を俳句の意味で使おうとするドルスの意図は、次の一節に明らかである。(13)

エピグラムということばの崇高で古典的な意味において、このロケット花火をエピグラムと呼ぶことが必要だろう。今私が挙げたばかりの彼らの幸運な人生をそう呼ぶのが必要であるのと同様に。あるいは、我々の仲間の中でもっともエピグラムについて話す資格のある、かの詩人(14)が言ったように、日本のハイカイ haïkaï と呼んでもいい。

ドルスはさらにロケット花火の「分析」を続ける。

ロケット花火は祝福されている。自分の内部に支柱、つまり自分の法と生命を宿しているから。他人の手やおかしな掟がロケット花火に進路を強要しているのではない。それにもかかわらず、その道筋はきちんとしていて、あたかも厳格な掟によって律せられているかのようだ。厳格な掟に律せられるよりもきちんとしている。もし厳格な掟によって律せられていたら、その内部に押し込められている反抗心を消し去ることはできなかっただろう。つまり、ロケット花火の本質は「リズム」である。[15]

つまり、外部から強要されるのではなく、自分の内部から出る推進力「リズム」によって人生の軌跡を描くからこそ、ロケット花火も夭折の芸術家たちも、そしてエピグラム（＝俳句）も祝福されているということになる。もちろん、その本質が「リズム」であるというとき、その「リズム」は先に述べたように普遍的な推進力を意味している。

一方ソネットにおいても同様に本質は「リズム」だが、ソネットをロケットに譬えることはできないとドルスはいう。ソネットのリズムが「建築的で、均整がとれている」のに対して、ロケット花火（＝俳句）のリズムは「左右非対称ではあるが不安定ではない」ものだからだ。

ソネットが「建築的で、均整がとれている」とは、川本が言う「立体的な意味構成」のことを指しているだろう。また、「左右非対称ではあるが不安定ではない」というのは、ソネットが西洋の「定型詩のなかでもっとも簡潔な、したがってもっとも卓抜な技巧と念入りな彫像が必要とされる」詩であるのに対し、俳句は一見均整がとれていないようだが、実は厳密な形式からは得られない、より柔軟な均衡を保っているという意味だろう。川本は、「詩が詩としてのまとまりをもつのに必要な長さ、あるいは構成や形式の違いは、国語本来の性質の違いからくるものではない。つまりよく言われるように、日本語が特殊な言語だから俳句が短くてすむのではなく、たんに日本と西洋とでは、詩にかかわる伝統と習慣、ひいては読者の期待と先入観が異なっているだけのこと」だと言っている。[16] ドルスもまた俳句はソネットとは違った詩的伝統と習慣に基づく詩で、ロケット花火に譬えうる短詩だといっているのだ。[17]

最後に、ドルスは「ハイカイのようなもの」の実作を試みる。

さて、僕がロケット花火についてハイカイのようなものをつくるとすれば、こんなものだろうか。

神殿の柱は実にまっすぐだ。
しかし、神々はロケット花火の
カーブを愛する――いくぶん懐疑的な……

La Columna és ben dreta,
Però els déus amen més del Coet
La corba—un xic escèptica...

「神殿の柱は実にまっすぐだ」は、ギリシア・ローマ文明の古典的な審美眼と道徳のことを言っているのだろう。しかし、その神殿にいる神々も、短くも完璧なロケット花火の人生を、「カーブ」を含めて愛する、いや、「カーブ」があるがゆえに余計に愛するというのだ。

実は、この「カーブ」には、「近代主義」の芸術は、モーツアルトやラファエロの人生の紆余曲折という解釈以外に、もう一つの読みが可能である。「近代主義」の芸術は、たとえば絵画や建築における、フランスのアール・ヌーヴォーと同様に、女性的な曲線が特徴である。他方、ドルスたちが提唱するようになる「一九〇〇年主義」はギリシャ神殿のような男性的で直線的なデザインを好む。言い換えれば「カーブ」はむしろ近代主義の美学に属しているのだ。後年、「一九〇〇年主義」に先行する「近代主義」の女性的曲線や東洋趣味を厳しく排するようになるドルスであるが、この時点ではまだその思想は固まりきってはいないと言っていいだろう。

「いくぶん懐疑的な」は「カーブ」にかかる形容詞句である。前述の読みに従えば、ここでも二通りの解釈が可能となる。まず、芸術家の人生の紆余曲折が「カーブ」だとすれば、芸術家自身が「こんな生き方でいいのだろうか」と懐疑的になっている、という解釈。もう一つは、「一九〇〇年主義」という男性的、直線的、古典主義的芸術を目指すドルス自身が、自分はこんな詩を作っていていいのだろうかと少し懐疑的になっているという解釈である。

一九一四年、カタルーニャでの政争に破れたドルスは、マドリードに活動の拠点を移した。ドルスがマドリードに移ったことにより、彼の俳句に関する知識は、カタルーニャ語圏以外のスペインにより直接的に伝わったと考えられる。すでに当時、スペイン有数の知識人となっていたドルスが、そこで学生寮と関わりを持つようになったのは自然な成り行きであった。

四　ジュゼップ・マリア・ジュノイと「ハイカイ」

一九二〇年になると、カタルーニャでは、明らかに俳句を意識した詩が登場する。そのきっかけの一つは、一九二〇年一月『カタルーニャの声』紙にクーシューの「日本の抒情的エピグラム」の一部がカタルーニャ語に翻訳されて載ったことであった[18]。その部分には、俳句の定義と俳句の実例が含まれていた。二回に渡って掲載された翻訳は、原文一三頁分にも及び、かなりの情報量である。カタルーニャでは、一九二〇年にはすでに詩の愛好者の間では「ハイカイ」は知られており、テルトゥリアなどで「ハイカイ」風の詩が作られるようになっていたが、この記事以降は、さらに有名になった[19]。

図27　ジュゼップ・マリア・ジュノイ

当時のカタルーニャの詩人の中でもとくに「ハイカイ」に強い関心を示したのがジュゼップ・マリア・ジュノイである。ジュノイは、一八八七年、バルセロナの裕福な家庭に生まれた。その後、フランスとの国境沿いにある町プッチェルダに一八九五年まで住んだ[20]。プッチェルダでは、人々はフランス語とカタルーニャ語を日常的に併用しており、彼にとっても幼い頃からフランス語は身近であった。のちフランス語で詩を書くことに抵抗がなかったのも当然である。

両親の死後、八歳でジュノイはバルセロナへ移る。彼の後見人となった女性の夫は、『ラ・プブリシダ』紙 *La Publicidad* の社長であった。ジュノイは、このような環境の下に育ち、後にジャーナリストになり、同紙にも寄稿することになる。ジュノイの肩書きは、ジャーナリスト、画家、詩人と多彩であった。一九〇四年、大学を中退して画家として憧れの地パリへ赴く。

ジュノイの最初のパリ滞在期間は一年であった。まず、書店で働き、知識人たちと知り合いになった。次に「ポール・ギヨーム画廊」という前衛絵画を扱う画廊で働いた。ギヨームは、新しい潮流の絵画の庇護者であり、アポリネールと関係があった。ジュノイはバルセロナの『ラ・プブリシダ』紙に、芸能をテーマにした「パリ時評」を送るようになった。

パリにすっかり魅せられてバルセロナに戻ったジュノイは、『ラ・プブリシダ』紙で働き、エクトール・ビエルサというペンネームで批評を書き始めた。その目的は主に「地中海派」とジュノイ自身が名づけた芸術運動を広めることであった。地中海派の定義ははっきりしないが、「真のラテンの伝統の回復」を目指したものであり、「一般にゲルマン人の芸術と、特にロマン主義芸術に対抗し、地中海芸術のために戦ったことは確かである」という。(21)

ジュノイはこの活動を通じて、フランスの詩人マックス・ジャコブと出会ったのではないかと思われる。マックス・ジャコブが俳句のスペインへの伝播において一定の役割をはたしたことはすでに述べた通りである。

ジュノイがマックス・ジャコブに出会ったとすれば、その場所はピレネー山脈のフランス側、スペインとの国境近くにあるサレット Ceret という村である。一九〇九年頃から、芸術家たちがそこに住み始め、その村は

「キュビスムのバルビゾン」[22]、あるいは「キュビスムのメッカ」[23]と呼ばれるようになった。一九一一年の夏には、「かなりの数の代表的な若い芸術家や文学者がサレット」[24]を訪れていた。たとえば、一九一一年六月から九月までパブロ・ピカソが滞在した。この間、ピカソはマックス・ジャコブを村に招いている。[25]そしてジュノイもこの夏、作曲家のデオダ・ドゥ・セヴラックや彫刻家のマノロら友人を訪ねて、この村へ来ていたようである。[26]またジュノイは友人であったドルスが「ハイカイ」を掲載した『カタルーニャの声』に、ジュノイ自身も寄稿していた。

このようにジュノイは、国境もことばの壁もないかのように、フランスとスペイン、カタルーニャの間を行き来し、ハイクを知り、それを作品にしていった。詩集『詩と具象詩』*Poemes i cal·ligrames* を一九二〇年に出版したが、一九一七年に発表された具象詩「ギヌメール」Guynemer がそこに収録されている。発表当時の評価は高く、フランス語に翻訳され、出版された。[27]ジュノイは、カタルーニャ詩人としては一番早く具象詩を発表した詩人でもある。

それでは実際に、ジュノイの「ハイカイ」を見ていこう。まず、一九一八年に書かれ、一九二〇年、『詩と具象詩』に収録された「虹」である。

Arc-en-cel	虹
recobert de mon pijama a ratlles multicolors	さまざまな色の縞模様のパジャマに覆われて
lluminós en les tenebres de la nit	僕は夜の闇の中で輝いている
com un arc-en-cel	まるで虹のように
lluminós en les tenebres de la nit	僕は夜の闇の中で輝いている

五行の詩だが、四行目は二行目の繰り返しであり、五行目は一行目と同じである。別の言い方をするならば、三行目を中心に、それぞれの詩行が対称をなしている。繰り返しの二行を省けば三行詩になるため、ハイクの変形だとみなされている。ジュノイの試みは「ハイカイ」を散文の断片ではなく、西洋人が詩だと思えるものにすることを目的としていたのではないだろうか。作品の意味の理解を助けるために題名をつけたり、完結した詩という印象を与えるために、詩行を繰り返したりしたのはそのためだろう。

ジュノイの研究者のジャウマ・バイコルバ・プラナによると、ジュノイは「完全に」俳句を知っていた。[28] というのは、俳句はフランスではすでに一つのジャンルとなっていたが、ジュノイはフランスをたびたび訪れ、フランス詩の動向に通暁していたからである。

さて、一九二〇年の秋、三行の短詩のみからなる詩集『愛と景色』[29] *Amour et paysage* が出版される。それに先立つ一九二〇年七月、トゥマス・ガルセスは『アル・ディア』*El Dia* 紙上で、「立派にハイカイを作ることができる唯一の詩人は、間違いなくJ・M・ジュノイだ」と述べている。[30] 同じ月のNRF誌には、ジャン・ポーランをはじめ多くの詩人の俳句風の詩が掲載された。[31] だからこれらフランスの詩人たちよりもジュノイの「ハイカイ」の方がすばらしい、とガルセスが主張していると考えることもできる。

フランス語の題名をもつこの詩集に収録されている三〇篇の詩のうち、二五篇がフランス語で書かれ、残りの五篇だけがカタルーニャ語である。フランス語の詩もカタルーニャ語からの翻訳ではなく、じかにフランス語で書き下ろされている。これは地理的にもフランスとスペインの間にあるカタルーニャが、スペインへの俳句の導入と普及にどのような働きをしたかを考える上で、きわめて興味深い事実である。ジュノイは後年、スペイン語でも「ハイカイ」を書き始め、これらの言語で生涯「ハイカイ」を書き続けた。

『愛と景色』に収録されている作品はすべて三行詩、形式的には統一が見られるが、内容は多様である。動詞がなく、名詞だけで成り立った作品、時間と場所と登場人物という要素がすべて含まれる完全な文となっているもの、ヒメネスの短詩のように人間の内面を表現したもの、季節感のある、日本の俳句を思い起こさせるものなど、三〇の「ハイカイ」のほとんどが、たがいにまったく様相を異にしているといってもよい。

この詩集から五篇を選んで、以下に見て行こう。まず、フランス語で書かれた作品である。

au milieu de la prairie verte
　une vache tachetée
　　aux mamelles roses

緑の草原の真ん中に
　まだらの牝牛
　　ピンクの乳房の

三行詩の中で、緑色の草原の光景から、だんだん焦点が細部に絞られていく。緑色の真ん中には、黒と白だろうか、まだらの牝牛がいる。その牝牛にはピンクの乳房がついている。緑と、まだらとピンク色と、色の配色が鮮明である。

次に蛙を詠った詩。

dans un coin de jardin le gros crapaud
　qui vient d'avaler une petite limace
　　immobile me regarde de côté

庭の片隅で、太ったヒキガエル
　小さなナメクジを飲み込んだばかり
　　じっと動かず、横目で僕をみる

横目でこちらを見ている太ったヒキガエルは、太った鈍い人間のようだ。ユーモアたっぷりに擬人化されたヒキガエルは、宗鑑の句「手をついて歌申しあぐる蛙かな」の蛙に似てはいないだろうか。宗鑑の句の蛙は、クーシューの「日本の抒情的エピグラム」ではヒキガエル le crapaud と訳されているので、ジュノイがこれにヒントを得たことは十分に考えられる。ナメクジを詩で取り上げる発想もまたクーシューの著作からヒントを得たかもしれない。凡兆の「五月雨に家ふり捨(すて)てなめくじり」がそこで紹介されているからである。

devancé par un papillion blanc　　白い蝶々に先導され
je me promène par l'allée bordée de fleurs　　僕は花々に縁どられた並木道を歩く
le coer distrait　　上の空で

西洋の詩人に強い印象を与えた守武の「落花枝に帰るとみれば胡蝶かな」以来、蝶々は俳句と結びつけられて考えられるようである。その蝶々と花を作品の中に取り込んでいる。この詩もすぐ前の詩も、主語と動詞のある完全な文をなしている。

次はカタルーニャ語の作品である。

nit de lluna　　塩辛い海に広がった
estesa per la mar salada　　月の夜
escata de sirena　　人魚のうろこ

蝶々と同様に、月も俳句のテーマとしてよく知られている。波にちらちらする月の影を人魚のうろこに喩えている。これによって読み手は不思議な、御伽噺の世界に誘いこまれる。
もう一つカタルーニャ語の作品を見てみよう。

en l'asfalt gris　　　　ねずみ色のアスファルトに
un petit cor escarlat　　　小さな緋色の心臓が
　rebotant　　　　　　　　弾んで

『愛と景色』と同年に、『アル・ディア』紙 *El Dia* にも「ハイカイ」が発表されている。ただし、『愛と景色』では、すべての作品が三行であったのに対して、今度は違った形式で「ハイカイ」が書かれている。生涯「ハイカイ」を書き続けたジュノイであるが、一九三五年、『クアデルンス・ダ・プエシア』*Quaderns de Poesia* 誌上で発表された「景色の終わり。未発表のハイカイ五句」Fi de paisatge. Cinc hai-kais inèdits に至るまでは、種々さまざまな形式を試み、自分に適した「ハイカイ」の形式を模索している。『アル・ディア』紙に発表された「ハイカイ」にも、やはり試行錯誤の跡が見られる。まず、『愛と景色』とは異なり、どの作品にも題名がある。また、三行詩ばかりではなく、先に紹介した「虹」のような、五行の作品と四行の作品がある。四行の「ハイカイ」は、四行目で一行目の句を繰り返している。次の詩はフランス語である。

COCKTAIL DE D'OUBLI　　　「忘却のカクテル」

flottante sur le cocktail d'oubli
une pensée
ourlée de noir
flottante sur le cocktail d'oubli

忘却のカクテルの上に浮かぶ
黒で縁どられた
ある思い
忘却のカクテルの上に浮かぶ

さらに一九二三年には、すでに書かれてはいたものの『愛と景色』に未収録だった詩を発表している。それら二行の詩を見てみよう。まずカタルーニャ語の詩である。

recolzat en un vell llagut
de proa fatigada
…

舳先の疲弊した
古びた帆船に持たれかかり
…

さらにもう一つ、今度はフランス語の詩。

…
affreuse pensée
couleur de pus
…

…
恐ろしい考え
膿の色
…

これらの作品には題名がない。一つ目の作品では「…」が三行目に用いられている。二つ目の作品では、一行目と四行目に「…」が用いられている。何も書かないことで、暗示の力を増そうとしているようだ。極限まで切り詰めた「ハイカイ」を作ろうとしているのかもしれない。

スペイン内戦後のフランコ政権下で、ジュノイはスペイン語で「ハイカイ」を書くようになった。最後に一九五〇年に発表された『イメージと傷』*La imagen y su herida* からスペイン語の「ハイカイ」を二篇紹介する。

Mano blanca de leche
Apoyada en la mejilla de la luna
sombreada por sus propias pestañas.

牛乳のような白い手が
あてがわれた月の頬
自らのまつ毛の影が差す。

Río arriba, cascada arriba
Pasa raudamente la carpa
Irisada de claro de luna.

川の流れに逆らい、滝を遡り
すばやく泳ぎ行く
月明かりで虹色に輝く鯉が。

一篇目の詩には、もう一つ、添え書きのあるバージョンがある。その添え書きは以下の通り。

Física y concreta:

Se ve la imagen pintada. Vive en el lienzo, el divino plenilunio nacarado de la tela y su (vigorosa?) tiniebla:

物質的で、具体的。

筆で描かれたイメージが見える。それはキャンバスの中で生きている。薄い膜と（深い？）闇に包まれ、真珠色に染まった神々しい満月。

この添え書きによって、詩人の意図がよりはっきりとわかる。月を取り囲む闇の中でボーっと薄明るい白い暈。それは月の手の平だ。月がそこに顎をもたせ掛けている。日本ではウサギが餅つきをしていると言われる月の影だが、ジュノイには月のまつ毛の影に見えた。物憂げに下を向いているので、長いまつ毛が黒々と影を落としているのだ。

スペインやカタルーニャの詩人は、ハイクや「ハイカイ」を書く時期があっても、一時的であることが多い。ジュノイのように、長期にわたって「ハイカイ」のみを書き続けた詩人はほとんどいない。また、これまで見てきたように、ジュノイの作品は、単にスペインへの俳句導入史の研究という観点から見て興味深いだけでなく、詩としての質も非常に高いレベルのものが多い。シュワルツが『近代フランス文学にあらわれた日本と中国』で、とくにその名前と作品を紹介していることも、その現れであろう。[32] ジュノイは今後も研究対象としてさらに掘り下げられるべき詩人だと言えよう。

五　カタルーニャの国民的詩人ジュアン・サルバット＝パパサイット

ジュアン・サルバット＝パパサイットはカタルーニャのアバンギャルドの代表的詩人である。彼は一八九四年、バルセロナの貧しい家に生まれた。[33] 一二歳から働き始め、薬屋の店員を皮切りにさまざまな職につく。バルセロナのテルトゥリアや書店で独学で勉強した。また「民衆百科文化協会」[34] l'Ateneu Enciclopèdic Popular で読書に励んだほか、ドルスやオルテガなど当時の著名な知識人の講演会にも出席した。後に同協会の事務局長になり、文化部の会員となる。社会主義や無政府主義に傾倒し、革命派の雑誌『ロス・ミセラブレス』*Los Miserables* などに寄稿した。彼が心酔するゴーリキーに因んで、「ゴルキアノ」Gorkiano というペンネームを用いていた。

　パパサイットは、ドルスの紹介でバルセロナの画廊「ライェタナス・ギャラリー」の書籍売り場で働いた。その画廊では、ジュノイを含む『ラ・レビスタ』誌 *La Revista* のグループやその他の画家や作家がテルトゥリアを行っており、パパサイットも参加した。彼はその縁で、ジュノイから文学についての教えを受けていたらしい[35]。

　パパサイットの最初の詩集は一九一九年の日付がある『ヘルツの波の詩』*Poemes en ondes hertzianes* である。彼の初期の作品は「活字遊び typographical devices を用いたアポリネールやマリネッティ風[36]」の実験詩である。その後、『港とカモメの放射機』*L'irradiador del port i les gavines*,『陰謀』*Les conspiracions*,『星々の偉業』*La gesta dels estels* を発表し、一九二三年に代表作『唇に薔薇を』*La rosa als llavis* を発表する。現代カタルーニャの代表的詩人の一人ジュアン・フステーによると、『唇に薔薇を』は、「カタルーニャ文学史上最高の恋愛詩」であり、「誇張ではなく、ヨーロッパ文学で最高の恋愛詩の一つ」である[37]。

図28　ジュアン・サルバット＝パパサイット

　パパサイットは、一九二四年に、結核のため亡くなった。死後、一九二五年に『小熊座』*Óssa Menor* が発表される。副題には「アバンギャルド詩の終わり[38]」とある。アバンギャルドの代表的詩人だという自負から、それが自分の死と共に終わるという意味をこめたようだ。

　パパサイットはカタルーニャ語のハイクの先駆者とみなされているジュノイと親

交があった。ジュノイと共に、早い時期に俳句を髣髴とさせる詩を書いている。一九二三年、パパサイットが自分の詩の選集のプロローグをジュノイに手紙で頼んでいる。その中で彼はジュノイを「戦友」と呼んでいる。[39]パパサイットがトーレやバンド・ビリャールらウルトライスモの詩人と親しかったことも、彼の俳句への関心と無関係ではあるまい。

それでは、『港とカモメの放射機』に収められているパパサイットの最初の作品「震え」[40] Vibracions を見てみよう。この題名のもとに、三行詩が一二篇と四行詩二篇が収められている。そのうち三篇を選んで掲載する。それぞれ詩の音節数はまちまちである。

El gra sagnós de magrana
al teu llavi.
Oh, el mossec de la meva besada!

血の色をしたザクロの粒が
おまえの唇に。
ああ、それは僕の接吻の噛み傷!

ザクロの真紅の粒。少しでも歯が当たれば、薄い皮の中に満ちた血のような果汁が噴出しそうだ。カタルーニャ語の magrana はこの果物しか指さないが、スペイン語でザクロを意味する granada には「手榴弾」という意味もある。バイリンガルであるカタルーニャ人は、「magrana→granada＝手榴弾」という連想を働かせるだろう。このことが血の色、という不穏な表現を引き出す役割をしているのかもしれない。荒々しく、情熱的な接吻が暗示されている。

Dolça recança:

甘い後悔。

l'anima del Poeta　　　　　　詩人の魂は
al teu ventall.　　　　　　　おまえの扇の上に。

詩人は犯してしまった過ちを後悔しながらも、その甘い思い出に浸っている。ventall は扇だが、昔、俗謡を扇の上に書き記す習慣があったことから、詩をも意味する。この二つの意味を掛けて、恋人の扇の上には、偶然詩人の心もちを意味する唄が書かれていたとこの詩は詠っているのではないか。

Acosta el cap endins la porxada de verd,　　頭を近づける、緑色の柱廊の内部へと、
als tarongers florits, la promesa-donzella:　　花咲くオレンジ木に触れるまで、許婚の娘。
una alosa destria la blancor　　　　　　　　一羽のヒバリが白を選り
　　　　dins el verd.　　　　　　　　　　　　　　緑の中で。

緑に茂る木々が規則正しく立ち並んだ様は、柱廊のようだ。その奥にオレンジの木が白い花をつけて咲き誇っている。許嫁の娘がそこへ足を踏み入れる。ここで視点が、空中からの鳥瞰に切り変わる。一羽のヒバリが緑の中に際立つ白をみつけ、それを目指して一直線に降下していく。その白はオレンジの花か、あるいは娘の白いウェディング・ドレスか。緑と白のコントラストが鮮やかである。マス・ロペスによると、この詩の意味はより具体的であり次のようになる。(41) 結婚初夜を描いた詩である。花嫁がオレンジ畑に入って行く。オレンジの白い花は、花嫁の純潔を表し、その木は多産の象徴でもある。幸運を呼ぶヒバリが高く舞い上がり、緑の畑の中に純白の花嫁を見出す。

先に触れたジュノイ宛ての書簡を読むと、パパサイットがジュノイを尊敬し、凝縮した詩を書くよき仲間だと感じていたことが分かる。だが、二人のハイクに対する姿勢は異なっている。ジュノイはさまざまなバリエーションを試みたものの、主に三行詩の「ハイカイ」に生涯こだわり続けた。一方、パパサイットは、俳句を意識して「震え」を書いたことは確かであるが、「ハイカイ」にとらわれずにさまざまなジャンルの詩を書いた。またジュノイやウルトライスモの詩人は「ハイカイ」というタイトルをつけ、俳句に相当するものを書くという意図を表明している。パパサイットの詩には「エピグラム」Epigramaという題の五行詩はあるものの、俳句からインスピレーションを受けたと分かるような題名はつけられていない[42]。つまりサルバット＝パパサイットの場合には、前衛的な詩の一つとして俳句を思わせる詩を書き、それを研究者が「ハイク」とみなしているにすぎない。「震え」が収録されている詩集『港とカモメの放射機』の副題が「前衛の詩」Poemes d'avanguarda であることも、これの傍証となるだろう。さらに、彼が処女詩集の冒頭に引用しているピエール・アルベール＝ビロの一文からも、彼が自分の詩を「ハイク」と呼ばない理由が推測される。それは「模倣が終わる所に芸術が始まる」[43]というものである。

マチャードやヒメネス、そしてロルカの詩も、俳句を知ることによって大きく変貌した。彼らの詩には、ハイクやハイカイが直接名指しされてはいないが、俳句との出会いの跡が歴然としている。この点で、サルバット＝パパサイットの姿勢は彼ら三人とよく似ている。ふつうハイク研究者が「ハイク」だと認めている三行詩の他に、彼の詩には、俳句に突き動かされたとしか思えない自然描写が見られることがある。

その例として、一九二二年に出版された『星々の偉業』に収録されている「景色」Paisatge の一連目と三連目を見てみよう。

Ara a les nits al Pirineu
sembla nevar de tanta lluna
—és cert que als pics hi ha encara neu
i és cert també que ho fa la pruna
tota florida que ara es veu.

Diu la granota el seu cant roc
—cant a la molsa i a la runa—
i sembla un home cada tronc,
fidels soldats que té la lluna:
soldats que amaga el núvol bronc.

今、ピレネーの夜は、
あまりの月明かりに、雪が降っているようだ
——確かに頂には雪がまだあるが
確かに白く見えるのは、
見渡す限りの梅の花。

蛙がだみ声で歌を歌う
——苔や瓦礫の歌——
そして、一本一本の木が人のよう、
月の忠実な兵隊、
ねじれた雲が兵隊を隠す。

西洋の多くの詩人たちのように、自分の気持ちを自然に仮託するのではなく、自然そのものと、その移り変わりを描写しようとしているようである。一連目では月、雪、花、梅と、初春の頃のピレネー山脈の自然が詠われている。「雪月花」は日本の詩歌で好んで取り上げられるが、ここにそれらが次々に現れるのは偶然であろうか、それとも俳句や和歌からじかに示唆を受けたのだろうか。いずれにしても、日本趣味の詩のように、「雪月花」はたんなる借り物の景物として用いられてはいない。ここでは蛙が歌い、雪や梅の花々、並んで立つ木々を月明かりが照らしている。ただ自然が淡々と表現されたこの詩を読んでも、我々日本人は、あまりにもそのような詩に慣れ親しんでいるため、これが西洋では画期的なものだということに気づかないかもしれない。

次にパパサイットの代表作『唇に薔薇を』の中から、二篇の三行詩を見てみよう。まず、「もしそれを持って」Si, per tenir-la を次に挙げる。この詩は「イメージ」Les imatges という章に収められている。

Si, per tenir-la, la feria al cor
—era l'ortiga
　　　　que alena cremor.

もし、それを手に持って、心が傷ついたら、
——それは痛みを吐く
　　　　イラクサだったんだ。

この詩は次のような意味だろう。イラクサは野原へ行くとどこにでもある草だ。だが、それにうっかり触ってしまったら、ヒリヒリとその手は痛むことになる。どこにでもいる平凡な女だと思って近づいたら、その人はまるでイラクサのように毒を含んでいたので、僕の心は傷つき、いまだに痛んでいる。

次は「泥棒だったのよ」Si n'era un lladre である。

Si n'era un lladre cor-robador,
mirada bruna, llavi de foc.
—Ai, la padrina, m'ha pres el dot.

心を盗む泥棒だったのよ、
焦げ茶色の視線、火の唇。
——ああ、代母（おばさん）、盗られたのよ、持参金を。

この詩集の「物語」という章には、この作品一篇だけが収められている。一行目の「心を盗む泥棒だったのよ」で、恋をした女の話だと分かる。二行目では魅惑的な「焦げ茶色の視線」で見つめられ、恋に落ち、その後、「火の唇」で接吻をし、二人が深い関係になったことが暗示される。三行目では、男が、心を奪った泥棒という

だけではなく、「持参金」を目的とした正真正銘の泥棒であり、それを女が代母に訴えているのである。代母とは、カトリックで洗礼などで立会い、両親が死んだときには親代わりになる人で、名付け親の場合もある。

『唇に薔薇を』の最終章には「タンカ」Tankaという題名がつけられた四行詩がある。カタルーニャ語のtancar（タンカー）には、「閉じる」という意味がある。そこで、終わりの詩に「短歌」にちなんで、ユーモアをこめて「タンカ」と名づけたのだろう。

死後に発表された『小熊座』*Ossa Menor* は、「諺」Proverbiという題の三行詩で締めくくられている。辞世の句のつもりで書かれたのではないかと指摘されている。(44)

Així la rosa enduta pel torrent,
aixi l'espurna de mimosa al vent,
la teva vida, sota el firmament.

そうして、薔薇は急流に流され、
そうしてミモザの火花は風に飛ばされ、
お前の人生は、天空の下。

薔薇のように華やかな人生は、終わりを告げ、まるで花びらが急流に流されるように目の前から消え去った。ミモザの小さな花は、その一つ一つがあたかも人生の一こま一こまのようだ。小さな黄色い花が風に吹かれて火花が散るように飛び去ってしまった。何もかも無くなってしまった。人生の営みが繰り広げられた上には、天空がある。この詩には、人生の終焉への悲しみはなく、死を平然と受け入れようという覚悟があるように思われる。

（1）　カタルーニャ語については、主に次の文献を参考にした。田澤耕「スペインの地方語」山田善郎監修／伊藤太吾ほか著

『スペインの言語』同朋舎出版、一九九六年。田澤耕『物語　カタルーニャの歴史——知られざる地中海帝国の興亡——』中央公論新社、二〇〇〇年。

（2）Albert Manent, "Josep Carner, una aventura intel·lectual i vital", *El noucentisme*, Barcelona: Publicacions de l'Abadia de Montserrat, 1987, p. 139. なお、l·lはカタルーニャ語の字母の一つ。

（3）Michel et Marie-Claire Zimmermann, *Histoire de la Catalogne*, Presses Universitaires de France, 1997, p. 84.

（4）Manent, *op. cit.*, p. 144.

（5）現代の正書法ではarbitràriaであるが、原文通りに引用しておく。なお、男性形はarbitrariだが、修飾する名詞の性に合わせて女性形になっている。

（6）十九世紀末にカタルーニャで始まったロマン主義的な芸術運動ムダルニズマ（近代主義）文学の旗手ジュアン・マラガイは、「生きたことば主義」paraula vivaを提唱していた。すなわち、感情の自発的発露をそのまま芸術に投影するべきだと主張していたのである。一方、次世代に属するカルネーやドルスたちはムダルニズマに対抗する新しい芸術潮流としてノウサンティズマ（一九〇〇年主義）を打ち立てようとしていた。彼らの主な主張の一つがarbitrarismeで、それは、感情を理性でコントロールして芸術に結晶させるべきだという一種の主知主義であった。

（7）Josep Carner, "Els Haikai", *La veu de Catalunya*, 15 juny 1906, ed. del vespre, p. 1.

（8）Zimmermann, *op. cit.*, p. 84.

（9）Eugenio d'Ors, "Elogi del Coet, per dir en la nit de Sant Joan", *La Veu de Catalunya*, 23 juny 1906, ed. del vespre, p. 3.

（10）ドルス自身まだ「ハイカイ」をきちんと定義できていないことが、この「一種の」という表現からうかがえる。

（11）Jordi Mas López, *Josep Maria Junoy i Joan Salvat-Papasseit: dues aproximacions a l'haiku*, Barcelona: Publicacions de l'Abadia de Montserrat, 2004, p. 65.

（12）Ors, *op. cit.*, p. 3.

（13）すでに見たように、西洋では俳句は「エピグラム」と呼ばれることがあった。B・H・チェンバレンが初めてエピグラムを俳句を指す語として用い、クーシューもそれに倣った。さらに、クーシューの「日本の抒情的エピグラム」においてもエピグラムは俳句を意味している。

（14）この「かの詩人」とはクーシューかカルネーのどちらかを指していると考えられる。

（15）Ors, *op. cit.*, p. 3.

（16）川本皓嗣『日本詩歌の伝統——七と五の詩学——』岩波書店、一九九一年、一九七頁。

（17）マス・ロペスは、ソネットが内容と芸術的形式のバランスがとれている（左右対称である）のに対し、俳句は芸術的形式よりも内容、テーマに重きが置かれているという意味だ、と解釈している。それでも不安定な状態にならないのは、詩形の短さのおかげである。つまり、形式にたよらずとも（あるいは形式にこだわるのに十分な長さがないので）、創作への推進力としての「リズム」が脊柱として作品を支えてくれるので、はなはだしい乱れが生じずにすむ、とマス・ロペスは主張している（Mas (2004), *op. cit.*, p. 56.）。

（18）一九二〇年一月二一日と二八日の二日にわたって掲載された。*Ibid.*, p. 53.

（19）*Ibid.*, p. 122. クーシューの作品の一部が『カタルーニャの声』で発表される少し前に、ある英詩のアンソロジーの前書きがカタルーニャ語に訳され『ポエトゥリー』誌 *Poetry*（カタルーニャ語の雑誌）に掲載された。そこでは、イマジズムの詩人たちが俳句に関心を示していることが書かれている。この記事もカタルーニャ詩人たちの俳句熱の要因となっている（Mas, Ortín, *op. cit.*, p. 73.）。

（20）ジュノイの履歴に関しては、特筆なき場合は、次の文献を参考にした。Jaume Vallcorba Plana, "Introducción", *Obra poética*〔de J.-M. Junoy〕, Barcelona: Acantilado, 2010.

（21）*Ibid.*, p. 16.

（22）*Ibid.*, p. 29. モーリス・レイナルによる命名。

（23）*Ibid.*, p. 29. アンドレ・サルモンによる命名。

（24）*Ibid.*, p. 28.

（25）この他にも画家のブラック、フアン・グリス、ジュアキム・スニェもこの頃サレットを訪れた（*Ibid.*, pp. 28-29.）。

（26）*Ibid.*, pp. 27-30.

（27）Vallcorba Plana, *op. cit.*, p. 103.

（28）*Ibid.*, p. 131.

（29） *Ibid.*, p. 128.

（30） *Ibid.*, p. 132.

（31） *Ibid.*, p. 132.

（32） W・L・シュワルツ／北原道彦訳『近代フランス文学にあらわれた日本と中国』東京大学出版会、一九七一年、三三五〜三三六頁。

（33） サルバット＝パパサイットの履歴に関しては、主に次の文献を参考にした。Carma Arenas Noguera, "Pròleg", *Joan Salvat-Papasseit, Obra complteta*, Barcelona: Gàlaxia Gutenberg, 2006.

（34） 労働者や一般庶民の啓発を目的に一九〇二年、バルセロナで有志によって設立された文化協会。政治色はなかったが、内戦後、フランコ政権が成立するとともに閉鎖された。

（35） Mas（2004）, *op. cit.*, p. 155.

（36） Arthur Terry, *A Companion to Catalan Literture*, USA: Tamesis, 2010, p. 94.

（37） Arenas, *op. cit.*, p. 23.

（38） Joan Salvat-Papasseit, *Obra completa : Poesia i prosa*, Barcelona: Galàxia Gutenberg, 2006, p. 263.

（39） *Ibid.*, p. 605.

（40） 「震え」は、一九二〇年に『ラ・レビスタ』誌上で発表された。その時は独立した三行詩八篇からなっていたが、一九二一年の『港とカモメの放射機』に収録されたときには、詩の数が一四に増やされた。そのうちの二つが四行詩である。サルバット＝パパサイットの詩はすべて註（38）の文献から引用した。

（41） Mas（2004）, *op. cit.*, p. 172.

（42） 一方、後の詩集には、タンカ "Tanka" と題される四行詩がある。

（43） Salvat-Papasseit, *op. cit.*, p. 41.

（44） Mas（2004）, *op. cit.*, p. 186.

結語

本書では、「俳句がいかにスペインに入り、スペイン語の詩を変容させたか」ということを考えてきた。

これまでは、いつ、誰が、俳句を持ち込んだのか、ということに重点が置かれがちだった。その一つの要因は、メキシコのノーベル賞詩人であるオクタビオ・パスの「功績」であった。パスは自国の詩人タブラーダが一九一九年に俳句を模倣した三行詩を書いたことによって、俳句が初めてスペイン語に取り入れられたと宣言したのである。この点についてはその後、さまざまな研究がなされ、限られた専門家の間ではあるが、タブラーダ以前にすでにスペイン語圏に俳句は入っていたということが今では常識となっている。

しかしいずれにせよ、このような議論は、あまりに近視眼的であり、むしろ、俳句がヨーロッパに伝わった二十世紀初頭のヨーロッパの文学界の状況を、より広く俯瞰した上での考察が必要なのではないか。

当時のヨーロッパでは、いずれかの場所に俳句が伝わったら、それがイギリスであろうと、フランスであろうと、ドイツであろうと、その情報は瞬く間に広く伝わって行ったのである。言葉の壁は、ヨーロッパの知識人にとってはほとんど無いも同然だった。ヨーロッパという湖のどこかに「俳句」という石が投げ込まれるや、波紋はどんどんと広がって行く。そして俳句の存在が、ヨーロッパの芸術環境の一部をなすようになる。こう考えると、スペインだけが、その枠外に置かれていたと考えるのはおかしい。実際、スペインの文学者たちは、フランスやイギリスに出かけて行き、現地の文学者たちと盛んに交流をしていた。スペイン国内にあっても、フランス語や英語の雑誌をほとんどリアル・タイムで購読して、新しい潮流に触れていた。さらに、そのような雑誌への投稿や、外国での出版によって、自分の作品を発信してもいたのである。

スペイン国内での文学者のネットワークにも充実したものがあった。仲間がカフェなどに集まって情報を交換する「テルトゥリア」という習慣があった。また、マドリードの学生寮のような、先端知識の教育や普及のための優れた機関もあった。そこには一流の文学者や知識人が集い、情報を共有したり、議論したりしていた。ディエス＝カネドのように、フランスではゴーティエのサロンに出入りし、俳句の翻訳紹介をし、スペイン詩人とカタルーニャ詩人の仲立ちをし、果ては、俳句を意識した新感覚のエピグラムまでものする、といった、この環境を存分に活用して活躍した人物もいたのである。

当時のスペイン詩の様子を詳しく調べていくと、アストンとチェンバレンが俳句を紹介した直後から、スペインの詩人のなかには、俳句に触発された詩を書いていた者がいたことがわかる。彼らは、自分の詩がどんなきっかけから生まれたのかということを殊更明示することなく、俳句を取り入れた詩を書いてはそれを発信した。さらにその作品を読んだほかの詩人は、それが俳句に突き動かされて書かれた新しい詩とは知らずに、そこから影響を受けて詩作をすることもあった。彼は間接的に俳句に触発されたわけである。このようなことがあちらこちらで起こっていた。

スペインでの俳句受容の特殊性を一つ挙げるとすれば、世界の文学史に名を残すような一流の詩人たちが俳句に関心を持ったということである。アントニオ・マチャードは俳句の本質を完全に理解していたとしか思えない詩を書いた。ノーベル賞詩人であるフアン・ラモン・ヒメネスは、俳句の力によって「裸の詩」という新しい詩を生み出した。散文詩の一部にさえ俳句から着想を得たものを残している。また、スペインの詩人の中でももっとも著名であるフェデリコ・ガルシア・ロルカは、表面にははっきりとは表れない形ではあるが、明らかに俳句を取り込んだ形跡のある詩を書いた。俳句との出会いがなかったら、彼らの詩はまったく別のものになったであろうと言っても過言ではない。

にもかかわらず、この三人の詩人が、これまで俳句のスペイン語への導入の研究で取り上げられることはほとんどなかった。それは第一に、前述のように、「誰が、いつ」という視点から自由になれないでいたからだろう。第二に、彼ら詩人が、もはやヨーロッパの雰囲気の一部と化していた俳句に接触し、それをあまり強く意識することなく取り入れていたために、ことさら吹聴することがなかったからだろう。

ただし、スペインでも一九二〇年頃には、「ハイカイ」と明示して詩を書くことが流行した。それらの作品は日本の俳句に起源をもつものとして鑑賞されもした。しかし、残念ながら、彼らはおおむね二流詩人であった。パスが取り上げたタブラーダにせよ、これらの詩人にせよ、確かに明示的に俳句との関係を謳っていたが、それは俳句伝播という現象のほんの一部に過ぎなかったのである。この点にこだわりすぎると、スペイン語詩における俳句の存在を矮小化して考えるという過ちを犯すことになる。

最後に、カタルーニャ語詩が俳句のスペイン語への導入に果たした役割を、あらためて強調しておきたい。それは、これまで述べてきたヨーロッパの「俳句という文学的雰囲気」の一部をなすものであり、その意味では特別扱いされるべきものではないかもしれない。しかし、この小さな言語が果たした役割を論じたハイク研究は、これまであまり見当たらない。地理的にフランスとスペインの間にあるカタルーニャ、そして同じロマンス語で両言語の中間的特徴を示すカタルーニャ語。しかも、カタルーニャの知識人は常にパリとマドリードの両方を注視していた。俳句のスペイン語への導入において、カタルーニャが重要性を持たない方が不自然なくらいである。こういった周辺事情にこだわることは、全体像を明確に把握する上でも意外に有益なのではないだろうか。

このように、俳句がいかにスペイン語に浸透していったか、ということをできるだけ、「点」ではなく「面」として、あるいは「ネットワーク」として描き出そうと試みてきた。今後は、ヒメネス、マチャード、ロルカといったスケールの大きな詩人たちの作品をより網羅的に、しっかりと鑑賞し、どの時期にどのような刺戟を俳句から得たかを研究してみたいと思う。

また、これら三人の周辺にいた詩人たち――ルイス・セルヌダ、ラファエル・アルベルティ、ホセ・ベルガミンなど――の詩の中にも俳句の響きがあるかどうか調べることも重要だろう。彼らの生きた時代は、俳句を源泉とする詩に満ちていた。したがって、これまで俳句とは到底結びつかないと思われてきた詩人の作品も、俳句と関連づけることができるかもしれない。そのような視点から一九〇〇年以降のスペインの詩人の詩を広く検討したら面白いだろう。「ハイカイ」を書いたウルトライスモの詩人たちのようにシュルレアリズムと関係があった者もいたが、ここでは、スペインにおけるシュルレアリズムの詩と俳句との関係を十分に掘り下げることができなかった。シュルレアリズム自体をさらによく研究し、将来この点を補強できればと思っている。

本書で詳しく取り上げたカタルーニャ詩人はジュゼップ・マリア・ジュノイとジュアン・サルバット＝パパサイットの二人にとどまった。しかしカタルーニャは伝統的に詩がさかんなところであり、ほかにもカルラス・リーバ、サルバドール・アスプリウ、J・V・フォッシュ、ペラ・クァルトなど研究に値する詩人は数多い。それぞれがすばらしい作品を残しており、そこに当時の雰囲気を反映して、俳句との直接的、間接的な関係が見出せる可能性は高い。俳句導入者の一人として登場したジュゼップ・カルネーもその一人である。また、ガブリエル・ファラテー、ペラ・ジンファレー、そしてミケル・マルティ・イ・ポルのような次世代の詩人たちにも対象範囲を広げることができるだろう。この分野はわが国ではまったく手つかずであり、それ自体の重要性が高いのはもちろんであるが、同時にそれは、スペイン詩と俳句の関係を探る研究を側面から補強し、それに厚みを与えるものとなるだろう。

最後に、本書ではほとんど中南米の詩人の作品を扱うことはできなかったので、今後は中南米の詩人の作品をも対象としてみたい。

主要参考文献一覧

欧文

Aguirre, J.M. *Antonio Machado, poeta simbolista.* Madrid: Taurus Ediciones, 1973.

Aisa, Ferran i Mel Vidal. *Joan Salvat-Papasseit (1894-1924).* Barcelona: Editorial Base, 2010.

Alarcos Llorach, Emilio. *Eternidad en vilo.* Madrid: Cátedra, 2009.

Alberti, Rafael. *Marinero en tierra. La amante. El alba del alhelí.* Edción de Robert Marrast. Madrid: Editorial Castalia, 1976.

— *Sobre los ángeles. Sermones y moradas. Yo era un tonto y lo que he visto me ha hecho dos tontos. Con los zapatos puestos tengo que morir.* Madrid: Editorial Seix Barral, 1977.

— *Poemas del destierro y de la espera.* Edición de J.Corredor-Matheos. Madrid: Espasa-Calpe, 1978.

— *Cal y canto.* Madrid: Seix Barral, 1978.

— *La Arboleda Perdida.* Barcelona: Seix Barral, 1978.

— *Relatos y prosa.* Barcelona: Editorial Bruguera, 1980.

— *Sobre los ángeles. Yo era un tonto y lo que he visto me ha hecho dos tontos.* Edción de C.Brian Morris. Madrid: Ediciones Cátedra, 1981.

— *La Arboleda Perdida,* 2. Madrid: Alianza Editorial, 2002.

Alegre Heitzmann, Alfonso. Edición, introducción y notas. *Juan Ramón Jiménez: Epistolario I, 1898-1916* [de Juan Ramón Jiménez]. Madrid: Publicaciones de la Residencia de Estudiantes, 2006.

Alonso, Damaso. Carlos Bousoño. *Seis calas en la expresión literaria española.* Madrid: Editorial Gredos, 1970.

Altolaguirre, Manuel. *Obras completas,* I. Madrid: Ediciones Istmo, 1986.

Alvar, Manuel. Introducción. *Antonio Machado.* Madrid: Espasa Calpe, 2009.

Amades i Gelat, Joan. *Costumari català-El cur de l'any.* 5 vols. Barcelona: Edicions 62, 1982-1983.

Amorós, Andrés. *Ignacio Sánchez Mejías.* Jaén: Editorial Almzara, 2010.

Anderson, Andrew y Christopher Maurer. Edición, prólogo y notas. *Epistolario Completo* [de Federico García Lorca]. Madrid: Ediciones Cátedra, 1997.

Araujo, Fernando. "Historia de la literatura japonesa". *La España Moderna,* diciembre, 1899.

Araújo, Joaquín y Juan Varela. *Arte del Aire.* Barcelona: Lyns Edicions, 2004.

Arenas Noguera, Carma. Pròleg. *Obra complteta* [de Joan Salvat-Papasseit]. Barcelona: Gàlaxia Gutenberg, 2006.

Arroyo, César E. "La nueva poesía en América: La evolución de un gran poeta". *Cervantes,* agosto 1919, pp. 103-113.

Asensi, Joan, Martí Noy i Francesca Pujol. *El cos de lli.* Barcelona: Viena Edicions, 2007.

Asiain, Aurelio. Traducción y notas. 『いゑのはじはじ Veintitantos Poemas Japoneses』 Tokio, 2005.（自費出版）

Aston, W.G. *A Grammar of the Japanese Written Language.* London: Luzac & Co. Yokohama: Lane, Crawford & Co., 1904.

— *A History of Japanese Literature.* London: William Heinemann, 1899.

— "Correspondance". JSTOR: *T'oung Pao,* Second Series, Vol. 10, No. 4, 1909, pp. 555-556. Published by: Brill.

— *A History of Japanese Literature.* Bristol and Tokyo: Oxford Univesity Press and Ganesha Publishing, 1997.

Aullón de Haro, Pedro. *El Jaiku en España.* Madrid: Editorial playor, 1985.

— *El Jaiku en España.* Madrid: Ediciones Hiperión, 1985, 2002.

Bader, David. *One Hundred Great Books in Haiku.* Penguin Group, 2005.

Balcells, José Maria. "Poesía japonesa y poesía occidental". *Historia y Vida,* extra núm. 68, Barcelona: Historia y Vida, S.A., 1993, pp. 134-141.

Barthes, Roland. *La preparación de la novela.* Traducido por Patricia Willson. México: Siglo veintiuno editores, 2005.

Bashō. *On Love and Barley: Haiku of Basho.* Translated from the Japanese with an Introduction by Lucien Stryk. England: Penguin Books, 1985.

— *Cent onze haiku.* Traduits du Japonais par Joan Tittus-Carmel. Lagrasse: Éditions Verdier, 1998.

— *L'estret camí de l'interior.* Traducció i introducció de Jordi Mas López. Barcelona: Edicions de 1984, 2012.

Bastons, C. "La amistad Unamuno-López-Picó a la luz de la poesía y de una correspondencia espitolar". *Centro Virtual Cervantes*, pp. 1665-1679.

Batlló, José, ed. *Seis poetas catalanes*. Madrid: Taurus, 1969.

Bécquer, Gustavo Adolfo. *Rimas y leyendas*. Madrid: Espasa-Calpe, 1979.

Belamich, André. " 'Suites' Sacadas de las Primeras Canciones". *Suites* [de Federíco García Lorca]. Barcelona: Editorial Ariel, 1983.

— "Presentación de las Suites". *Suites* [de Federíco García Lorca]. Barcelona: Ariel, 1983.

Benedetti, Mario. *Rincón de Haikus*. Madrid: Visor Libros, 2003.

Beremejo, José María. Traducción introducción y notas. *Instantes. Nueva antología del haiku japonés*. Madrid: Hiperión, 2009.

Bergamín, José. *Antología*. Madrid: Editorial Castalia, 2001.

— "Homenaje y recuerdo". *Viaje a las islas invitadas. Manuel Altolaguirre (1905-1959)*. Madrid: Publicaciones de la Residencia de Estudiantes, 2005, pp. 55-56.

— *El disparate en la literatura española*. Edición de Nigel Dennis. Sevilla: Editorial Renacimiento, 2005.

— *Poesías completas I*. Madrid: Pre-Textos, 2008.

Bermejo, José María. Traducción, introducción y notas. *Instantes (nueva antología del haiku japonés)*. Madrid: Hiperión, 2012.

Blanco Aguinaga, Carlos. "Vida y obra". *Poesía completas*, I [de Emilio Prados]. Madrid: Visor Libros, 1999.

Blasco, Javier. *Juan Ramón Jiménez: Álbum*. España: Publicaciones de la Residencia de Estudiantes, 2009.

Blecua, José Manuel. Introducción. *Cántico*. Madrid: Editorial Biblioteca Nueva, 2000, pp. 11-74.

Bleiberg, Germán. *Diccionario de Historia de España*, 2. Madrid: Alianza Editorial, 1979.

Blyth, R.H. *Haiku*, 3 vols. Tokyo: The Hokuseido, 1981-1982.

— *A History of Haiku*, Tokyo: The Hokuseido, 1999.

Bonneau, Georges. "Rythmes japonais". *Bulletin de la Maison Franco-Japonaise*. 『日仏會館学報』 Tokyo: 日仏會館, 1933.

Borges, Jorge Luis. *Antología poética 1923-1977*. Madrid: Alianza Editorial, 2009.

Bover, August. Mojave. *Sitges:* Papers de Terramar, 2006.

Brower, Gary L. "Brief Note: The Japanese Haiku in Hispanic Poetry". *Monumenta Nipponica XXIII,* Numbers 1-2. Tokyo: Sophia University, 1968.

Brower, Robert H. and Earl Miner. *Japanese Court Poetry.* Stanford: Stanford University Press, 1988.

Brown, Gerald G. *Historia de la Literatura Española,* vol. 6. Barcelona: Editorial Ariel, 1980.

C.A. "Eugeni d'Ors." *Glosari* [de Eugeni d'Ors]. Barcelona: Edicions 62 "la Caixa", 1986.

Caballero, Agustín. "Juan Ramón: Desde Dentro". *Juan Ramón Jiménez,* Libros de Poesía. Madrid: Aguilar, 1972.

Cabezas, Antonio. *La literatura japonesa.* Madrid: Ediciones Hiperión, 1990.

— Edición. *Jaikus immortales.* Madrid: Ediciones Hiperión, 2005.

Cacho Viu, Vicente. *Revisió de Eugenio D'Ors.* Barcelona: Quaderns Crema, 1997.

Calzada, Margarita Sáenz de la. *La Residencia de Estudiantes, 1910-1936.* Madrid: Consejo Superior de Investigaciones Científicas, 1986.

Cano Ballesta, Juan. *La poesía española entre pureza y revolución (1930-1936).* Madrid: Editorial Gredos, 1972.

Cano, José Luis. "Prólogo". *Romancero gitano. Poema del cante jondo.* Madrid: Espasa-Calpe, pp. 7-32.

Cansinos-Assens, Rafael. "Novísima literatura francesa". *Cervantes.* enero 1919, pp.55-61.

Cantella Konz, Barbara Dianne."Del Modernismo a la Vanguardia: La Estética del Haikú". *Revista Iberoamericana.* Pittsburgh, XL. 89, octubre-diciembre 1974. pp. 639-649.

— *From Modernism to Vanguard: The Aesthetics of Haiku in Hispanic Poetry.* Austin: The Universtiy of Texas, 1975. Ph. D. dissertation.

Capilla, Josep M, Eudald Puig i Maria Rosa Roca. *A l'ombra dels lotus.* Barcelona: Viena Edicions, 2003.

Carbonell, Antoni, Anton M. Espadaler, Jordi Llovet i Antònia Tayadella. *Literatura catalana dels inicis als nostres dies.* Barcelona: Edhasa, 1979.

Cardona, Rodolfo. "Presentación general de Ramón". *Greguerías* [de Ramón Gómez de la Serna]. Madrid: Ediciones Cátedra,

1979. pp. 11-13.

Carner, Josep. *El tomb de l'any*. Próleg d'Albert Manent. Barcelona: Edicions Proa, 1984.

— "Els Haïkaï". *La veu de Catalunya,* 15 juny 1906, ed. del vespre, p. 1.

— *Bestiari*. Mallorca: Editorial Barcanova, 1998.

— *Supervivent d'un cant remot. Antologia poètica*. Estudi preliminar i material complementari de Jaume Aulet. Barcelona: Educaula, 2011.

Castellet, J.M. *Iniciació a la poesía de Salvador Espriu*. Barcelona: Edicions 62, 1984.

Castillo, David., y Marc Sardá. *Conversaciones con José "Pepín" Bello*. Barcelona: Editorial Anagrama, 2007.

Castro, Americo. "Homenaje a una sombra ilustre". *Homenaje a Alberto Jiménez Fraud en el Centenario de Su Nacimiento (1883-1983)*. Secretaría de Estado de Universidades e Investigación. Ministerio de Universidades e Investigación y Ciencia.

Ceide-Echevarría, Gloria. *El Haikai en la Lírica Española*. The University of Illinois, 1965. Ph. D. dissertation.

Celma, María Pilar. "Guía de lectura". *Poesías completas* [de Antonio Machado]. Madrid: Espasa-Calpe, 2009, pp. 467-519.

Cernuda, Lorca, Prieto: Dos poetas y un pintor. Madrid: Residencia de Estudiantes, 1998.

Cernuda, Luis. *Un Río, un Amor. Los Placeres Prohibidos*. Madrid: Ediciones Cátedra, 2005.

— *La Realidad y el Deseo (1924-1962)*. Madrid: Fondo de Cultura Económica, 2005.

Chabás, Juan. *Testigo de excepción, crítica periódica sobre literatura de la Vanguardia*. Madrid: Fundación Banco Santander, 2011.

Chamberlain, Basil Hall. *Things Japanese*. London, John Murray —Reprinted...1905—Published simultaneously in the USA by Stones Bridge Press, and Japan by IBC Publishing.

— *A Hand book of Colloquial Japanese*. Forth ed., Yokohama, Shanghai, Hongkong, Singapore: Kelly & Walsh, Ld,1907.

—"Bashô and the Japanese Poetical Epigram". *Transaction of the Asiatic Society of Japan*. t. XXX, part II, pp. 241-362,1902, —Reprint ed. vol. 1 (1872)-v. 50 (1922). Yushudo, 1964-1965.

Ciplijauskaité, Biruté y Christopher Maurer, eds. *La voluntad de humanismo: Homenaje a Juan Marichal.* Barcelona: Anthropos, 1990.

Coca, Jordi. *Versions de Matsuo Bashō.* Barcelona: Editorial Empúries, 1992.

Concha, Víctor G. de la. Ediciones. *El Surrealismo.* Madrid: Taurus Ediciones, 1982.

— "Época Contemporánea:1914-1939". *Historia y Crítica de la Literatura Española.* Traducido en castellana por Carlos Pujol. Barcelona: Editorial Crítica, 1984.

Couchoud, Paul-Louis. *Le haïkaï: Les épigrammes lyriques du Japon.* Paris: La Table Ronde, 2003.

Coyaud, Maurice. *Hormigas sin Sombra. El Libro del Haiku.* Traducido en español por Mario Campaña. Barcelona: DVD ediciones, 2005.

Cueva, Almudena de la. Edición. *Ola Pepín! Dalí, Lorca y Buñuel en la Residencia de Estudiantes.* Madrid: Amigos de la Residencia de Estudiantes/Fundación Caixa Catalunya, 2007.

Darío, Rubén. *Páginas escogidas.* Madrid: Cátedra, 1979.

Debicki, Andrew P. *Estudios sobre Poesía Española Contemporánea. La Generación de 1924-1925.* Madrid: Editorial Gredos, 1981.

Desclot, Miquel. *Per tot coixí les herbes.* Barcelona: Edicions Proa, 1995.

Díaz de Guereñu, Juan Manuel, ed. *Epistolario, Cartas a David Bary, 1953-1978* [de Juan Larrea]. Madrid: Publicaciones de la Residencia de Estudiantes, 2004.

Diaz-Plaja, Guillermo. *Tesoro breve de las letras hispánicas.* Madrid: Editorial Magisterio, 1976.

Diego, Gerardo. *Manual de espumas.* Versos humanos. Madrid: Cátedra, 1996.

— *Antología poética.* Madrid: Alianza Editorial, 2007.

Díez-Canedo, Enrique. "Judith Gautier". *España,* núm. 143, enero de 1918, p. 13.

— "La Vida Literaria. Poetas de Los Estados Unidos". *España,* núm. 224, 1919, p. 15.

— "La Vida Literaria." *España.* núm. 284 (1920), pp. 11-12.

— "Antonio Machado, poeta japonés." *El Sol,* Madrid, 20 de junio de 1924.
— "Antonio Machado, poeta español". *Taller,* v, 1939.
— *Poesías.* Granada: La Veleta, 2001.
— *Obra crítica.* Madrid: Fundación Santander Central Hispano, 2004.
Duhamel, George. "Les Poèmes". *Mercure de France,* 16-VII-1914, pp. 352-355.
Eco, Unberto. "The Poetics of the Open Work". *The Role of the Reader.* Bloomington: Indiana University Press, 1984.
Ephrem, Vincent. "Lettres Espagnoles". *Mercure de France,* num. 131, vol. XXXVI, pp. 556-561.
Espina García, Antonio. "Concéntrica". *España,* núm. 207, 1 enero 1919, p. 10.
— "Aguatinta". *España,* núm. 273, 1920, p. 14.
— "Concéntricas: Berilo". *España,* núm.276, 1920, p. 15.
— "Poema signario". *España,* núm. 281, 1920, pp. 15-16.
— "Pompasfunebres". *España,* núm. 289, 1920, pp. 10-11.
— "Concéntricas, Casi 'Haikais'". *España,* núm. 298, 1921, p. 12.
— "Concéntricas". *España,* núm. 336, 1922, p. 8.
— "Concéntrica en Leo". *España,* núm. 381, 1923, p. 10.
— "Concéntricas en scorpio". *España,* núm. 391, 1923, pp. 6-7.
Espriu i Malagelada, Agustí. *Salvador Espriu.* Barcelona: Columna, 1996.
Espriu. Salvador. *El caminant i el mur.* Barcelona: Edicions 62. 1985.
"Els epigrames lírics del Japó". *La veu de catalunya,* 21 febrer 1920, ed. del vespre, p. 9.
"Els epigrames lírics del Japó II". *La veu de catalunya,* 28 febrer 1920, ed. del vespre, pp. 9-10.
Fabre, Gilles. *Because of a Seagull.* The Fishing Cat Press, 2005.
Federico García Lorca: Poeta en Tokio, Tokio: Instituto Cervantes, 2008.
Fernández Gutiérrez, José María. "Enrique Díez-Canedo creador y crítico literario. Bibliografía". *CAUCE. Revista de Filología*

y su Didáctica, núm.26. 2003, pp. 141-169.

Ferre, Aina, Sergi Gros i Marc Zannni. *I alhora en equilibri.* Barcelona: Viena Edicions, 2008.

Florez, Rafael. *D'Ors.* Madrid: Epesa, 1970.

Franco, Jean. *Historia de la literatura hispanoamericana.* Barcelona: Editorial Ariel, 1981.

Fuente Ballesteros, Ricardo de la. "El Haiku en Antonio Machado". *Antonio Machado, hoy.* Sevilla: Alfar, 1990, pp. 393-401.

— "Octavio Paz y la poesía japonesa". *Ínsula* 532-533, 1991, pp. 21-24.

— Traducción, introducción y notas. *Haijin: Antología del jaiku.* Madrid: Poesía Hiperión, 1996.

— Introducción y notas. *Issa Kobayashi, Cincuenta haikus* Madrid: Ediciones Hiperión, 2005.

Galilea, Hernan. *La poesía superrealista de Vicente Aleixandre.* Santiago-Chile: Editorial Universitaria, 1971.

Gaos, Vicente. *Antología del grupo poético de 1927.* Madrid: Cátedra, 1984.

García López, José. *Resumen de Historia de las Literaturas Hispánicas.* Barcelona: Teide, 1975.

— *Historia de la Literatura Española.* Barcelona: Vicens-Vives, 1980.

García Lorca, Federico. "Madrigal". *España,* núm. 293, 1920, pp. 12-13.

— "Teoría y juego del duende". *Prosa.* Madrid: Alianza Editorial, 1978.

— *Prosa.* Madrid: Alianza Editorial, 1978.

— "El cante jondo :Primitivo canto andaluz". *Prosa.* Madrid: Alianza Editorial, 1978.

— *Obras Completas* I. Madrid: Aguilar, 1980a.

— *Obras Completas* II. Madrid: Aguilar, 1980b.

— *Libro de Poemas (1921).* Edición de Ian Gibson. Barcelona: Ariel, 1982.

— *Suites.* Edición de André Belamich. Barcelona: Ariel, 1983a.

— *Romancero gitano. Poema del cante jondo.* Madrid: Espasa-Calpe, 1983b.

— *Poeta en Nueva York. Tierra y Luna.* Barcelona: Editorial Ariel, 1983c.

— *Epistolario Completo.* Madrid: Cátedra, 1997.

— *Poesía Completa.* Barcelona: Galaxia Gutenberg, 2011.

García Rodríquez, José. “José María Hinojosa”, *Jábega,* núm. 34, 1981. Centro de Ediciones de la Diputación de Málaga, pp. 29-31.

Garcia-Velasco, José, ed. *Francisco Giner de los Ríos: Un andaluz de fuego.* Junta de Andalucía, Consejería de Cultura, 2011.

Gautier, Judith. *Poèmes de la Libellule.* Tokyo: Edition Synapse, 2007.

Gibson, Ian. *Granada en 1936 y el asesinato de Federico García Lorca.* Barcelona: Editorial Crítica, 1986.

— *Federico García Lorca.* A Life. New York: Pantheon Books, 1989.

— *Ligero de equipaje.* Madrid: Aguilar, 2006.

Gil, Ildefonso-Manuel, ed. *Federico García* Lorca. Madrid: Taurus Ediciones, 1980.

Gómez Carrillo, Enrique. *Marsella à Tokio.* Paris: Garnier Hermanos, 1900.

— *El alma japonesa.* Paris: Editorial Garnier, 1907.

Gómez de la Serna, Ramón. *Greguerías, selección 1910-1960.* Madrid, Espasa-Calpe, Colección Austral, 1960.

— *Total de greguerías.* Madrid: Aguilar, 1962.

— *Greguerías.* Madrid: Ediciones Cátedra, 1979.

— *Gollerías.* Barcelona: Editorial Bruquera, 1983.

— *Ismos.* Madrid: Editorial Labor, 1975.

— *Pombo.* Madrid: Visor libros, 1999.

Gómez de la Serna, Ramón y Chema Madoz. *Nuevas Greguerías.* Madrid: La Fáblica, 2009.

González Ródenas, Soledad. *Juan Ramón Jiménez a través de su biblioteca.* Sevilla: Secretario de publicaciones de la universidad de Sevilla, 2005.

Goytisolo, José Agustín, ed. *Poetas catalanes contemporáneos.* Barcelona: Editorial Seix Barral, 1968.

Gracia, Jordi, y Domingo Ródenas de Moya, ed. *Epistolario, 1919-1939 y cuadernos íntimos* [de Benjamín Jarnés]. Madrid: Publicaciónes de Residencia de Estudiantes, 2003.

Guillamon, Julià, ed. *Espriu. L'escritor compromès, el místic, el gran sarcàstic.* Barcelona: Galàxia Gutenberg, 2013.

Guillén, Jorge. *Cántico.* Madrid: Editorial Biblioteca Blecua, 2000.

Gullón, Ricardo. *Direcciones del modernismo.* Madrid: Editorial Gredos, 1971.

Haya Segovia, Vicente. *El Corazón del Haiku.* Madrid: Mandala Ediciones, 2002.

— *Haiku, la vía de los sentidos.* Valencia: Institución Alfons el Magnànium, 2005.

— *Haiku-dô.* Barcelona: Edotorial Kairós, 2007.

— Edición. *La senda de Buson.* España: Editorial Juan de Mairena, 2006.

Hearn, Lafcadio. *Kwaidan.* New York: Dover Publication, 2006.

Henri, Brunel. *Los más bellos cuentos Zen seguido de El arte de los haikus.* Traducido por Plácido de Prada. Barcelona: José J. de Olañeta, Editor, 2003.

Herrero, Teresa. *De la flor del ciruelo a la flor del cerezo.* Madrid: Ediciones Hiperión, 2004.

Hilton, Ronald. "José Lázaro y Galdiano and La España Moderna". *Hispania,* vol. 23, núm. (Dec., 1940), pp.319-325. Published by American Association of Teachers of Spanish and Portugues.

Hirsch, Charles- Henry."Les Revues". Mercure de France, 1-VII-1916, pp. 119-125.

Hoffmann, Yoel. *Poemas Japoneses a la Muerte: Escritos por Monjes Zen y Poetas de Haiku en el Umbral de la Muerte.* Barcelona: DVD poesía, 2004.

Homenaje a Alberto Jiménez Fraud en el Centenario de Su Nacimiento (1889-1983). Secretaría de Estado de Universidades e Investigación. Ministerio de Educación y Ciencia.

Hoyo, Arturo del. "Cronología". *Federico García Lorca: Obras Completas.* Madrid: Aguilar, 1980.

Jacob, Max. "Préface de 1916". http://www.dllc.unicas.it/sibilio/corso/preface_de_1916. Htm. [Consulta: 7 de junio de 2013]

Jiménez Landi, Antonio. "Alberto Jiménez Fraud, un humanista de acción". *Homenaje a Alberto Jiménez Fraud en el centenario de su nacimiento (1883-1983).* Madrid: Secretaría de Estado de la Universidades e Investigación. Ministerio de Educación y Ciencia, 1983.

Jiménez Millán, Antonio. *Antonio Machado. Laberinto de espejos.* Málaga: Junta de Andalucía, Consejería de Cultura, 2009.

Jiménez, Juan Ramón. "Estética y ética estética". *España,* núm. 290, 1920, pp. 11-12.

— *Primeros Libros de Poesía.* Madrid: Aguilar, 1959.

— *Libros de Poesía.* Madrid: Aguilar, 1972.

— *Segunda antolojía poética (1898-1918),* Madrid: Espasa-Calpe, 1975.

— *Antolojía Poética.* Buenos Aires: Losada, 1979.

— *Platero y yo.* Madrid: Aguilar, 1978.

— *Elejías andaluzas.* Edición de Alturo del Villar. Barcelona: Bruguera, 1980.

— *Canta pájaro lejano.* Madrid: Editorial Espasa-Calpe, 1981.

— *Diario de un poeta recién casado (1916).* Edición de Michael P. Predmore. Madrid: Ediciones Cátedra, 2001.

— *Antología poética.* Prólogo y selección de Antonio Colinas. Madrid: Alianza Editorial, 2002.

— *Epistolario I, 1898-1916.* Edición de Alonso Alegre Heitzmann. Madrid: Amigos de la Residencia de Estudiantes, 2006.

— *Eternidades.* Obras de Juan Ramón Jiménez, 17, Madrid: Visor Libros, 2008.

— *Piedra y Cielo.* Obras de Juan Ramón Jiménez, 18, Madrid: Visor Libros, 2008.

— *Conciencia Sucesiva de lo hermoso. Antolojía.* Edición, prólogo de Javier Blasco, España: Junta de Andalucía. Consejería de Cultura, 2008.

Johnson, Jeffrey. *Haiku Poetics in Twentieth-Century Avant-Garde Poetry.* Lanham, Maryland/Plymouth, England: Lexington Books/Rowman & Littlefield Publishing Group, 2011.

— "Haiku, Western". *Princeton Encyclopedia of Poetry & Poetics.* 4th ed. Princeton: Princeton University Press, 2012

J.M.V. "Paul-Luis Couchoud.—Sages et Poètes d'Asie—París, Calmann-Levy". *La Pluma,* el junio de 1920, p. 46-47.

Jordi, Carme, Isabel Oliva, i Jaume Pomar. *El fil de sorra.* Barcelona: Viena Edicions, 2004.

Junoy, Josep Maria. *Obra poètic.* Barcelona: Edicions dels Quaderns Crema, 1984.

— *J.-M.Junoy. Obra poética.* Barcelona: Acantilado, 2010.

Kawamoto, Kōji. *The Poetics of Japanese Verse: Imagery, Structure, Meter.* Tokyo: University of Tokyo Press, 2000.

Keen, Donald. *Japanese Literature. An introduction for western readers.* Great Britain: Glove Press Edition, 1955.

Kim Rim, Hyunchang. "El Zen y Juan Ramón Jiménez". *Prohemio.* Revista de lingüística y crítica literaria, vol. 1. núm. 1. abril 1970, pp. 237-260.

Kobayashi, Issa. *Cincuenta haikus.* Traducción de Ricardo de la Fuente y Shinjiro Hirosaki. Introducción y notas de Ricardo de la Fuente. Madrid: Ediciones Hiperión, 2005.

Lafarga, Francisco, y Luis Pegenaute, eds. *Historia de la traducción en España.* Salamanca: Ambos Mundos, 2004.

Lama, Miquel Ángel. "Enrique Díez-Canedo y la poesía extranjera". *CAUCE,* Revista de Filología y su Didáctica, núm. 22-23, 1999-2000, pp. 191-228.

"Las ciutats catalanes." *La Veu de Catalunya.* 1 gener 1919, ed. del vespre, p. 15.

Liviano, Tito. " La vida literaria". *España,* núm. 35, 1923, pp. 10-11.

— "Anales de ocho días". *España,* núm. 386, 1923, p. 7.

Los Putrefactos por Salvodor Dalí y Federico García Lorca: Dibujos y documentos. Barcelona: Publicaciones de la Residencia de Estudiantes, 1998.

Matsuo Basho. *Sendas de Oku.* Traducido en castellana por Octavio Paz y Eikichi Hayashida. Tokio: Shinto Tsushin, 1992.

Machado, Antonio. *Juan de Mairena.* Madrid: Editorial Castalia, 1971.

— *Poesías Completas.* Madrid: Espasa-Calpe, 1980.

— *Canciones y aforismos del caminante.* Edición de Joaquín Marco, Barcelona: Edhasa, 2001.

— *Poesías Completas.* Madrid: Espasa-Calpe, 2009.

Machado y Alvarez, Antonio. *Colección de cantes flamencos.* Madrid: Ediciones Demófilo, 1975.

Machado, Manuel. *Alma. Ars moriendi.* Madrid: Cátedra: 1999.

— *Cante hondo.* Barcelona: Nortesur, 2008.

Macià, Xavier, Pere Pena i Valentí Ribes. *L'ancora i l'instant.* Barcelona: Viena Edicions, 2006.

Mainer, José-Carlos. *Modernismo y 98*. Barcelona: Editorial Crítica, 1980.

— *La Edad de Plata (1902-1939)*. Madrid, Ediciónes Cátedra, 1999.

Manent Albert. "Josep Carner, una aventura intel.lectual i vital". *El noucentisme*. Barcelona: Publicacions de l'Abadia de Montserrat, 1987.

Manuel Blecua, José, ed. *Cántico* [de Jorge Guillén]. Madrid: Editorial Biblioteca Nueva, 2000.

Manuel Bonet, Juan. "Fragmentos sobre Rafael Cansinos Assens y *El Movimiento VP*". *El movimiento V.P.* [de Cansinos Assens]. Madrid: Arca Ediciones, 2009.

Manuel Rozas, Juan, ed. *La generación del 21 desde dentro*. Madrid: Ediciones Istmos, 1986.

Maples Arce, Manuel. *Ensayos Japoneses*. México: Editorial Cultura, 1959.

Marco, Joaquín, ed. *Antonio Machado, Canciones y aforismos del caminante*. Barcelona: Edhasa, 2001.

Mas López, Jordi. *Els haikús de Josep Maria Junoy i Joan Salvat-Papasseit*. Universitat Autònoma de Barcelona, 2002. Tesi doctoral.

— *Josep Maria Junoy i Joan Salvat-Papasseit: dues aproximacions a l'haiku*. Barcelona: Publicacions de l'Abadia de Montserrat, 2004.

— Traducció, introducció i notes. *La tanka catalana*. Santa Coloma de Queralt: Obrador Edèndum, 2011.

— Traducció, introducció i notes. *Cent de Cent, Hyakunin isshu*. Bellcaire d'Empordà: Edicions Vitel.la, 2011.

— Edició. *L'haiku en llengua catalana*. Santa Coloma de Queralt: Obrador Edèndum SL, 2014.

Mas López, Jordi i Marcel Ortín. "La primera recepció de l'haiku en la literatura catalana". *Els Marges*, núm. 88, 2009 , pp. 57-82.

Masaoka, Shiki. *Cien Jaikus*. Traducido y presentada por Justino Rodrígueza. Madrid: Ediciones Hiperión, 2006.

Min, Yong-Tae. "Haiku en la Poesía de Octavio Paz". *Cuadernos Hispanoamericanos*, 343-345, 1979, pp. 698-707.

— "Lorca, poeta orienta". *Cuadernos Hispanoamericanos*, 358, 1980, pp. 129-144.

Miner, Earl, Hiroko Odagiri and Robert E. Morrell. *The Princeton Companion to Classical Japanese Literture*. Princeton:

Princeton University Press, 1985.

Miquel, Dolors. *Haikús del Camioner.* Barcelona: Editorial Empúries, 1999.

Miquel, Martí i Pol. *Haikus en Temps de Guerra.* Barcelons: Edicions 62, 2002.

Moliner, Maria. *Diccionario de Uso del Español.* 2 vols. Madrid: Editorial Gredos, 1979.

Moreno Villa, José. *Vida en claro.* Madrid: Visor Libros, 2006.

Morris, C.B. *Surrealism and Spain.* Cambridge: University Press, 1972.

—*Una generación de poetas españoles (1920-1936).* Traducido en españól por A.R. Bocanegra. Madrid: Editorial Gredos, 1988.

Murgades, Josep, ed. *Glosari (selecció)* [de Eugeni D'Ors]. Barcelona: Edicions 62 I "la Caixa", 1986.

—"Eugeni d'Ors: verbalizador del Noucentisme". *El Noucentisme.* Barcelona: Publicacions de l'Abadia de Montserrat, 1987, pp. 59-77.

Naremore, James. "The imagists and the French 'Generation of 1900'". *Contemporary Literature,* vol. 11, núm. 3, Summer, 1970, pp. 354-357. Published by University of Wisconsin Press.

Navarro Tomás. *Métrica española.* Madrid: Guadarrama, 1974.

Neruda, Pablo. *Libros de las preguntas.* Santiago: Pehuén Editores, 2005.

Onís y de Sánchez, Federico. *Disciplina y rebeldía: Lectura Dada en la Residencia de Estudiantes, la tarde del 5 de noviembre de 1915.* Madrid: Publicaciones de Residencia de Estudiantes, 1915.

Ors, Eugeni d'. "Elogi del Coet, per dir en en la nit de Sant Joan". *La Veu de Catalunya,* 23 juny 1906, ed. del vespre, p. 3.

— "Glosari. Elogi de Girona". *La Veu de Catalunya,* 3 novembre 1911, ed. del vespre. p. 2.

— *Arte vivo.* Madrid: Espasa-Calpe, 1976.

— *Glosari 1906-1907.* Edició de Xavier Pla. Barcelona: Quaderns Crema, 1996.

— *Trilogía de la "Residencia de Estudiantes".* Edición de Alicia García Navarro y Ángel d'Ors. Pamplona: Ediciones Universidad de Navarra, 2000.

Ota, Seiko. "Octavio Paz y el haiku japonés—a través de Sendas de Oku—". 『研究論叢』三八号、京都外国語大学、一九九一

年。

Otero Carnaval, Luis Enrique. "Realidad y mito del 98: las distorsiones de la percepción. Ciencia y pensamientos en España (1875-1923)". *Un Siglo de España, centenario 1898-1998.* Coordinador, José G. Cayuela Fernández. Cuenca: Ediciones de la Universidad de Castilla-La Mancha: Cortes de Castilla-La Mancha, 1998, pp. 527-552.

Paepe, Christian de. "F. García Lorca entre amnesia y memoria". *La memoria histórica en las letras hispánicas contemporáneas.* Genève:Droz, 1997.

Palau de Nemes, Graciela y Emilia Cortés Ibáñez, ed. *Epistolario I : Cartas a Juan Guerrero Ruiz 1917-1956* [de Zenobia Camprubí]. Madrid: Publicación de Residencia de Estudiantes, 2006.

Paulhan, Jean. Edició i préface. "Haï-kaïs". *Nouvelle Revue Française,* vol. 15, núm. 84, setembre 1920, pp. 329-345.

Paz, Octavio. *Versiones y diversiones.* México: Editorial Joaquín Mortiz, 1978.

— "Introducción a la historia de la poesía mexicana". *Las Peras del Olmo.* Barcelona: Editorial Seix Barral, 1990.

— "Estela de José Juan Tablada". *Las Peras del Olmo.* Barcelona: Editorial Seix Barral, 1990.

— "Tres momentos de la literatura japonesa". *Las Peras del Olmo.* Barcelona: Editorial Seix Barral, 1990.

— *Las Peras del Olmo.* Barcelona: Editorial Seix Barral, 1990.

— "La Tradición del Haikú". *Sendas de Oku* [de Matsuo Basho]. Tokio: Shinto Tsushin, 1992, pp. 9-22.

— *El Arco y La Ira.* Madrid: Fondo de Cultura Económica España, 2004.

Pedoroso Herrera, Tomás. *Juan Ramón Jiménez y el haiku—Revisión de los fondos de la Casa-Museo de Moguer e influencia en la obra poética.* La Universidad de Sevilla, 1997. Tesis doctoral.

Pérez-Villanueva Tovar, Isabel. *La Residencia de Estudiantes: 1910-1936, Grupo universitario y residencia de señoritas.* Madrid: Publicaciones de Residencia de Estudiantes, 2011.

Pérez Zorrilla, Elda. *La poesía y la crítica poética de Enrique Díez-Canedo.* La Universidad Complutense de Madrid, 1998. La tesis doctoral.

Poesía, Número 13-14 dedicado a Juan Ramón Jiménez. Madrid: Ministerio de Culturra, invierno, 1981-1982.

Ponce, Fernando. *Ramón Gómez de la Serna.* Madrid: Unión Editorial, 1968.

Pondrom, Cyrena N. *The Road from Paris.* London: Cambridge University Press, 1974.

Prados, Emilio. *Poesías completas.* Madrid: Visor Libros, 1999.

Preminger, Alex, and T.V.F. Brogan. *The New Princeton Encyclopedia of Poetry and Poetics.* Princeton: Princeton University Press, 1993.

Princeton Encyclopedia of Poetry & Poetics. 4th ed. Princeton: Princeton University Press, 2012.

Quilis, Antonio. *Métrica española.* Barcelona: Editorial Ariel, 1984.

Quillar, Pierre. "Les Poémes." *Mercure de France,* 16, IV, 1908, pp. 668-690.

Residencia 1926, Año I, núm. I Publicaciones de la Residencia de Estudiantes, 1926.

Residencia 1926, Año I, núm. II Publicaciones de la Residencia de Estudiantes, 1926.

Residencia 1926, Año I, núm. III Publicaciones de la Residencia de Estudiantes, 1926.

Residencia Diciembre 1927, Año II, núm. I Publicaciones de la Residencia de Estudiantes, 1927.

Residencia Diciembre 1931, Año II, núm. III Publicaciones de la Residencia de Estudiantes, 1931.

Residencia 1932, núm. III Madrid: Publicaciones de la Residencia de Estudiantes, 1932.

Residencia 1932, núm. IV Madrid: Publicaciones de la Residencia de Estudiantes, 1932.

Residencia 1932, núm. VI Madrid: Publicaciones de la Residencia de Estudiantes, 1932.

Residencia 1934, núm. I Madrid: Publicaciones de la Residencia de Estudiantes, 1932.

Revon, Michel. *Anthologie de la littérature japonaise des origines au XXe siècle.* Paris: Librairie Delagrave, 1923.

Riba, Carles. *Obres completes.* Poesía. Barcelona: Edicions 62, 1988.

Rico, Francisco. *Historia y crítica de la literatura española, VII Época contemporánea:1914-1939.* Barcelona: Editorial Crítica, 1984.

Rivero Taravilla, Antonio. *Luís Cernuda.* Barcelona: Tusquets Editores, 2008.

Record, Kirby. *Haiku Genre: The Natrure and Origins of English Haiku.* Indiana University, 1981. Ph. D. dissertation.

Ródenas de Moya, Domingo. Edición. *Epistolario, 1919-1939 y cuadernos íntimos* [de Benjamín Jarnés]. Madrid: Publicaciones de la Residencia de Estudiantes, 2003.

— "La joven literatura española ante la 'petite chapelle' francesa: Larbaud, Marichalar e intentions." *Hispanogalia I,* 2004-2005, Consejería de Educación, Embajada de España en Francia.

Rodrigo, Antonina. *García Lorca en Cataluña.* Barcelona: Editorial Planeta, 1975.

— *García Lorca.* Barcelona: Edhasa, 1984.

Rodríguez-Izquierdo, Fernando. *El Haiku Japonés.* Madrid: Edición Hiperión, 1972, 1994.

Roubaud, Jacques. *Mono no aware.* Paris: Gallimard, 1970.

Rozas, Juan Manuel. *La generación del 27 desde dentro.* Madrid: Ediciones Istmo, 1986.

Rubio Jiménez, Jesús. "La difusión del haiku: Díez-Canedo y la revista España". *Revista de Investigación Filológica,* XII-XIII, 1086-1987, pp. 83-100.

Sáenz de la Calzada, Margarita. *La Residencia de Estudiantes.* Madrid: Consejo Superior de Investigaciones Científicas, 1986.

— *La Residencia de Estudiantes: Los residentes.* Madrid: Publicaciones de la Residencia de Estudiantes, 2011.

Saito, Takafumi, and William R. Nelson. *1020 Haiku in translation: The Heart of Basho, Buson and Issa.* 『名句一〇二〇選　芭蕉、蕪村、一茶の心』 South Carolina: Book Surge, LLC, 2006.

Salazar, Adolfo. "Proposiciones sobre el Hai=kai". *La Pluma,* 6, noviembre, 1920.

Salinas, Pedro. *Literatura Española Siglo XX.* Madrid: Alianza Editorial, 2001.

Salvat-Papasseit, Joan. *Obra completa: Poesia i prosa.* Barcelona: Galàxia Gutenberg, 2006.

Sánchez-Barbudo, Antonio. *La segunda época de Juan Ramón Jiménez. Cincuenta poemas comentados.* Madrid: Editorial Gredos, 1963.

— "Introducción: Carácter e importancia". *Diario de un poeta recién casado* [de Juan Ramón Jiménez]. Barcelona: Editorial Labor, 1970, pp. 9-56.

— *El pensamiento de Antonio Machado.* Madrid: Ediciones Guadarrama, 1974.

— *Los poemas de Antonio Machado.* Barcelona: Editorial Lumen, 1989.

Santos Torroella, Rafael. *Dalí: Época de Madrid, Catálogo razonado.* Madrid: Consejo superior de investigaciones científicas y amigos de la Residencia de Estudiantes, 1994.

Sanz Villanueva, Santos. *Literatura actual.* Barcelona: Editorial Ariel, 2008.

Schwartz, William Leonard. "Japan in French Poetry". *PMLA,* vol. 40, no. 2 Jun, 1925, pp. 435-449.

Shaw, Donald. *La generacion del 98.* Madrid: Ediciones Cátedra,1982.

— *Historia de la literatura española: El Siglo XIX,* Barcelona: Ariel, 1980.

Speratti Piñero, Emma Susana. "Valle-Inclán y un Hai-ku de Basho". *Nueva Revista de Filología Hispanica,* XII-l enero-marzo, 1958.

Signos de amistad: La colección de Federico García Lorca. Madrid: Publicaciones de la Residencia de Estudiantes, 1997.

Sugiyama, Akira. "Un día...:primera colección de haikus de José Juan Tablada". *Bulletin of Seisen University,* 48, pp. 27-41, 2000.

— "El jarro de flores: segunda colección de haikus de José Juan Tablada". *Bulletin of Seisen University,* 50, 2002, pp.1-16.

Tablada, José Juan. *Tres Libros: Un día... (poemas sintéticos), Li-Po y otros libros, jarro de flores (disociaciones líricas).* Madrid: Ediciones Hiperión, 2000.

Terry, Arthur, Joaquim Rafel. *Introducción a la lengua y la literatura catalanas.* Barcelona: Editorial Ariel, 1977.

— *A Companion to Catalan Literature.* USA: Tamesis, 2010.

Torre, Claudio de la. "Paisaje". *España,* núm. 229, 1919, pp. 13-14.

Torre, Guillermo de. "Génesis de Ultraismo". *Historia y crítica de la literatura española,* vol. VII. Barcelona: Crítica, 1984.

— *Literaturas Europeas de Vanguardia.* Spain: Editorial Renacimiento, 2001.

Torroella, Rafael Santos. "*Los putrefactos*" *de Dalí y Lorca.* Madrid: Publicaciones de la Residencia de Estudiantes, 1998.

Trapiello, Andrés. "A Media Voz". Poesías [de Enrique Díez-Canedo]. Granada: Editorial Comares, 2001.

— "Calidoscopio Juanramoniano". *Juan Ramón Jiménez—Álbum.* Madrid: Publicaciones de la Residencia de Estudiantes, 2009.

Tudela, Mariano. *Aquellas tertulias de Madrid.* Madrid: Editorial El Avapiés. 1984.

Ueda, Makoto. *Matsuo Basho.* Tokyo: Kodansha International, 1982.

— *Bashō and His Interpreters.* Stanford: Stanford University Press,1992.

Umbral, Francisco. *Ramón y las vanguardias.* Madrid: Espasa-Calpe, 1978.

Unamuno, Miguel de. "La Raza y La Lengua" *Obras Completas* [de Miguel de Unamuno]. Madrid: Austral, 1971.

Valender, James. Edición crítica. *Obras completas,* I [de Manuel Altolaguirre]. Madrid: Ediciones Istmo, 1986.

— Edición. *Epistolario 1924-1963* [de Luis Cernuda]. Madrid: Publicaciones de la Residencia de Estudiantes, 2003.

— "Cronología". *Viaje a las islas invitadas. Manuel Altolaguirre* (*1905-1959*). Madrid: Publicaciones de la Residencia de Estudiantes, 2005, p.108.

Valender, James. Edición. *Epistolario, 1925-1959* [de Manuel Altolaguirre]. Madrid: Publicaciones de la Residencia de Estudiantes, 2005.

Vallcorba Plana, Jaume. "Introducción". *Obra poética* [de J.-M.Junoy]. Barcelona: Acantilado, 2010, p. 132.

Valle, Adriano del. "Hai kais en siete colores". *España,* núm. 372, 1923, p. 10.

— "Hai kais de cuatro versos". *España,* núm. 379, 1923, p. 9.

Velasco, Juan. "Los Versos del Precursor". *Tres Libros:Un día...*(*poemas sintéticos*), *Li-Po y otros libros, El jarro de flores* (*disociaciones líricas*). Madrid: Ediciones Hiperión, 2000.

Verlaine Paul. *Œuvres poétiques complètes.* Paris: Editions Gallimard, 1962.

— *Fêtes galaintes. Romances sans paroles.* Paris: Editions Gallimard, 1973.

Viaje a las Islas Invitadas, Manuel Altolaguirre "1905-1959". Madrid: Publicaciones de la Residencia de Estudiantes, 2005.

Videla, Gloria. *El ultraísmo.* Madrid: Editorial Gredos, 1971.

Vighi, Francisco. "Mis primeros hai-kais". *España,* núm. 311, 1922, p.7.

Villanueva, Dario, y otros. *Los nuevos nombres; 1975-1990.* Barcelona: Editorial Crítica, 2003.

Villar, Arturo del. "El paraíso perdido de Juan Ramón Jiménez". *Elejías andaluzas* [de Juan Ramon Jiménez]. Barcelona: Bruguera, 1979.

Villena, Luis Antonio de. "De 'haiku', sus seducciones y tres poetas de lengua española". *Prohemio*, IV 1-2, 1973, pp.143-174.
¡Viva don Luis!: 1927, desde Góngola a Sevilla. Madrid: Publicaciones de la Residencia de Estudiantes, 1997.
Voisins, Gilbert de. "Vingt-cinq quatrains sur un même motif". *Mercure de France*, 1-IX-1912, pp. 49-53.
—"Cinquante quatrains dans le goût japonais". *Mercure de France*, 1-III-1914, pp. 22-29.
Ynduráin, Domingo. *Época Contemporánea: 1939-1981*. Barcelona: Editorial Crítica, 1980.
Young, Haward T. "Anglo-American Poetry in the Correspondence of Luisa and Juan Ramón Jiménez". *Hispanic Review*, vol. 44, no. 1, Winter 1976, pp. 1-26. Published by University of Pennsylvania Press.
Zimmermann, Michel et Marie-Claire. *Histoire de la Catalogne*. Presses Universitaires de France, 1997.
Zuleta, Emilia de. *Cinco poetas españoles (Salinas, Guillén, Alberti, Cernuda)*. Madrid: Gredos, 1971.

邦文

会田由「ロルカ小伝」鼓直ほか訳『マチャード　寂寞／ヒメーネス　石と空／ロルカ　ジプシー歌集』世界名詩集二六、平凡社、一九六九年。

アストン、W・G／川村ハツエ訳『日本文学史』七月堂、一九八五年。

東聖子編『世界歳時記における国際比較』日本学術振興会科学研究費補助金・基盤研究（C）研究報告書、二〇〇九年三月。

荒井正道「石と雲」鼓直ほか訳『マチャード　寂寞／ヒメーネス　石と空／ロルカ　ジプシー歌集』世界名詩集二六、平凡社、一九六九年。

阿波弓夫「『細道』を翻訳したメキシコ詩人——なぜ、パスは芭蕉を熱愛するのか——」『駿河台大学論叢』第二三号、二〇〇一年。

井尻香代子
——「ガルシア・ロルカのレトリック」『京都産業大学論集』外国語と外国文学系列、第二四号、京都産業大学、一九九七年三月。

――「フェデリコ・ガルシア・ロルカと俳句――『組曲』をめぐって――」『京都産業大学論集』人文科学系列、第三八号、京都産業大学、二〇〇八年三月。

――「アルゼンチンにおける日本の詩歌の受容について」『京都産業大学論集』人文科学系列、第四四号、京都産業大学、二〇一一年三月。

――「国際ハイクと季語――アルゼンチン・ハイクをめぐって――」人文科学系列、第四五号、京都産業大学、二〇一二年三月。

――「スペイン語ハイクの韻律――アルゼンチン・ハイクの音声分析から――」『京都産業大学論集』人文科学系列、第四六号、京都産業大学、二〇一三年三月。

――「俳句の普及による価値観の変化」『京都産業大学論集』人文科学系列、第四七号、京都産業大学、二〇一四年三月。

乾昌幸「短詩型の比較文学論――日本の俳句とエズラ・パウンドの短詩――」『比較文学研究』四一、東大比較文学会、一九八二年。

ウイドブロ、ビセンテ／鼓宗訳『マニフェスト――ダダからクレアシオニスムへ――』関西大学出版部、二〇一三年。

ヴェルレーヌ
――堀口大學訳『ヴェルレーヌ詩集』小沢書店、一九九六年。

――野村喜和夫訳編『ヴェルレーヌ詩集』思潮社、一九九五年。

内田園生『世界に広がる俳句』角川学芸出版、二〇〇五年。

大岡信、岡野弘彦、丸谷才一『歌仙の愉しみ』岩波書店、二〇〇八年。

大島正「ロルカの詩・文における日本の投影」『人文学』六三号、同志社大学人文学会、一九六二年。

大島清次『ジャポニスム――印象派と浮世絵の周辺――』講談社、一九九二年。

太田靖子
――『ホセ・ファン・タブラーダと俳句――日本の俳句にもっとも近づいたメキシコの詩人――』京都造形芸術大学大学院、二〇〇五年、学位論文（博士）。

――「オクタビオ・パスの詩における俳句の影響」『イスパニカ』三八、一九九四年。

――「オクタビオ・パスの『レンガ（RENGA）――西欧における連歌の試み――』をめぐって」『イスパニカ』四〇、一九九六年。

――「ホセ・ファン・タブラーダのハイカイ集『ある日……』における日本の俳句の影響」『比較文学』第四三巻、日本比較文学会、二〇〇〇年。

――『俳句とジャポニスム――メキシコ詩人タブラーダの場合――』思文閣出版、二〇〇八年。

尾形仂
――『座の文学』角川書店、一九七三年。

――『歌仙の世界――芭蕉連句の鑑賞と考察――』講談社、一九八九年。

オーガード、トニー／新倉俊一監訳『英語ことば遊び辞典』大修館書店、一九九一年。

金子美都子
――「俳句・ハイカイ・エリュアール――比較詩法の試み――」芳賀徹ほか編『講座比較文学』第三巻、東京大学出版会、一九七三年。

――「娘マリアンヌに語った「日本の螢」――ポール＝ルイ・クーシュー新資料をめぐって――」『比較文学研究』七二、東大比較文学会、一九九九年。

――「訳者解説」ポール＝ルイ・クーシュー／金子美都子、柴田依子訳『明治日本の詩と戦争――アジアの賢人と詩人――』みすず書房、一九九九年。

――「『レ・レットル』とフェルナン・グレッグ――フランスにおける日本詩歌受容とサンボリズムの危機（上）――」『比較文学研究』七八、東大比較文学会、二〇〇一年。

――「『レ・レットル』とフェルナン・グレッグ――フランスにおける日本詩歌受容とサンボリズムの危機（下）――」『比較文学研究』七九、東大比較文学会、二〇〇二年。

――「ジュリアン・ヴォカンス　絶え間なく続く命の讃歌――フランスにおける日本詩歌受容とリヨンのエスプリ（上）――」『比較文学研究』八三、東大比較文学会、二〇〇四年。

――「ジュリアン・ヴォカンス　絶え間なく続く命の讃歌――フランスにおける日本詩歌受容とリヨンのエスプリ（下）――」

『比較文学研究』八五、東大比較文学会、二〇〇五年。

――「フランス国際ハイクの誕生と進展」『世界歳時記における国際比較』日本学術振興会科学研究費補助金・基盤研究(C)研究報告書、研究代表東聖子、二〇〇九年三月。

亀井俊介、川本皓嗣編『アメリカ名詩選』岩波書店、一九九三年。

川村ハツエ「アストンについて」W・G・アストン／川村ハツエ訳『日本文学史』七月堂、一九八五年。

川本皓嗣
――「T・S・エリオットとラフォルグ――イギリス近代史の一出発点――」東京大学教養学部外国語科編『外国語科研究紀要』第二二巻第四号、一九七五年。

――『日本詩歌の伝統――七と五の詩学――』岩波書店、一九九一年。

――「伝統のなかの短詩型――俳句とイマジズムの詩――」同編『歌と詩の系譜』中央公論社、一九九四年。

――『アメリカの詩を読む』岩波書店、一九九八年。

――「切れ字論」川本皓嗣ほか編『芭蕉解体新書』雄山閣出版、一九九七年。

ガルシア・ロペス、ホセ／東谷穎人、有本紀明訳『スペイン文学史』白水社、一九七六年。

ガルシア・ロルカ、フェデリコ／長谷川四郎訳『ロルカ詩集』みすず書房、一九六七年。

ギブソン、イアン
――内田吉彦訳『ロルカ・スペインの死』晶文社、一九七六年。

――本田誠二、内田吉彦訳『ロルカ』中央公論新社、一九九七年。

クーシュー、ポール＝ルイ／金子美都子、柴田依子訳『明治日本の詩と戦争――アジアの賢人と詩人――』みすず書房、一九九九年。

小海永二『ロルカ『ジプシー歌集』注釈』行路社、一九九八年。

小林一宏「序――紹介にかえて――」エンリケ・ゴメス・カリージョ／児嶋桂子訳『誇り高く優雅な国、日本――垣間見た明治日本の精神――』人文書院、二〇〇一年。

ゴメス・カリージョ、エンリケ／児嶋桂子訳『誇り高く優雅な国、日本――垣間見た明治日本の精神――』人文書院、二〇〇一年。

ゴメス・デ・ラ・セルナ、ラモン／平田渡訳『グレゲリーア抄』関西大学出版部、二〇〇七年。

今栄蔵校注『芭蕉句集』新潮社、一九八二年。

酒井健『シュルレアリスム――終わりなき革命――』中央公論新社、二〇一一年。

坂田幸子『ウルトライスモ――マドリードの前衛文学運動――』国書刊行会、二〇一〇年。

佐藤和夫『海を越えた俳句』丸善、一九九一年。

佐藤マサ子『カール・フローレンツの日本研究』春秋社、一九九五年。

澤田直訳編『カタルーニャ現代詩15人集』思潮社、一九九一年。

柴田依子「俳句と和歌発見の旅――ポール＝ルイ・クーシューの自筆書簡をめぐって――」『比較文学研究』七六、東大比較文学会、二〇〇〇年。

島田謹二
――『日本における外国文学――比較文学研究――』上巻、朝日新聞社、一九七五年。

――『日本における外国文学――比較文学研究――』下巻、朝日新聞社、一九七六年。

清水憲男「ロルカと交流した日本人・中山幸一」『上智大学外国語学部紀要』四三、二〇〇九年三月一〇日。

シュワルツ、W・L／北原道彦訳『近代フランス文学にあらわれた日本と中国』東京大学出版会、一九七一年。

シラネ、ハルオ／衣笠正晃訳『芭蕉の風景　文化の記憶』角川書店、二〇〇一年。

菅原克矢「三行詩としてのハイク――R・H・ブライスによる俳句の解釈について――」『比較文学研究』六九、東大比較文学会、一九九六年。

高階秀爾監修『ジャポニスム』日本アイ・ビー・エム株式会社、一九八八年。

高階秀爾「序・ジャポニスムとは何か」ジャポニスム学会編『ジャポニスム入門』思文閣出版、二〇〇〇年。

高橋正武『新スペイン広文典』白水社、一九六七年。

高橋早代「文学における「スペインのクラウシスモ」――ペレス・ガルドスの「初期小説」を中心に――」『イスパニカ』三九、一九九五年。

田澤耕
――「スペインの地方語」山田善郎監修／伊藤太吾ほか著『スペインの言語』同朋社出版、一九九六年。

――『物語　カタルーニャの歴史――知られざる地中海帝国の興亡――』中央公論新社、二〇〇〇年。

田澤佳子
――「スペイン語とカタルーニャ語のハイク――普及活動と「キゴ」の概念」『世界歳時記における国際比較』日本学術振興会科学研究費補助金基盤研究(C)研究成果報告書、研究代表東聖子、平成一八～二〇年度。

――「スペイン語俳句とマドリードの「学生寮」――ロルカ・マチャード・ヒメネスらを中心に――」『大手前比較文化学会会報』第九号、大手前大学大学院、二〇〇八年。

――「スペインのハイク・コンテストと季節感」『大手前比較文化学会会報』第一一号、大手前大学大学院、二〇一〇年。

――「スペイン語とカタルーニャ語のハイク――普及活動と「キゴ」の概念――」東聖子・藤原マリ子編『国際歳時記における比較研究――浮遊する四季のことば――』笠間書院、二〇一二年。

田中敦子「フランスにおける俳句の変容――エティアンブルの「古池やのいくつかの翻訳」を中心に――」『俳句文学館紀要』六号、俳人協会、一九九〇年。

田辺厚子『北斎を愛したメキシコ詩人――ホセ・ファン・タブラーダの日本趣味――』ＰＭＣ出版、一九九〇年。

チェンバレン
――高梨健吉訳『日本事物誌1』東洋文庫一三一、平凡社、一九六九年。

――高梨健吉訳『日本事物誌2』東洋文庫一四七、平凡社、一九六九年。

鼓直、荒木正道、会田由編訳『マチャード　寂寞／ヒメーネス　石と空／ロルカ　ジプシー歌集』世界名詩集二六、平凡社、一九六九年。

鼓直「マチャード小伝」『マチャード　寂寞／ヒメーネス　石と空／ロルカ　ジプシー歌集』世界名詩集二六、平凡社、一九六九年。

内藤高書評『ひびきあう詩心――俳句とフランスの詩人たち――（芳賀徹）』『比較文学研究』八二、東大比較文学会、二〇〇三年。

中根美都子「俳句とハイカイ――比較詩法の試み――」富士川英郎編『東洋の詩　西洋の詩』富士川英郎教授還暦記念論文集、朝日出版社、一九六九年。

中丸明『ロルカ――スペインの魂――』集英社、二〇〇一年。

夏石番矢「フランスへ俳句はどのようにデビューしたか――ポール＝ルイ・クーシューの翻訳を中心に――」『俳句文学館紀要』五号、俳人協会、一九八六年。

芳賀徹『ひびきあう詩心――俳句とフランスの詩人たち――』TBSブリタニカ、二〇〇二年。

パス、オクタビオ&山口昌男（対談）「詩・エロス・宇宙――一九七七年一二月二一日　メキシコ・シティにて」『海』三月号、中央公論社、一九七八年。

パス、オクタビオ&ルーボー、ジャック&トムリンソン、チャールズ&サンギネッティ、エドワルド／太田靖子訳『レンガ』*Revista de Estudios Hispánicos de Kioto*, 三号、前書き、一九九五年。

平川祐弘「蕪村、エリュアール、プレヴェール――比較詩法の試み――」『西洋の詩　東洋の詩』河出書房新社、一九八六年。

原誠ほか編『スペインハンドブック』三省堂、一九八二年。

林巨樹、松井栄一監修『現代国語例解辞典〔第四版〕〈二色刷〉』小学館、二〇〇五年。

フローレンツ、カール／土方定一、篠田太郎訳『日本文学史』楽浪書院、一九三六年。

ブランシュ、パトリック／山中美枝子訳「フランスの俳句の簡単な概説」『俳句文学館紀要』六号、俳人協会、一九九〇年。

星野慎一『俳句の国際性――なぜ俳句は世界に愛されるようになったのか――』博文館新社、一九九五年。

ボヌフォワ、イヴ／川本皓嗣訳「俳句と短詩型とフランスの詩人たち」『新潮』第九七巻一二号、二〇〇〇年一二月、及び、正岡子規国際俳句大賞受賞記念講演（愛媛県文化振興財団ホームページ haikusphere.sakura.ne.jp/fra/2000/bonnefoy%20lecture-j.html 最終閲覧日、二〇一五年六月一三日）。

マイナー、E／深瀬基寛ほか訳『西洋文学の日本発見』筑摩書房、一九五九年。

前島志保
――「西洋俳句紹介前史――一九世紀西洋の日本文学関連文献における詩歌観――」『比較文学研究』七五、東大比較文学会、二〇〇〇年。

――書評『明治日本の詩と戦争――アジアの賢人と詩人――』（ポール＝ルイ・クーシュー／金子美都子、柴田依子訳）『比較文学研究』七六、東大比較文学会、二〇〇〇年。

松尾芭蕉／ドナルド・キーン訳『英文収録 おくの細道』講談社、二〇〇七年。

馬渕明子『ジャポニスム――幻想の日本――』ブリュッケ、一九九七年。

水原秋櫻子、加藤楸邨、山本健吉『カラー図説 日本大歳時記 座右版』講談社、一九八三年。

諸坂成利「ボルヘスの短歌と中島敦の『山月記』?」『比較文学』三〇、日本比較文学会、一九八八年。

吉川順子『「蜻蛉集」全訳』お茶の水女子大学比較日本学研究センター研究年報（四）、二〇〇八年、二三～四七頁。TeaPot-Ochanomizu University Web Library-Institutional Repository 〈http://hdl.handle.net/10083/31364 最終閲覧二〇一五年六月二五日〉

ラモネダ、アルトゥロ編／鼓直、細野豊訳『ロルカと二七年世代の詩人たち』土曜美術社出版販売、二〇〇七年。

ロドリーゴ、アントニーナ／山内政子ほか訳『ロルカ・ダリ――裏切られた友情――』六興出版、一九八六年。

あとがき

「佳子、これすごいよ」と夫がある日一冊の本を差し出した。川本皓嗣著『日本詩歌の伝統』であった。カタルーニャ語研究者で当時カタルーニャ語辞典の編纂をしていた夫がどのようにしてこの畑違いの著書を読むことになったのか、いまだに不思議に思う。いずれにせよ、その出会いのおかげで今、この一文を書いていると言っても過言ではない。さらに、ここに至るまでにいくつかの大事な縁があった。

次男が入学した中学校には保護者のための俳句会があった。高浜虚子の孫で、ホトトギスの主宰であった稲畑汀子先生が、令息の廣太郎さん（現ホトトギス主宰）がその中学校に入学したのを機に始められたものである。私は常々、俳句はなぜたったの十七文字で詩たりえるのか、疑問に思っていたので、その秘密の一端がわかるかもしれないと思って、その末席に加えていただいた。当時稲畑先生は、直接会にはお見えにならなかったが、選句はなさっていたので、まったくの素人でも自作を大家に見ていただけるという有難い句会であった。雰囲気はよかったし、句会のやり方などもよくわかった。しかし、私がつかみたいと願っていたような俳句の謎への糸口は見つからなかった。季語とは俳句のなかでいったいどんな役目をするのか。切れ字はなんのためにあるのか。心の中のもやもやは増すばかりだった。どうやら句会での実作にそうした問題の答えを求めるのは、お門違いだったようだ。

とはいうものの、俳句についての理論書を何冊か読んでも、一向に解答は見つからない。そんなとき巡り合ったのが先の本であった。そこには、「たった十七字という極端に切りつめた枠組みのなかで、俳句はいかにして詩でありうるか」について、ストンと腑に落ちる説明がなされていた。陳腐な言い方になるが、まさに目の前の霧が晴れた心持であった。

その頃私は何か新しいことを始めたいと思い、それまでかかわっていたスペイン語やカタルーニャ語ではなく英語系の大学院に入り、修士論文のテーマを捜しているところだった。英語圏における俳句について何かできるかもしれないと思い始めたものの、なかなか具体的な手掛かりをつかめないでいた。他方、自分で決めたにもかかわらず、それまで学んできたスペイン語やカタルーニャ語を研究に活かすことができないことに寂しさも感じていた。

そんなある日、ふと、あの本の著者の川本先生は現在どこで何をしていらっしゃるのだろう？ と思った。インターネットで検索してみると、なんという偶然。神戸の自宅から電車で十五分のところの大学の学長をされているではないか。ひょっとしたら講義を聴講させていただけるかもしれない。しかし、見ず知らずの、他大学の一介の大学院生がそんなことをお願いしていいものだろうか。少し逡巡したが、思い切って手紙を書いてみた。すると間もなく、川本先生から歓迎するというメールを頂いたのだった。

何度か授業に出席した後、修論について相談をする機会が与えられたときのことである。私が英語圏の俳句について何か研究したいと話すと、私のバックグラウンドをご存じの先生は、フランス語圏や英語圏での俳句研究は進んでいるが、それに比べスペイン語圏での研究は手つかずだといえるので、そちらについて研究するほうが良いだろうというアドバイスをくださった。俳句研究に、スペイン語、カタルーニャ語、そして少しばかりかじったフランス語を役立てることができる。私にとってこれ以上の喜びはあり得なかった。

なんとか修士論文を書き終えたあと、川本先生のおられた大手前大学の博士課程後期に入学し、スペイン語圏での俳句研究についての書物をさらに読み進めていくと、誰も足を踏み入れたことのない原野があちこちにあった。いくつかの立派な研究と、それをおおむねなぞっただけの論文があった。日本語のできないスペイン人研究者によるスペインにおける俳句研究、haiku や hokku と題された詩だけを対象としたスペインへの俳句の導入研究など、納得がいかないものも少なくなかった。なかでも一番驚いたのは、ヨーロッパの文学の常識から言えば非常識なほどに短い詩に接して、スペイン語詩人たちの詩がいかに変容したかという研究がほとんどなかったことであった。俳句そのものをスペイン語に移植しようとした詩人だけが注目されていたのである。極東の国の十七文字の詩を知ったからといって、スペインの詩人がすぐに真似をしようとは思わないかもしれない。しかし、極小の詩から受けた衝撃に触発された詩はあったに違いない。ちょうど浮世絵を見た西洋の画家が、遠近法を無視した絵を描いてもよいのだと思い知り、新しい絵を生み出したように。

今、スペインはピレネー山中の村でこのあとがきを書いている。フランスとスペインの距離的、言語的な近さを実感させてくれ、本書のテーマを定めるきっかけとなったあの村だ。本書が仕上がったら、今年も二九一〇メートルのプッチマル山に友人のジョルディーたちと登るつもりだ。国境である頂上からフランスとスペインを同時に見下ろしながら朝食を食べるとき、周りからはフランス語とスペイン語とカタルーニャ語の会話が聞こえてくるだろう。

多くの出会いのおかげで本書は生まれた。川本皓嗣先生のご指導がなければ論文の端緒すらつかめていなかっただろう。川本先生が学長を退かれ、博士論文の主査から副査になられたとき、快く主査を引き受けてくださった現大手前大学学長の柏木隆雄先生からは、多くの有益なご助言を頂戴した。論文審査のために東京から西宮へ二度も足を運んでくださった東京大学の斎藤文子先生は、丁寧に論文を読んだうえで、貴重なアドバイスをいくつもくださった。先生のご指摘がなければ本書の詩の訳はもっとつまらないものになっていたことだろう。私の論文をおもしろいと評価してくださった小田桐弘子先生のおことばには大いに勇気づけられた。この場を借りて心からお礼を申し上げたい。

また、『国際歳時記における比較研究』に執筆する機会を与えてくださった十文字学園女子大学の東聖子先生、そして、関西学院大学大学院修士課程でご指導いただいた小山敏夫先生、山田武雄先生にも深く感謝の意を表したい。

ほかにも先生方や友人が応援してくださった。鼓直先生は絶版で手に入らない貴重な本をプレゼントしてくださった。荻内勝之先生は段ボール二杯分もの書籍を送ってくださった。パリからは、ソルボンヌ大学カタルーニャ語研究所元所長 Denise Boyer 氏が、幾度も資料を郵送してくださった。バルセロナ在住の友人、Joaquim Pijoan 氏は、詩の解釈についての質問にいつも真剣にこたえてくれ、Gemma Guilera 氏は、百年以上前の新聞記事をあっという間にみつけてくれた。セルバンテス文化センター東京事務局長にして三十年来の友、Mavisa Carranza 氏は、ガルシア・ロルカにかかわる重要な資料を贈ってくれた。これらの方々に厚くお礼を申し上げたい。

さらに、この本の出版の意義を理解し、上梓の機会を与えてくださった思文閣出版の原宏一氏と、じっくりと原稿を読み、的確な提案をしてくださった編集者の三浦泰保氏に深く感謝申し上げる。

最後に、論文を書くなんて向いていないと落ち込む私を、なだめすかしてなんとかあとがきを書くところまで連れてきてくれた夫の耕に、ありがとうと言いたい。博士論文、そして本書の執筆中の食事当番はほとんど耕であった。

田澤佳子

◎著者略歴◎

田 澤 佳 子（たざわ・よしこ）

甲南女子大学文学部英文科卒。大阪外国語大学外国語学部イスパニア語学科卒。関西学院大学大学院言語コミュニケーション文化研究科博士課程前期修了。大手前大学大学院比較文化研究科博士課程後期単位取得後退学。文学博士。大阪大学・関西大学講師。
共訳：ジェズス・ムンカダ『引き船道』（現代企画室、平成11年10月）
共著：『バルセロナ散策』（行路社、平成13年８月）
『国際歳時記における比較研究』（笠間書店、平成24年２月）
論文：「スペイン語とカタルーニャ語のハイク」（『世界歳時記における国際比較』日本学術振興会科学研究費補助金基盤研究Ｃ研究報告書、平成18-20年度）
「スペインのハイク・コンテストと季節感」（『大手前大学比較文学会会報』11号、平成22年、３月）など

俳句（はいく）とスペインの詩人（しじん）たち
――マチャード、ヒメネス、ロルカとカタルーニャの詩人（しじん）――

2015（平成27）年12月15日発行

定価：本体5,000円（税別）

著　者　田澤佳子
発行者　田中　大
発行所　株式会社　思文閣出版
〒605-0089 京都市東山区元町355
電話 075-751-1781（代表）

印　刷
製　本　西濃印刷株式会社

 ISBN978-4-7842-1823-3　C3098

索　引

ア

イ

ウ

エ

オ

カ

キ

ク

ケ

シ

ス

セ

ソ

タ

チ

ツ

テ

ノ

ハ

ヒ

へ

ホ

マ

ヤ

ヨ

ラ

リ

ル

レ

ロ

ワ